Amours clandestines

CATHERINE HART

Éblouissement	*J'ai lu* 4300/**4**
Amours clandestines	*J'ai lu* 4783/**4**

Catherine Hart

Amours clandestines

Traduit de l'américain
par Louise Drac

Éditions J'ai lu

A mes deux adorables belles-filles.
Un conseil, mes chéries : n'allez jamais
vous coucher sur une dispute conjugale ;
attendez d'avoir d'abord arraché des excuses à votre mari !

Titre original :

SPLENDOR

1

1718, mer des Caraïbes

Tous les démons des grands fonds étaient remontés, prêts à se déchaîner à minuit. Sans le moindre bruissement précurseur, dans la touffeur de la nuit, un magistral coup de tonnerre déchira le calme trompeur, et son fracas se répercuta sur les eaux comme un glas lugubre.

Une lame énorme souleva la mer avec tant de puissance que la frégate vacilla sur les eaux brusquement labourées par des vagues vertigineuses. Les voiles qui, quelques secondes auparavant, clapotaient doucement, enflèrent à craquer sous l'impétuosité des rafales.

L'équipage de la *Reine des Mers* rejoignit en toute hâte les postes de manœuvre pour carguer les voiles et les soustraire à la furie de ce grain imprévu. Ecartant son jeune timonier, le capitaine Kane se plaça lui-même à la barre. Toute son expérience de navigateur ne serait pas de trop pour lutter contre les éléments déchaînés.

Mais ses ordres, emportés par le vent, couverts par le tonnerre, n'atteignaient pas leur but. Les éclairs zébraient le firmament de leurs épieux de lumière, perçant le cœur des nuages bouillonnants qui déversèrent un aveuglant déluge sur les matelots. En quelques secondes, les ponts devinrent aussi glissants que des patinoires, tandis que la pluie lacérait de mille dards les malheureux.

Les voiles alourdies d'eau demeurèrent un instant inertes, avant de s'agiter furieusement, se déroulant pour frapper comme des fouets les marins, impitoyablement projetés sur les ponts de la frégate secouée de frénétiques embardées. Dans le gémissement des cordages, la voilure se déchirait, les haubans s'emmêlaient, arrachés par une main géante.

Sur le gaillard d'avant, Damon Kane se cramponnait à la barre de toute la force de ses bras musculeux, s'acharnant à maintenir le cap contre l'assaut ininterrompu du monstre liquide. Il se tenait fermement campé, les jambes écartées, s'efforçant de conserver son équilibre, flagellé par la pluie qui plaquait ses vêtements sur son corps bien découplé à la carrure impressionnante. Paupières plissées, il scruta le pont inférieur avant d'examiner le ciel. Fouettées par l'ouragan, les mèches fauves de sa crinière léonine voltigeaient, libres, indomptables comme lui.

Un éclair fit jaillir un reflet de l'anneau d'or qui lui ornait l'oreille gauche, et illumina ses dents d'une blancheur éclatante que découvrait son sourire féroce. Dans son visage maigre et hâlé ruisselant de pluie saillaient l'arête fine d'un nez droit, des pommettes arrogantes, des mâchoires volontaires, un menton creusé d'une profonde fossette.

Un instant, le gouffre d'une vague sembla près d'engloutir la frégate qui, par miracle, recouvra une assiette précaire.

Rejetant la tête en arrière, Damon partit d'un

rire guttural et encouragea sa frégate comme il l'aurait fait d'une personne :

— Continue ainsi, ma belle, tiens bon ! A nous deux, on est capables d'en remontrer à ce vieux Neptune, foi de Damon Kane, capitaine-démon du plus hardi pirate qui ait jamais sillonné les mers !

Comme pour mettre à l'épreuve ces fanfaronnades, la tempête redoubla de violence. Coque et mâts grincèrent de plus belle sous les rafales. Celles-ci, unies aux lames dans un regain de violence, parvinrent à happer trois infortunés.

Puis, subitement, tout s'apaisa. Les roulements de tonnerre s'assourdirent, il se mit à bruiner. Ouvrant enfin ses doigts raidis, Damon rendit la barre au timonier, avant de gagner le mât d'artimon, auquel était suspendue une cage. Il écarta le bout de bâche qui la protégeait des intempéries et détacha de son perchoir un rapace aux plumes mouillées, de fort méchante humeur, Zeus, son faucon apprivoisé, mascotte de la *Reine des Mers*. Lissant le plumage soyeux pour l'apaiser, Damon lui susurra d'une voix bourrue :

— Un peu rude pour toi, ce grain, pas vrai, Zeus ? Nous aussi on en a vu de toutes les couleurs, cette fois-ci.

Dans un battement d'ailes, le faucon, effaré, se percha sur l'épaule de son maître, refermant son bec crochu sur une mèche mouillée. Eclatant de rire, Damon l'écarta d'une tape.

— Un peu de respect, l'oiseau, si tu ne veux pas finir en pot-au-feu de faucon et en rembourrage d'oreiller.

A peine avait-il proféré ces menaces qu'un formidable coup de tonnerre ébranla la frégate. Une lumière jaillit, d'une fulgurance qui força Damon à se protéger les yeux. Contrairement à l'éclair dont l'éclat se dissipe instantanément, l'intensité de celle-ci ne cessait de croître. Il finit par lever la tête et resta tout aussi pétrifié que ses matelots, figés autour de lui sur le pont. En onze ans de mer, il en avait entendu conter, des récits fantastiques sur le feu Saint-Elme, et voilà qu'une boule flamboyante, d'un bleu éblouissant, fondait sur son bateau ! Cette réalité raviva en lui toutes ces légendes, et Damon frémit. C'est alors que la boule de feu bleu entreprit sa glissade infernale le long du mât d'artimon. Comme un seul homme, l'équipage se pétrifia, bouche ouverte sur un cri de terreur muet. Le capitaine devait à toute force s'écarter de sa trajectoire, mais les pieds de Damon, enracinés au pont, refusaient d'obéir aux ordres de son cerveau affolé.

La sphère de lumière irisée glissa avec une lenteur terrifiante jusqu'au gréement inférieur, où elle resta en suspens, comme pour décider de la direction à prendre. Soudain elle fondit sur le pont, où elle explosa en une aveuglante gerbe d'étincelles.

Damon, en plein dans sa ligne de mire, fut électrisé, transpercé de part en part. Sa vue s'opacifia, son cœur cessa de battre, ses poumons lui brûlèrent ; il s'asphyxia. Agité de soubresauts, pris d'engourdissement, il fut aspiré dans le vide.

Fascinés et terrorisés, les matelots le virent trembler violemment, tandis que ses cheveux se dressaient sur sa tête. Sur son épaule, Zeus se raidit, plumes hérissées, yeux exorbités. La sphère bleue qui les retenait captifs pénétra alors leur corps, qui chatoya de l'intérieur avec d'inquiétantes fluorescences.

Enfin la lumière vacilla, décrut, se résorba en

emportant ses proies. Le capitaine de la *Reine des Mers* venait de se volatiliser, sans laisser la moindre trace, happé dans le néant !

Charleston, Caroline du Sud

Stella Winters réprima un soupir d'exaspération et, croisant les mains dans son giron, sourit avec une sérénité factice au visiteur qu'elle recevait au petit salon, l'insupportable Dudley Finster. Fils de l'unique prêteur sur gages de Charleston, comptable aussi doué que rusé, Finster s'était mis en tête de l'épouser. Ses lèvres minces et pâles s'étirèrent avec une affabilité sournoise lorsqu'il prit la parole.

— Allons, chère Stella, cessez de m'opposer pareille résistance. Croyez-vous de bon ton de vous faire prier ? C'est dépassé ! Il suffit que vous me donniez votre accord et, après de brèves fiançailles, notre mariage serait tout ce qu'il y a de plus convenable.

— Je n'ai pas envie de vous épouser, monsieur ; ni vous ni personne. J'ai des entrepôts de marchandises à gérer, une mère invalide à charge, je ne veux pas y ajouter le fardeau d'un mari... Et, à supposer que je souhaite me marier un jour, je ne serais pas en peine de soupirants.

Le front de Finster se plissa légèrement.

— Combien d'entre eux accepteraient de prendre votre mère chez eux, mademoiselle Winters ? Reconnaissez que c'est un véritable boulet... que je suis résigné à traîner s'il n'y a que ce moyen d'obtenir votre accord.

« Plus exactement de mettre la main sur les Entrepôts Winters », rectifia mentalement Stella.

Bien que restés au nom de Mme veuve Winters, les entrepôts maritimes étaient dirigés par sa fille unique, qui hériterait un jour de l'affaire. Fort bien situés sur un des docks où déchargeaient les navires arrivant de l'Atlantique, par leurs belles dimensions et leur facilité d'accès, ces hangars attiraient bon nombre des bâtiments qui commerçaient avec le port de Charleston. Mais hélas, Stella manquait d'expérience en matière de gestion, et le déficit n'avait cessé de croître depuis la mort de M. Winters, trois ans auparavant. Déficit dont Dudley Finster connaissait parfaitement le montant puisque c'était sa banque qui prêtait l'argent destiné à le combler. Et la dette était exigible depuis belle lurette.

— Je regrette de devoir retourner le couteau dans la plaie, mais combien de vos prétendants éventuels auraient les moyens d'effacer votre ardoise — à supposer qu'ils le veuillent bien ? Si vous m'épousez, ce sera chose faite.

Ce sinistre ultimatum accentua le ressentiment de Stella. En plus des problèmes soulignés par le sinistre personnage, à vingt-deux ans, elle craignait d'avoir passé l'âge du mariage d'amour. Non qu'elle déplût aux hommes — du moins à ceux qui avaient un faible pour les grandes brunes — mais elle souffrait de rester désespérément mince, alors que la mode préférait les femmes bien en chair. L'aspect adolescent de son corps était encore accentué par sa propension à se voûter pour paraître moins grande, ce qui avait pour effet de dissimuler sa jolie poitrine et sa taille fine.

Enfant, déjà, elle se sentait gauche, avec ses allures de grande perche, aussi avait-elle choisi de se plonger dans l'étude. Les livres lui avaient appris qu'il existait des hommes qui l'aimeraient telle qu'elle était, pour ses qualités profondes, pour son intelligence et son esprit, et désormais c'était ce type d'homme qu'elle recherchait, résolue à ne pas revenir sur ces critères de choix, même si cela la condamnait à mourir célibataire. Sort qui la menaçait, puisque le lot de ses prétendants se limitait à un veuf pourvu de huit enfants geignards, un vieux bossu édenté et Dudley Finster, son créancier, qui avait le culot de venir la relancer jusque chez elle pour lui imposer le mariage comme unique échappatoire à la prison pour dettes !

Ce suceur de sang tenait du furet mâtiné de rat. Il ne constituait certainement pas une marchandise bien ragoûtante, lui, sur le marché des cœurs à prendre. Court sur pattes, fluet, les épaules osseuses, il était en outre affligé d'yeux noisette exagérément rapprochés, de dents de lapin et de rares cheveux bruns qu'il rassemblait en un maigre catogan. Plutôt que de vendre son corps à cet avorton, Stella aurait préféré mendier son pain au hasard des rues.

— Eh bien, je vous laisse réfléchir à nouveau à ma proposition, conclut Finster, qui reposa sa tasse de thé et se leva. Sachez que je vous aurai, d'une façon ou d'une autre. Mais comme ma patience a des limites, je vous donne un mois, à l'issue duquel soit vous m'accorderez votre main, soit vous me rembourserez l'intégralité de votre dette. Comme je doute que vous parveniez à récolter une telle somme en un si bref délai, je vais mettre en route les préparatifs de la noce.

Il esquissa une courbette et ajouta en étirant de nouveau ses lèvres trop minces :

— Bonne journée à vous, et meilleure santé à madame votre mère !

Tandis que Finster reprenait le chemin de la

sortie, seul, tel le propriétaire des lieux, Stella se laissa retomber dans son fauteuil, tremblante. Qu'avait-elle fait qui méritât que ce fourbe la pourchasse pareillement ? Un mois de délai ? On était le 5 mai 1718 ; la première semaine de juin la trouverait mariée contre son gré… ou bien sans argent ni moyens honnêtes d'en gagner.

Seule consolation, Finster ne leur confisquerait que les entrepôts de marchandises. Il resterait toujours la maison, où elles pourraient prendre des pensionnaires… Il faudrait placer un panonceau au port, avant l'arrivée du prochain navire de passagers — et espérer que ce serait un honnête voyageur qui toquerait à leur porte.

L'idéal eût été de trouver quelqu'un qui acceptât de racheter leur dette à Finster… ou encore de s'associer à elle pour gérer l'affaire, or, Stella ne connaissait personne que le projet pût intéresser, ou qui disposât d'une somme suffisante.

Mme Winters serait catastrophée de se retrouver dans une situation aussi dramatique, mais que faire ? Il ne restait plus qu'à implorer la providence de sauver leurs entrepôts de la ruine, d'envoyer Finster chercher femme ailleurs… et à attendre le miracle qui déposerait sur le pas de sa porte le mari grand et fort, très beau et très riche, doté de muscles et d'intelligence qui résoudrait toutes leurs difficultés.

— Mais bien sûr, ma pauvre Stella, qu'il va entrer tout tranquillement dans ta vie, cet homme providentiel ! La réalisation de tous tes vœux les plus secrets en l'espace d'un mois, ce n'est qu'une broutille ! pouffa-t-elle.

2

Quand la disparition de Damon devint une certitude, un vent de folie souffla sur les pirates de la *Reine des Mers*. Ils détalèrent en tous sens, hurlant, se tirant les cheveux. Certains se traînèrent en rampant d'un pont à l'autre avec des gémissements pathétiques, se recroquevillant sous le bouclier précaire de leurs bras. Quelques-uns essayèrent de se rappeler des prières depuis longtemps oubliées. Quatre préférèrent la noyade au sort dont les menaçait le destin.

C'est au beau milieu de cette pagaille que Damon reprit connaissance.

Aussitôt, une souffrance effroyable se réveilla en lui, comme si une tonne de pierres lui broyait le torse. A la sensation d'étrange faiblesse dans les membres s'ajoutaient des fourmillements dans tout le corps. Les oreilles lui tintaient ; il voyait flou et une atroce migraine le tenaillait. Il se souvint vaguement d'une étrange lumière bleue qui l'avait englouti. Que s'était-il passé ensuite ? Comment s'était-il retrouvé affalé de tout son long sur le pont ? D'après les traînées pastel qui striaient à peine l'horizon, il n'avait pas dû s'évanouir longtemps.

Retrouvant graduellement ses esprits, il prit conscience du remue-ménage qui agitait la frégate, accompagné d'un tintamarre qui accentuait ses maux de tête. Par un effort de volonté, il parvint à rouler sur le flanc pour empoigner la roue de gouvernail et s'asseoir sur son séant. Pourquoi diable ses matelots s'égaillaient-ils ainsi, tels des canards auxquels on aurait coupé le cou ?

— Que se passe-t-il, bon sang ? grommela-t-il, secouant malencontreusement la tête. Ouille ! Ce que j'ai mal !

Il se remit debout avec mille précautions et attendit, les jambes flageolantes, que tout cesse de tourner autour de lui. Surmontant la souffrance, il hurla des ordres à ses hommes éparpillés sur le pont inférieur. Peine perdue. Le tapage assourdissant de leurs clameurs angoissées aurait couvert une canonnade. Damon se vit forcé de franchir les quelques pas qui le séparaient de la cloche qu'il sonna plusieurs fois, serrant les dents pour supporter la douleur atroce que raviva ce ferraillement.

Une atmosphère vibrante de stupeur et d'angoisse tomba sur le navire. Tous les visages se tournèrent simultanément vers lui, carillonnant de plus belle sur le gaillard d'avant.

— Ecoutez-moi tous, bande d'imbéciles ! Cessez ce vacarme et regagnez vos postes de manœuvre. Parez à appareiller ! hurla Damon.

Loin d'obéir aux ordres, l'équipage garda une immobilité absolue, le fixant, l'air hagard.

— Exécution, je vous dis ! rugit-il de plus belle. Sinon je vous fais peler le dos à coups de fouet avant la fin de la matinée.

Ils restaient toujours là, bouche ouverte. Nombre d'entre eux furent pris de tremblements. Un hurlement rauque s'échappa du gosier d'un pirate qui prit ses jambes à son cou et se jeta à la mer. Un autre s'affaissa sur place pour sangloter comme un nourrisson, tandis que le mousse, son voisin, tombait évanoui. Il s'en trouva enfin un pour s'arracher à sa transe et demander d'un ton hésitant :

— C'est-y bien vous, cap'taine Kane ?

— Bien sûr que c'est moi, espèces d'enflures ! Pourquoi ? Vous vous attendiez à voir votre mère à la barre ? rugit Damon.

Poings sur les hanches, il les fusilla les uns après les autres de son regard charbonneux. Un murmure surexcité se propagea dans les rangs, prenant tant d'ampleur qu'il en saisit des bribes :

— Par tous les saints, le fantôme du cap'taine !

— Impossib' ! On l'a tous vu s'évaporer. L'est plus de ce monde, j'vous dis.

— P't-êt', mais moi j'la reconnaîtrais entre mille, la voix au cap'taine. Pas moyen de la confond' avec une autre.

— Ben alors, pourquoi qu'on le voit pas, si c'est lui qui cause ?

— L'a quand même pas sonné toute seule, la cloche !

— Et pourquoi qu'il s'est évaporé, alors, le cap'taine, j'vous l'demande ?

— Qu'est-ce que c'est que ces sornettes ? fit Damon d'une voix retentissante. Vous avez tous perdu la raison, ma parole ? Un fantôme, moi ? Alors que je suis là, devant vous, en chair et en os, le crâne près d'exploser à force d'entendre vos inepties ?

— Non, Damon... en admettant que ce soit ton nom... tu n'es pas devant nous en chair et en os, foi de Nathaniel !

Nathaniel Hancock, le chef de timonerie de la *Reine des Mers*, depuis neuf ans associé et ami intime de Damon, fit un pas en avant, se détachant du groupe de marins complètement déboussolés. Comme eux, il levait la tête vers l'endroit d'où tombait la voix. Il poursuivit :

— Je te jure par tous les saints que je t'entends parfaitement mais que je ne te vois pas, Damon.

Plusieurs marins acquiescèrent avec épouvante.

Damon en resta sans voix. Jamais il n'avait entendu débiter pareilles inepties. Ridicule ! Impossible ! Ah, cette engeance de marins d'eau douce cherchait à le moucher, mais s'ils croyaient parvenir à lui faire gober de telles balivernes... C'était une comédie qu'ils étaient convenus de lui jouer. Et il avait failli y croire !

— C'est bon, les gars, maintenant que vous avez bien ri, allez donc repêcher Harley qui est en train de se noyer et poursuivons à toutes voiles.

— Tu crois qu'on se moque de toi, Damon ? Je préférerais que c'en soit une, de farce ! Regarde-toi donc, et dis-moi ce que tu vois.

Fort perplexe et passablement inquiet de la santé mentale de son équipage, Damon jeta un coup d'œil réticent à sa personne.

— Je vois mes jambes, mon sabre d'abordage, mes bottes, mon pantalon, ma chemise : rien qui cloche dans ma tenue, Nathaniel. Rien n'a changé. Vous poussez la plaisanterie un peu trop loin.

— Palpe-toi le corps et dis-moi ce que tu perçois sous tes doigts, insista Nathaniel.

Bien qu'il se sentît parfaitement ridicule, comme il n'y avait que ce moyen pour apaiser son ami, Damon porta les mains à son torse et annonça d'un ton sévère :

— Tout est bien en place. J'ai mal jusqu'aux cheveux mais je suis toujours entier. Alors, satisfait ?

— Figure-toi que non. Faudrait que tu nous le prouves, qu'il y a bien un corps autour de la voix qui nous parle. Remue un objet. Lève n'importe quoi qui puisse se voir.

— Tonnerre de Dieu, Nathaniel, la plaisanterie a assez duré ! Ai-je l'air d'un bouffon disposé à se plier à tes caprices les plus saugrenus ?

Toujours pestant, Damon regarda autour de lui et tomba sur Zeus, qui gisait, comme roidi par la mort, sur le pont.

— La peste soit de cet abruti d'oiseau ! Juste au moment où il m'obéissait enfin au doigt et à l'œil !

Il alla ramasser le faucon et, l'attrapant par les serres, l'éleva comme un trophée, poussant un cri de triomphe :

— Vous n'allez quand même pas me raconter que ça, vous ne le voyez pas, bande de mutins !

— Qu'est-ce qu'y faut voir, cap'taine ? lui répondit-on.

— Qu'est-ce que vous faites qu'on voit toujours pas ?

— Punaise ! Ça me fiche un frisson qui me dresse les cheveux sur la tête !

— T'es chauve comme un œuf, Jonesie. Quand même, t'as la peau du crâne qu'a la chair de poule !

Un ricanement nerveux parcourut l'équipage.

— Damon...

— Tu ne vas quand même pas oser me seriner la même chose, Nathaniel ! Alors que je suis planté devant vous, bien visible avec au poing ce fichu volatile raide comme un piquet !

C'est alors que, parcouru d'un étrange frémissement, le faucon émit un gloussement pitoyable.

— Par exemple ! Tout compte fait, il n'est pas mort ! s'exclama Damon.

C'était le premier signe encourageant depuis la tempête. Il secoua énergiquement l'oiseau, qui, avec un cri strident et indigné, se tordit en tous sens pour se remettre le bréchet à la verticale et donner des coups de bec à la main qui le retenait prisonnier.

— Z'avez entendu ? s'écria quelqu'un. Y a pas que le cap'taine qu'on peut pas voir ; son oiseau aussi, l'est invisible ! L'mois de mai… le printemps… On est tous tombés chez Satan en plein sabbat, les gars, moi j'vous l'dis, et on va finir comme le vaisseau fantôme !

— La frégate est maudite. Et nous avec ! gémit un autre.

— Nous v'là fantômes condamnés à galoper les mers ! Qu'est-ce qu'on va dev'nir ?

Le vent de panique s'amplifiait, nourri des terreurs de chacun, mais avant qu'il ait atteint sa pleine puissance, la cloche du bateau ferrailla si furieusement qu'elle manqua se détacher de son support.

— Nathaniel ! Monte me rejoindre sur le pont supérieur ! rugit Damon.

Le chef de timonerie hésitait, empli d'appréhension, quand un cabillot d'amarrage fendit les airs, manquant sa tête de justesse.

— C'est un ordre, monsieur Hancock !

La mort dans l'âme, Nathaniel monta avec lenteur jusqu'au pont supérieur. A présent muet, retenant son souffle, l'équipage terrorisé guettait la catastrophe qui n'allait plus tarder à se produire. Le timonier gravissait les marches à pas précautionneux. A deux mètres de la cloche, il se heurta à un obstacle aussi large que massif… qui lui cracha une bordée de jurons en pleine figure :

— Par l'enfer, Nathaniel, si tu oses encore soutenir que je ne suis pas là, planté sur ton passage, à t'agonir d'injures, je te jette en pâture aux requins ! l'avertit Damon d'une voix sinistre.

— Je le sais, que tu es devant moi, puisque je t'ai bousculé, que je t'entends, que je te renifle, même. Mais non, je ne te vois pas, et je mentirais si je disais le contraire. Jette-moi aux requins, ça ne changera rien à la situation, Damon. Tu es devenu un fantôme.

— Non, je ne suis pas un fantôme! protesta Damon avec véhémence. Je suis, je reste un homme de chair et de sang.

— Tu auras beau nier, n'empêche que c'est la vérité, persista Nathaniel en secouant la tête avec tristesse. Quand ce feu Saint-Elme t'a embrasé, tu es devenu invisible à tous, sauf à toi-même. Plus transparent qu'une brume.

Le regard épouvanté de Nathaniel ne mentait pas. Mais Damon ne sentit vraiment la peur lui nouer le ventre que lorsqu'il lut confirmation du prodige sur les visages des pirates.

Il poussa alors un cri rauque, écarta son ami et dégringola l'échelle jusqu'au pont inférieur. Se frayant un chemin dans la masse des pirates, il fonça droit sur le tonneau d'eau douce le plus proche et, tandis qu'il se penchait sur l'eau, un cri de douleur s'étrangla dans son gosier: la flaque limpide sur laquelle il se penchait ne reflétait pas la moindre image.

Quelques heures — et quelques verres de rhum — plus tard, Damon et Nathaniel essayaient toujours de comprendre, affalés devant le bureau, dans la cabine du capitaine.

— Pourquoi, bon sang, pourquoi? répétait Damon pour la millième fois.

— Aucune idée... A moins que ce ne soit pour te punir de la vie de boucanier que tu mènes depuis tant d'années, répondit Nathaniel déjà quelque peu éméché.

— Dans ce cas, pourquoi vous autres y avez-vous échappé? Je ne suis ni le seul pirate à écumer les mers ni le plus mauvais. Et je n'ai pas choisi de devenir flibustier. Sans le capitaine Swift et sa bande d'égorgeurs, je vivrais une existence paisible d'honnête menuisier et père de famille de vingt-sept ans. C'est Swift qui, en attaquant le navire à bord duquel je quittais l'Angleterre pour les colonies, m'a forcé à exercer ce métier de brigand.

— Valait tout de même mieux ça que d'avoir la gorge tranchée, non ?

— Pas sûr. Si j'avais deviné ce qui découlerait de mon choix, je crois que j'aurais accepté la noyade, quand Swift m'a mis le grappin dessus.

Il vida son gobelet qu'il reposa bruyamment sur le bureau avant de tirer vers lui le tonnelet de rhum pour se resservir.

— Bon sang, Damon ! Si tu savais quel effet ça fait de voir gobelet et tonneau se soulever tout seuls dans les airs ! Et moi qui suis là, à te parler, comme si de rien n'était ! On dirait un cauchemar.

— Crois-moi que je donnerais cher pour en sortir. Tiens ! quitte à souhaiter l'impossible, je voudrais me réveiller en Angleterre du temps où, petit garçon, je regardais ma mère faire des gâteaux ; où mon père m'apprenait à raboter une porte d'armoire pour qu'elle s'ajuste parfaitement à ses montants.

— On ne peut faire revivre les morts, Damon. Tes parents ont été emportés par le choléra quelques jours après t'avoir expédié dans les colonies d'Amérique pour que tu t'y installes avec ton oncle. Ils ont au moins réussi à te faire échapper à l'épidémie.

— Tu parles d'un cadeau ! Ma seule consolation, c'est qu'ils n'ont pas vécu pour voir leur fils unique devenir pirate, puis fantôme innommable. Quoique... Tu crois qu'ils pourraient le savoir ?

— Je ne suis pas le mieux placé pour te répondre, balbutia Nathaniel. En fait, tu en sais probablement plus que moi sur le sujet, à présent !

— Je ne tolérerai pas une autre remarque de ce genre, je te préviens !

— Excuse-moi, Damon, cette calamité m'a complètement retourné, bougonna sans conviction Nathaniel.

Quelques minutes de silence suivirent, que le timonier rompit :

— Réflexion faite, pourquoi ne pas envisager les bénéfices que l'on pourrait tirer de cette situation ?

— Des bénéfices ? Le rhum t'a ramolli la cervelle, mon vieux. Qu'a-t-on à gagner à être invisible ?

Pour la première fois de la journée, Nathaniel esquissa un sourire.

— Plus que tu ne l'imagines. Pour commencer, finie, la peur d'être capturé ! Tu es désormais insaisissable. Sans parler des attaques surprises auxquelles tu pourrais te livrer sur quelques-uns de nos collègues pirates, et des facilités que ta qualité de fantôme t'offre pour espionner cette crapule de Barbe-Noire et, qui sait, mettre la main sur son trésor.

Gagné peu à peu par l'enthousiasme de son ami, Damon se mit soudain à envisager l'avenir sous un jour plus réjouissant.

— Et si on arrive à convaincre l'équipage de coopérer à nos projets, je pourrais continuer à être capitaine, pas vrai ? Après tout, depuis cinq ans que nous avons, toi et moi, volé à Swift le commandement de la *Reine des Mers*, j'ai largement fait mes preuves, non ?

Nathaniel hocha la tête, attendri, à l'évocation de ces années heureuses.

— Abandonner Swift et ses pirates sur une île déserte était vraiment une idée de génie.

— Elle venait de toi, fit Damon, flatteur. Je me demande souvent ce qu'ils sont devenus. Bizarre qu'on n'ait plus jamais entendu parler d'eux.

— Je te parie qu'ils sont morts de faim.

Damon haussa les épaules avec indifférence, geste que Nathaniel ne pouvait voir. En revanche, l'énorme bâillement qui lui échappa, le chef de timonerie l'entendit.

— Alors, Damon, on fatigue ? Moi qui croyais que les fantômes se passaient de sommeil… Je ne savais pas non plus qu'ils pouvaient se cuiter au rhum ou avoir des besoins pressants. Mais, à propos… comment t'y prendras-tu si tu as envie d'une femme ?

— Merci de me rappeler dans quel affreux pétrin je me trouve, alors que je commençais à croire aux avantages de ma situation ! répliqua Damon d'un ton grincheux.

— Bah ! ne t'inquiète pas. Contre un très léger bénéfice dans tes entreprises futures, je me charge de t'arranger ça.

— Merci bien ! Je préfère me débrouiller seul !

— Et comment ?

A cette question, et à mille autres, Damon décréta qu'il aurait amplement le temps de réfléchir durant la nuit et les innombrables jours qu'il lui restait hélas à vivre dans l'invisibilité.

3

Quinze jours après l'ultimatum de Dudley Finster, Stella ne savait toujours pas comment se sortir de l'impossible alternative devant laquelle il l'avait placée. Soucieuse et lasse, elle se massa le front, braqua un regard furieux sur les colonnes de chiffres du compte ouvert devant elle, qui semblaient la narguer, et se concentra sur sa tâche. Traiter les problèmes un par un, oublier tout ce qui n'était pas l'instant présent, était sans doute la meilleure tactique à adopter.

Pour l'heure, le plus urgent était d'arriver à comprendre le bilan mensuel des entrepôts, corvée tant abhorrée dont elle chargeait ordinairement le contremaître, John Tilton, devant les conseils de gestion de qui force lui était de s'incliner, même s'il n'était guère plus qualifié qu'elle en ce domaine. Payer tous les mois Dudley Finster ou son père pour qu'ils lui tiennent sa comptabilité était au-dessus de ses moyens.

Soudain, la cloche accrochée au-dessus de la porte du bureau émit son bruit de ferraille. S'arrachant à ses livres, Stella se retrouva face à trois marins. Des pirates, à en juger par leur tenue. L'homme superbement bâti qui se tenait au centre arborait baudrier et ceinturon rouges et un anneau d'or à l'oreille ; celui de droite, un bandeau sur l'œil ; le dernier, une dent en or. Tous étaient armés de pistolets et de sabres d'abordage.

Stella sentit son estomac se nouer.

Certes, par le passé, la population de Charleston

avait volontiers fait affaire avec les pirates, trop heureuse de voir son commerce prospérer, et surtout d'accéder par leur intermédiaire à des marchandises inaccessibles par le circuit normal. Au cours des dernières années, cependant, l'allégement des taxes douanières et des restrictions sur les importations avait permis l'entrée libre de ces articles. Si bien que, la richesse de la ville ne reposant plus sur le trafic, on considérait désormais les pirates comme un fléau. On leur reprochait d'attaquer des navires marchands qui croisaient en toute légalité vers la Caroline et, durant leurs escales à Charleston, de perturber la tranquillité des citoyens en tirant des bordées, courant les prostituées et chapardant.

Les citoyens avaient donc décidé de se débarrasser de ce qu'ils considéraient désormais comme de la racaille ; et toute relation avec les pirates, sans constituer encore un délit, était vigoureusement réprouvée, ce qui entraînait la vengeance de ces brigands des mers.

Stella se retrouvait donc dans un sacré pétrin. Ce fut d'une voix mourante qu'elle demanda :

— En quoi puis-je vous être utile, messieurs ?

— On débarque tout juste, répondit le pirate à la dent d'or. On cherche un endroit pour stocker la marchandise, m'dame. Il est là, le patron ? On aimerait discuter avec lui, voir si on peut pas décharger dans un de vos hangars.

— Avez-vous déjà traité avec nous auparavant ? Nous ne prenons pas de nouveaux clients, pour l'instant, biaisa Stella.

Dent d'Or se rembrunit et jeta un preste coup d'œil à Ceinturon Rouge, lequel se borna à pousser un sourd grognement, le laissant négocier.

— Oui, oui... on a déjà entreposé des marchandises chez vous... enfin j'crois bien.

— Mais vous n'en êtes pas certain.

— Si le cap'taine le dit, alors c'est vrai. Y ment jamais, rétorqua Dent d'Or d'un ton bourru.

— Je n'avais pas l'intention de l'accuser, bredouilla Stella, humectant nerveusement ses lèvres soudain sèches. Simplement, il me faudrait un nom pour vous retrouver dans nos fichiers.

— Ben, on a dû nous enregistrer au nom de...

Il hésita, si bien que Ceinturon Rouge dut lui souffler le nom à l'oreille.

— Ça devrait être au nom de Kane, m'dame. Le capitaine Damon Kane, de la *Reine des Mers*.

— A quelle époque avez-vous utilisé nos entrepôts pour la dernière fois ? insista-t-elle. Une date faciliterait les recherches.

Après avoir consulté Ceinturon Rouge, Dent d'Or lâcha :

— Y a plus de trois ans.

Faute d'échappatoire, il ne restait plus à Stella qu'à faire semblant de compulser les vieux dossiers. La jeune femme se levait à peine que la cloche ferrailla une fois de plus. Pleine de reconnaissance, elle se tourna vers le nouvel arrivant... et se trouva nez à nez avec Dudley Finster, tout aussi malvenu que ses hôtes précédents. Le comptable les étudia tour à tour, les pirates et elle, narines pincées, comme si une odeur l'incommodait, et demanda avec hauteur :

— Pourrais-je vous dire un mot en particulier, mademoiselle Winters ?

— Si vous voulez bien m'excuser un instant, messieurs, je suis à vous tout de suite. A moins que vous ne préfériez vous adresser à notre contremaître ? Je dois avouer qu'il serait plus capable que moi de vous renseigner.

Ceinturon Rouge donna un coup de coude à son porte-parole et lui fit signe de refuser.

— Non, m'dame. On préfère attendre et traiter avec vous, déclara Dent d'Or.

Le bureau minuscule et encombré ne permettait pas les apartés. Aussi Stella contourna-t-elle ses clients potentiels et fit-elle signe à Dudley de ressortir. Elle le suivit mais, de crainte de se faire voler la maigre recette qu'elle serrait dans un tiroir non verrouillé du bureau, elle laissa la porte entrouverte, dans l'espoir de dissuader les pirates de commettre un larcin.

Une fois dehors, elle affronta Dudley, la mine sévère :

— Qu'est-ce qui vous incite à venir me trouver au travail, en pleine journée, monsieur Finster ?

— Ma foi, je viens chercher la réponse à ma demande en mariage !

— Il me reste encore deux semaines pour rembourser nos dettes.

— Pourquoi reporter aux calendes grecques, ma chère ? Quel recours vous reste-t-il, à part accepter de m'épouser ? Pensez au plaisir que cela me ferait si vous acceptiez tout de suite, plutôt que de me donner l'impression que je vous force. Nous commencerions la vie commune sous des auspices beaucoup plus favorables.

— Ma réponse, vous l'aurez dans quinze jours, monsieur, que cela vous plaise ou non. Et rien ne dit qu'elle sera positive. La perte de l'entrepôt ne nous condamnera pas immédiatement à l'hospice, ma mère et moi ; pas plus qu'elle ne me poussera à chercher refuge dans vos bras.

— La situation se conclura probablement de

cette façon, ne croyez-vous pas ? Ah, bah, puisqu'il faut en passer par vos caprices de vieille fille… Allez, rentrez vous occuper des deux égorgeurs qui vous attendent, mais je vous avertis : gardez-vous de faire affaire avec eux. En plus de vous attirer le courroux des notables, vous vous exposeriez à des violences physiques de leur part — et j'ai beau vous désirer, j'hésiterais à accepter une femme souillée.

Du bureau, Damon et ses hommes écoutaient aux portes, suivant sans remords la conversation entre la propriétaire des entrepôts et son prétendant.

— Regardez-le se pavaner, ce gringalet qui joue les importants ! s'indigna Nathaniel. Y se prend pour qui, à bousculer cette pauvre dame qui ne voudrait pas de lui pour tout l'or du monde ?

— J'crois bien qu'elle a pas le choix. L'est un peu trop grande et plus assez jeune pour faire la difficile, intervint Arnie.

— Ouais. Et maigrelette. Tu crois qu'elle se serre la ceinture pour pouvoir rembourser sa dette ?

— Qu'est-ce qui vous prend, pauvres nigauds ? gronda Damon. Vous n'avez donc pas plus d'yeux que de cervelle ? C'est une belle plante, cette dame, et juste de la taille que j'aime. Il lui manque un peu de rondeurs mais je la trouve pas mal du tout, avec ses joues de lys et ses lèvres pulpeuses. Je l'imagine bien, enveloppée jusqu'à la taille dans sa longue chevelure brune, ondoyante et parfumée. Et ses grands yeux langoureux, couleur d'océan, pailletés de soleil !…

Un ricanement échappa à Nathaniel. Visant le flanc du fantôme au jugé, il réussit à lui planter un coup de coude dans les côtes et s'extasia :

— T'entends ça, Arnie ? On dirait bien que le cap'taine a le béguin pour la donzelle en détresse ! Comme il est en manque, on pourrait peut-être lui concocter une rencontre. Tu crois qu'elle préférerait aller au lit avec un type invisible plutôt qu'avec l'enquiquineur qui lui colle au train ? A combien elle peut bien se monter, cette dette ? On n'aurait qu'à y aller tous de notre écot pour lui offrir la somme et acheter ses faveurs pour notre cher cap'taine.

— Garde pour toi tes plaisanteries douteuses, Hancock, fit Damon d'un ton sans réplique. C'est à une demoiselle de bonne famille que nous avons affaire, alors un peu de politesse, s'il te plaît.

— C'est bon, cap'taine ! répliqua Nathaniel en claquant des talons.

Au même instant, Stella réintégrait le bureau. Rassemblant ses esprits pour surmonter l'aigreur dans laquelle l'avait mise l'algarade avec Finster, elle commença :

— Maintenant, messieurs, nous devrions pouvoir conclure nos affaires sans autre interruption. Où en étions-nous ?

— Vous parliez de consulter vos dossiers, m'dame, précisa Nathaniel avec une politesse que démentait l'éclat gouailleur de ses prunelles.

— Ah, oui ! Mais c'est inutile. Malheureusement, je viens de me rappeler qu'à l'heure actuelle, nos hangars sont pleins à craquer.

Un bref conciliabule rapprocha les trois pirates, à l'issue duquel Nathaniel déclara :

— Faites excuse, mais on s'est permis de vérifier, avant de venir vous trouver : il reste de la place à revendre dans vos entrepôts.

Prise au piège de son mensonge, Stella rougit.

— Je vois... Eh bien, dans ce cas... bredouilla-t-elle en se mordillant la lèvre inférieure.

Le pirate du milieu murmura quelques mots à l'oreille de son porte-parole. La coupe était pleine ! Incapable de se contenir davantage après une matinée aussi éprouvante, Stella sortit de ses gonds :

— N'est-il pas assez grand pour s'exprimer lui-même, votre... capitaine Kane... ? C'est bien le nom du grand au baudrier rouge, non ? Il n'est pas muet, puisque je l'entends vous donner des ordres à voix basse. Répugnerait-il à traiter avec une femme ?

La stupeur se peignit à des degrés divers sur les trois visages. Bouche bée, Damon continua de la fixer, soulevé d'une espérance mêlée d'incrédulité, tandis que Nathaniel s'extasiait :

— Vous arrivez à le voir, vous ?

— Bien sûr que oui. Je ne suis pas encore aveugle !

— Elle me voit ! fit Damon à mi-voix, avant de s'écrier avec force : Renversant ! Madame me voit ! Je suis ressuscité ! Je suis redevenu moi-même !

— Faux ! rectifia aussitôt Nathaniel, calmant ses espérances avant que Damon ne tombe de trop haut. Tu es toujours un spectre, puisque Arnie et moi, on te voit toujours pas. Pas vrai, Arnie ?

Ce dernier acquiesça d'autant plus vigoureusement qu'il ne comprenait pas comment la demoiselle arrivait à voir le capitaine.

— J'comprends pas c'qui s'passe, cap'taine, mais, foi d'Arnie, j'vous vois pas même un poil du crâne.

Soudain sur ses gardes, Stella réprima un frisson de terreur et grommela :

— Allons, messieurs, qu'espérez-vous gagner avec vos histoires à dormir debout ? Me prenez-vous pour une idiote ?

— Loin de nous cette idée, lui assura Damon. Je demeure bien invisible à mes hommes. Pour tout vous avouer, depuis quinze jours, et sur les cent personnes que j'ai rencontrées, vous êtes la première à me voir. Alors, je vous en prie, regardez-moi attentivement, et décrivez ce que vous voyez.

Sans vraiment comprendre ce qui la poussa à s'exécuter, Stella observa sa tenue avant de répondre :

— Je vous vois grand, le buste large, les épaules carrées. Vous portez bottes, pantalon noir, chemise blanche à jabot et poignets de dentelle, baudrier et large ceinturon rouges. Sans oublier l'anneau d'or à l'oreille gauche. Vos cheveux hirsutes auraient besoin d'un coup de ciseaux, quoique cette coiffure échevelée vous flatte. Vos yeux sont noirs comme la nuit et vous avez une belle fossette au milieu du menton...

— Assez ! coupa Damon.

Chose incompréhensible, cette description détaillée le gênait autant qu'elle le rassurait.

— Ainsi c'est bien vrai que vous me voyez, vous, souffla-t-il. C'est à n'y rien comprendre ; personne d'autre n'y parvient. Jamais en vingt-sept ans je n'ai éprouvé pareil soulagement. Ah, madame, si vous saviez ce que j'endure, à vivre comme un fantôme, alors que je sais sans l'ombre d'un doute que j'appartiens à ce monde !

Stella sentit la terreur la gagner, d'autant qu'elle se souvint subitement que Finster, dans son bureau, n'avait mentionné que deux pirates, alors que c'étaient trois hommes qui se dressaient devant elle, sans la moindre équivoque.

— Je vous en prie, dites-moi qu'il s'agit d'une plaisanterie, et non pas de...

— Non, malheureusement, l'interrompit Nathaniel. C'est la triste vérité. Y a quelques jours, une terrible tempête... Le feu Saint-Elme a frappé le mât, avant de tomber sur le cap'taine qui se tenait dessous. Et, ni une ni deux, z'ont disparu, lui et son oiseau.

— Un feu Saint-Elme ? Un oiseau ? répéta-t-elle, incapable de rien comprendre.

— Parfaitement. Une boule de feu bleue. Et l'oiseau, c'était un faucon apprivoisé, la mascotte du capitaine.

Convaincue de se trouver dans un sinistre cauchemar, elle avait hâte d'y échapper et gagna la porte.

— Je vous demande de bien vouloir m'excuser, messieurs, mais il est temps de mettre fin à ce mauvais rêve. Je sors, en priant pour que cela cesse et qu'enfin je me réveille bien au chaud dans mon lit pour constater que ce jour de catastrophes en série n'a jamais existé.

Pas question de laisser filer la seule personne qui fût capable de le voir ! Damon lui happa le bras au passage. Alors, le miracle se produisit. Une onde de chaleur le traversa et il redevint brusquement visible à ses deux hommes d'équipage, sidérés.

— Damon !

— Cap'taine, vous v'là revenu !

— Ah, mon vieux Damon, il a fallu que tu disparaisses pour que je sache qu'elle me manquait rudement, ta trogne infâme !

— Quoi ? Nathaniel, Arnie, vous arrivez à me voir, maintenant ?

— Pour sûr ! C'est même rudement réconfortant !

Machinalement, Damon lâcha le bras de Stella. Aussitôt, il s'effaça de nouveau à leurs yeux, ressentant physiquement cette disparition, immédiatement confirmée par l'expression de déroute qui se peignit sur le visage de ses hommes.

— Damon ! Tu nous quittes encore !

A leurs cris, Stella s'était retournée. Lorsque les pirates lui avaient signalé qu'ils voyaient enfin leur capitaine, elle avait constaté que son image, jusqu'alors voilée d'une fine brume, lui était apparue avec plus de netteté. Sans réfléchir, elle tendit la main et lui toucha l'épaule, ce qui le leur fit instantanément reparaître.

— C'est elle ! jubila Nathaniel. Il suffit qu'elle te touche pour que tu redeviennes visible !

En un instant, la décision de Damon fut prise : cette femme ne devait plus le quitter d'une semelle, dût-il la tenir en laisse, jusqu'à ce qu'il retrouve définitivement forme humaine. Mais comment mettre en pratique cette contrainte contre le gré de l'intéressée ? Et si la situation perdurait toute sa vie durant ? Et si elle se débattait et hurlait sans cesse ? La seule solution était de la convaincre de l'accompagner de son plein gré, et il connaissait le moyen d'y parvenir…

— Ainsi, vous êtes Mlle Winters ?

Stella acquiesça, encore sous le choc, se demandant si elle perdait la raison. Etait-ce le contrecoup d'un abus de comptabilité ? Cela se soignait-il ? Devait-elle consulter un médecin, au risque de se faire enfermer à l'asile ?

— Mademoiselle Winters ? Ecoutez-moi, je vous prie, insista Damon, lui tournant le visage vers le sien.

— Je… je vous écoute, balbutia-t-elle.

— Je veux que vous veniez avec moi.

— Où ça ? s'enquit-elle d'une voix mal assurée.

— Sur mon navire. Là où j'irai.

— Pour quelle raison ?

— Bon sang, les explications sont-elles nécessaires, après ce qui vient de se passer ? Vous êtes la seule à me voir, la seule qui puisse me rendre visible aux autres, et donner ainsi un semblant de normalité à ma vie. J'ai besoin que vous restiez près de moi.

— Pas question.

— Il le faut.

— Je refuse, s'obstina-t-elle, soulagée de retrouver enfin son habituelle force de caractère.

— Je vous assure que je ne vous ferai aucun mal, que je vous protégerai.

— Vous ne comprenez pas : j'ai mon affaire à gérer, et une mère invalide à la maison. En admettant que je consente à vous suivre, comment l'abandonner, elle ?

— Dans ce cas, le plus simple serait que je m'installe chez vous, fit Damon après un temps de réflexion.

— Impossible. Le simple fait de traiter avec vous me vaudrait d'être mise au ban de la ville, alors imaginez un peu la réaction de mes concitoyens si nous devenions inséparables…

— Vous allez pourtant accepter, mademoiselle. En contrepartie, je réglerai l'intégralité de la somme que vous devez à ce roquet qui vous colle aux basques. Vous recouvrerez la pleine propriété de vos entrepôts. La seule chose que je vous demanderai sera de m'accompagner partout où il me faudra être visible.

» Si cela vous déplaît, je vous signale que rien ne pourra m'empêcher de vous bâillonner et de vous enlever séance tenante à bord de ma frégate ! A moins que vous ne préfériez que je hante vos hangars et votre domicile jusqu'à ce que vous cédiez.

— Du chantage ? s'emporta-t-elle.

— Vous attendiez-vous à moins ? J'ai une réputation à préserver.

Stella en aurait hurlé. Quel ignoble supplice ! Coincée entre un prêteur sur gages qui lui offrait une vie de misère et ce pirate qui lui imposait sa présence !

Entre deux maux, Damon Kane lui offrait toutefois le moindre, puisque accepter son marché lui permettrait de conserver les entrepôts. Et puis, il y avait de fortes chances pour qu'il retrouve forme humaine et déguerpisse plus vite que Finster ne la lâcherait. Quitte à s'embarrasser d'un homme, un demi-spectre fort séduisant ne valait-il pas mieux qu'un comptable décati ? Après tout, le risque en valait la chandelle.

— J'en demande davantage, avant d'accepter, finit-elle par lâcher avec hauteur, déterminée à obtenir une compensation substantielle.

Kane haussa un sourcil interrogateur.

— Quitte à vous avoir toujours dans les jambes, je voudrais que vous me promettiez de découvrir pourquoi mes affaires périclitent. Si c'est ma faute, vous m'apprendrez à redresser la situation ou bien vous paierez un comptable pour le faire. Ainsi, après votre départ, je pourrai remettre de l'ordre dans ma vie sans plus avoir à redouter constamment la faillite. Si la faute se trouve ailleurs, vous m'aiderez à résoudre une bonne fois pour toutes le problème.

— Affaire conclue, mademoiselle Winters.

4

Un instant plus tard, l'épouvante revenait à la charge, terrassant Stella. Pourquoi avait-elle accepté un marché aussi dangereux ? Qui sait si le pirate-spectre ne s'apprêtait pas à l'agresser, dès qu'il se serait introduit chez elle ? Ah, la tyrannie de Finster paraissait bien bénigne, comparée à ce qui ressemblait fort à un pacte avec le diable !

— Non, vous ne vous installerez pas chez moi ! décréta-t-elle avec horreur. Contrairement au genre de femmes avec lesquelles j'imagine que vous frayez, capitaine, je n'ai pas la cuisse légère.

Il promena sur sa personne le feu indiscret de son regard sombre, avec un sans-gêne humiliant. Elle portait une robe à paniers mauve dont la jupe, fendue devant, remontait en bouffant sur les hanches, découvrant un jupon de toile violette. Le bustier, épousant sa taille fine, s'évasait vers le haut, jusqu'au décolleté que dissimulait une fine batiste lilas retenue par une broche, son seul bijou. Aucun maquillage ne venait déparer la pureté de son visage au teint clair.

— Loin de moi cette idée, Stella ! Mais permettez-moi de m'étonner que vous soyez toujours célibataire. Les hommes de Charleston seraient-ils aveugles à vos charmes ? A moins que ce ne soit vous qui les repoussiez par vos remarques sarcastiques.

Stella resta désarçonnée par ces commentaires à la fois outrageants et flatteurs. Ainsi, il la trouvait séduisante ? Allons, c'était insensé, il devait y avoir quelque chose, là-dessous !

Ce pirate extravagant espérait-il, en la submergeant de compliments, la voir tomber en pâmoison et endormir sa méfiance ?

— Vous n'êtes qu'un mufle ! s'indigna-t-elle. Et vos flatteries déplacées n'y changeront rien. Je ne vous permettrai pas de rentrer ne serait-ce que le bout de votre botte dans ma maison.

Damon opina du bonnet, tandis que son sourire s'élargissait avec une arrogance exaspérante.

— Cessez de faire la farouche et réfléchissez un instant : qui saura que j'habite chez vous, puisque je suis invisible ? Quant à m'en empêcher, comment vous y prendrez-vous ? On vous prendra pour une folle, si vous demandez qu'on m'expulse !

— Et ma mère ? riposta Stella, que tant de logique n'avait pas démontée. Croyez-vous qu'elle ne perçoive pas la présence d'un intrus chez elle ? Elle vous entendra, à défaut de vous voir.

— Bah, je veillerai à faire le moins de bruit possible. La cohabitation ne posera aucun problème. Entre les poutres qui craquent et les parquets qui grincent, nous trouverons toujours comment expliquer les bruits suspects.

— Exact ! Mais si les meubles se mettent à parler, j'aurai du mal à inventer une justification. Par conséquent, si vous tenez vraiment à vous installer chez moi, il vous faudra garder bouche close, faute de quoi on finirait par me traiter de sorcière, et je ne vous serai plus d'une grande utilité quand on m'aura brûlée !

— Quel manque de confiance ! déplora-t-il, faussement contrit. Vous savez bien que je volerai au-devant de tous les périls pour vous sauver, gente dame.

— Pour me causer davantage d'ennuis? Ah! pourquoi faut-il que vous me tourmentiez de la sorte?

— Autant vous demander pourquoi le soleil ne peut s'empêcher de se lever, la pluie de tomber, et pourquoi vous êtes la seule à voir en moi plus qu'une brume transparente.

Il fut finalement convenu que l'on déchargerait dès le lendemain la cargaison de la *Reine des Mers* pour la stocker dans un des hangars des Winters. Une fois le marché conclu, Nathaniel et Arnie repartirent en hâte en avertir l'équipage de la frégate.

Avant de rentrer chez elle en compagnie de Damon, Stella se mit en quête du contremaître pour l'informer de la transaction. A sa profonde surprise, John Tilton ne remarqua pas un seul instant la présence de Damon, si bien qu'elle n'avait plus, désormais, le recours d'espérer que l'invisibilité du pirate était un canular bien monté.

L'inquiétant rêve se poursuivait.

Damon aida sa compagne à monter dans son buggy, prit les rênes et lança les chevaux dans le dédale des ruelles de Charleston. Stella, encore furieuse d'avoir été piégée, demeura froide et distante.

Il lui fallut un bon moment avant de remarquer l'expression de surprise qui se peignait sur les visages à leur passage. Quand elle en comprit la raison, elle poussa un cri étranglé et tenta d'arracher les rênes à Damon.

— Hé! jeune fille, qu'est-ce qui vous prend? s'écria-t-il. Arrêtez, sinon les chevaux vont s'emballer!

— Tout le monde nous regarde, souffla-t-elle, remuant les lèvres le moins possible. Bon sang, capitaine Kane, vous allez me les passer, ces rênes ? Non ! surtout, pas un mot, on pourrait vous entendre. C'est déjà bien assez de leur avoir offert le spectacle de rênes claquant toutes seules dans les airs !

Damon se rendit bien vite à ses raisons, lui chuchotant même des excuses.

— Pauvre imbécile ! lui fut-il répondu d'une voix grinçante. Votre étourderie vient de me mettre dans un bel embarras. Et ce n'est qu'un début ! J'attends la suite avec impatience !

En temps ordinaire, Damon n'aurait pas toléré cette insolence de la part d'une femme. Mais les circonstances l'incitèrent au silence.

Finalement, le buggy s'arrêta devant une imposante maison à étage, en pierre couleur sable patinée par les ans. Le long des lourdes colonnes du porche s'enroulait de la vigne vierge, tandis qu'au bas de la véranda qui courait sur le pourtour de la demeure, buissons en fleurs et parterres semaient des touches de couleurs vives. Le père de Stella devait avoir été bien riche pour se bâtir une résidence aussi cossue !

Damon ne put contenir davantage sa curiosité.

— Dites-moi, Stella, jusqu'à présent vous ne m'avez parlé que de votre mère invalide et d'une servante... Qu'est-il arrivé à votre père ?

Son visage, voilé d'ombre par le bord de son chapeau, s'assombrit davantage tandis qu'elle répondait.

— Il est mort il y a trois ans, des suites d'une longue maladie que le médecin n'a pu ni identifier ni traiter. Le choc a été terrible, surtout pour ma mère. Le jour où on a porté mon père en terre, elle a perdu l'usage de ses jambes et depuis, elle n'a plus jamais marché.

»Le docteur prétend qu'il s'agit d'une maladie de l'âme plus que d'un problème physique, continua-t-elle avec tristesse. Cela n'y change rien. Si je m'entête à garder l'affaire et la maison, c'est pour assurer à maman une vie confortable, à l'abri du besoin… faute de pouvoir lui rendre mon père.

Ils contournèrent la demeure et rentrèrent le buggy dans l'étable. Damon aida Stella à ôter les harnais aux deux chevaux qu'ils attachèrent dans leur stalle. Puis il lui emboîta le pas jusqu'à la maison.

— Pour préserver ma mère, je vous supplie de veiller à garder le silence et à ne faire aucun bruit, recommanda-t-elle une dernière fois en s'arrêtant sur le porche.

— Je serai aussi discret qu'une souris, promit-il.

Tandis qu'il parlait, Stella remarqua les traces de boue qui maculaient son passage et le mit en garde :

— Auriez-vous l'amabilité de racler la terre qui vous colle aux bottes ? Je ne tiens pas à ce que vous semiez vos empreintes de fantôme sur le parquet bien ciré de ma mère.

A peine eut-elle ouvert la porte qu'une voix appela :

— Stella, ma chérie, est-ce toi ?

— Oui, maman. J'arrive.

Surpris par ce prénom qu'il entendait pour la première fois, Damon lui saisit le bras. Aussitôt, les picotements signalant qu'il commençait à redevenir visible se firent sentir.

— Ne me touchez surtout pas ! l'avertit-elle à voix basse, lui arrachant son bras. Mais qu'avez-vous ? ajouta-t-elle, devant son expression bouleversée.

— Je me nomme Damon Kane mais on m'a surnommé le Démon des Mers. Ne trouvez-vous pas amusant que la seule personne qui soit capable de me sauver de mon enfer se nomme Stella — l'étoile ? Drôle de coïncidence, pas vrai, mademoiselle Winters ?

— Vous ne cessez de me surprendre, capitaine Kane. Et maintenant, soyez attentif au moindre de vos gestes.

Ils entrèrent au salon, où se trouvait la mère de Stella, installée dans un fauteuil, devant la fenêtre. Cette femme frêle portait sur son front pâle les stigmates de l'âge et de la souffrance. Bien qu'elle n'eût guère plus de quarante ans, sa chevelure d'un brun terne était déjà striée de fils d'argent. Lorsqu'elle leva les yeux de son ouvrage de broderie, Damon resta suffoqué en découvrant les magnifiques iris turquoise qu'elle avait transmis à Stella, mais emplis d'une insondable détresse.

— Tu as le pas bien lourd, aujourd'hui, fit Mme Winters, accueillant sa fille avec un sourire débordant d'amour. Je parie que c'est cette séance de comptabilité forcée, où tu t'es empoisonné la vie à tenter d'équilibrer les comptes, qui t'a tant fatiguée. Je sais quelle corvée cela représente pour toi.

Stella se pencha pour recevoir le baiser de sa mère et avoua :

— En effet, et demain matin, je me lance à nouveau à l'assaut des chiffres. Aujourd'hui, je crains que ce ne soient eux qui aient gagné. Mais assez parlé de nos soucis. As-tu passé un bon moment en compagnie du révérend Johnston et de son épouse ?

— Pas plus que d'habitude. Henrietta a encore

insisté pour faire mon portrait. Pourquoi y tient-elle donc tant ? J'ai le visage si las, à présent. Elle n'a même pas l'excuse de manquer de clients ; tout le monde la réclame, à Charleston.

— Il faut lui reconnaître un talent remarquable.

Stella dénoua le ruban qui retenait son chapeau qu'elle lança ensuite, sans y penser, vers le fauteuil où s'était assis Damon. Il atterrit sur son genou, au grand ébahissement de sa mère, qui le vit en suspens au-dessus du siège.

En hâte, Damon fit tomber le couvre-chef sur le parquet, ce qui rassura Mme Winters :

— Je parie que cette sotte de Dora a laissé la moitié des fenêtres grandes ouvertes, si bien qu'elles font courant d'air avec la porte de la cuisine. J'ai bien tenté de lui expliquer qu'il fallait fermer, elle n'écoute rien, surtout le jour où elle fait de la pâtisserie et où elle me raconte qu'elle étouffe.

Stella poussa un soupir de soulagement et croisa le regard de Damon. Ce n'était pas lui le fautif, pour une fois.

Peu après, ce fut au tour de Stella de triompher. Elles dînaient, sa mère et elle, devant Damon, contraint de rester spectateur, alors que les succulentes odeurs lui mettaient l'eau à la bouche et que son estomac criait famine. Soudain, en débarrassant, Dora contourna la table et s'avança dans sa direction. Attrapant le dossier de sa chaise, elle essaya de la pousser contre le bord de la table, surprise de rencontrer une résistance. Lorsque la domestique se pencha pour examiner les pieds, Damon put enfin se dégager.

Stella, qui avait suivi la scène, ne put retenir son hilarité, sous le regard interloqué de sa mère.

— Qu'as-tu, ce soir, ma fille, à t'agiter comme

un poulain nerveux ? Es-tu certaine de te sentir bien ?

— Un peu de fatigue, maman, rien de plus.

Damon dut attendre le départ de Dora et de Mme Winters pour apaiser sa faim. Il se jeta voracement sur la nourriture.

— Je suis si affamé, s'excusa-t-il, la tête presque coincée entre deux planches du garde-manger dont il explorait les étagères. Quelle torture de saliver ainsi en vous regardant dîner !

— Il fallait y penser à deux fois avant de vous inviter chez moi ! Il est encore temps de changer d'avis ! Qui sait quelles embûches vous guettent encore ?

— Songez plutôt à celles qui vous guettent, vous, rectifia-t-il, la bouche pleine. Je ne renoncerai pas à notre marché si facilement, et je vous conseille de ne pas le faire non plus, si vous tenez à vous débarrasser de ce putois de prêteur sur gages. Rappelez-vous que c'est mon or qui lui fera desserrer les griffes !

Quand Damon fut rassasié, Stella nettoya la cuisine, ne cessant de se demander, tandis qu'elle le conduisait à une pièce inoccupée, au premier étage, comment elle expliquerait à Dora la disparition de tout ce qu'il avait enfourné.

La chambre, petite et dépouillée, était propre. Le lit, quoique moins long que Damon ne l'aurait souhaité, lui plut, avec son matelas et son oreiller de plumes, ses draps blancs bien frais, sa courtepointe chatoyante.

— Je vous aurais logé dans les quartiers situés au-dessus de l'écurie, si Dora ne les avait occupés, lui dit-elle sans amabilité, vous auriez eu plus de place.

— Ne vous inquiétez pas ; c'est parfait ici... A

moins que vous ne m'ouvriez votre lit, ajouta-t-il avec un sourire carnassier.

— Quand les poules auront des dents !

— Ma foi, qui ne tente rien n'a rien, dit-il, acceptant la défaite avec grâce. Mais si vous vous décidiez, n'hésitez pas à venir me trouver, ma toute belle.

En réponse, il reçut l'ordre de faire soigneusement son lit, le lendemain, afin de ne pas éveiller les soupçons de Dora. Puis Stella regagna sa chambre, dont elle tira le verrou.

Bien plus tard, incapable de trouver le sommeil, la jeune fille entendit de son lit la pendule du salon sonner minuit. Instinctivement, elle croisa les doigts, ferma très fort les paupières et se concentra pour qu'au douzième coup, le miracle se produise et qu'elle retrouve la vie simple et saine qu'elle avait menée jusqu'alors.

Le destin en avait décidé autrement. Quand l'ultime tintement mourut, de l'autre côté de la mince cloison séparant sa chambre de celle de Damon, elle entendit le lit grincer.

Maudit pirate ! Spectre infernal ! Il avait vite réussi à se substituer à Finster pour lui empoisonner l'existence, ce bellâtre arrogant et flagorneur !

5

— Stella ! Stella !

Réveillée en sursaut, le cœur battant, Stella tenta d'échapper au sommeil qui l'engourdissait. Il faisait encore nuit noire. Pourquoi ce réveil brutal ?

En réponse à ses interrogations, un grondement insolite retentit.

La tête lourde, elle essayait d'en découvrir l'origine, quand sa mère la héla de nouveau. Envolée, la somnolence ! L'inquiétude lui donna assez de force pour se lever. Sa mère devait se trouver au plus mal pour appeler au milieu de la nuit ! Stella faillit se déboîter l'épaule en tirant de toutes ses forces sur le bouton de la porte avant de se rappeler que le verrou était poussé. Enfin, elle traversa le couloir et se précipita au chevet de l'invalide.

— Que se passe-t-il ? Tu n'es pas bien ? Veux-tu que j'envoie Dora chercher le médecin ?

— Non, non, mon petit. Je ne suis pas malade ; juste un peu secouée.

Sa mère lui fit signe de se taire et, à la lueur de la chandelle, elle constata que ses mains tremblaient.

— Je ne voulais pas t'affoler, ma chérie. Simplement... j'ai cru entendre un homme ronfler dans la maison.

Pétrifiée d'horreur, Stella comprit. Le capitaine des pirates ! Quelle explication logique et rassurante pourrait-elle trouver afin d'éviter la catastrophe ?

— Euh... Mais voyons, maman, c'est impossible, bégaya-t-elle.

Elle priait pour que le silence se rétablisse, quand un nouveau ronflement ébranla les boiseries.

— Dans ce cas, peux-tu m'expliquer ce qu'on entend ? implora Mme Winters, les yeux écarquillés d'horreur. J'ai peur que nous n'ayons un visiteur nocturne, bien que je ne comprenne pas qu'il se soit endormi sous notre toit. Ne pourrais-tu pas te faufiler dehors sans que l'intrus s'en rende compte et courir chercher du secours ? Sois prudente, surtout ! Qui sait de quoi il serait capable si tu le réveillais ! Mais avant d'y aller, apporte-moi le fusil de ton père, qui se trouve dans l'armoire.

Stella réfléchissait à toute vitesse. Soudain, l'étincelle jaillit. Réprimant un petit rire anxieux et feignant le calme, elle s'exclama :

— Oh, maman, sommes-nous bêtes ! Tu ne devines pas d'où vient ce bruit ? Ce n'est qu'un cochon échappé qui fouit le sol pour y chercher des racines, j'en mettrais ma main à couper ! Ecoute, il recommence.

« Il fallait bien que le pirate fût un porc, en effet, pour produire un tel vacarme ! », fulminait Stella en son for intérieur.

— En es-tu certaine ? On le dirait si proche... comme si le bruit venait du bout du couloir.

— Certaine, maman. Mais si cela peut te réconforter, je vais aller vérifier dans la cour. Et maintenant, rendors-toi.

Rassurée par l'explication, Mme Winters se rallongea parmi ses oreillers, un pauvre sourire aux lèvres.

— Que je suis ridicule ! Promets-moi quand même de ne pas sortir. Contente-toi de lui jeter une chaussure par la fenêtre. Les porcs chargent, quand ils se croient attaqués.

« Et les vieilles filles aussi, quand on les met en boule », songea Stella. Il allait avoir un rude réveil, ce cher capitaine, quand elle lui enfournerait un de ses bras dans le gosier !

Elle se munit du bougeoir de sa mère, qui se rendormait déjà, et sortit discrètement. Pieds nus, vêtue de sa seule chemise de nuit en fin linon, elle remonta le couloir au pas de charge, tel un taureau près de charger. Sans frapper, elle ouvrit toute grande la porte de la petite chambre, et mit le cap droit sur Damon, qui ronflait comme un bienheureux, avant de lui assener sur l'épaule une claque si retentissante que la paume lui chauffa.

Elle abaissait sur lui un regard satisfait, quand elle se retrouva soulevée dans les airs, basculée sur le lit, puis écrasée sous le poids d'un corps robuste. Saisie de panique, elle écarquilla les yeux... à temps pour voir une lame fendre les airs avant de lui compresser la gorge. Des prunelles noires comme l'enfer la foudroyèrent pendant une éternité que rythma le gong assourdi de son cœur. Cherchant son souffle, elle tenta de hurler. Seul un couinement ténu jaillit de son gosier. Elle allait mourir, elle en était sûre.

Damon lâcha un juron puis, l'immobilisant toujours, il s'emporta à mi-voix :

— Satanée bonne femme ! Gardez-vous de chercher à me prendre par surprise, à l'avenir, si vous ne tenez pas à vous faire trancher le cou.

Il posa son sabre, sans toutefois la libérer.

— N... non... balbutia-t-elle, tremblante d'effroi. Je voulais simplement vous réveiller.

— Un baiser aurait tout aussi bien fait l'affaire.

Son regard glissa vers la bouche de la jeune femme qui se mordait la lèvre inférieure pour en réprimer le frémissement.

— La curiosité serait-elle de nature à vous faire changer d'avis, petite chatte ?

— Pour rien au monde ! se rebiffa-t-elle, sentant la colère l'emporter sur la peur. Poussez-vous, que je me relève. Et tout de suite !

Elle réussit à se libérer un bras, tentant en vain de repousser celui de Damon. Celui-ci la couvait d'un œil ironique.

— Expliquez-moi d'abord pourquoi vous avez

jugé bon de faire intrusion dans ma chambre et de me réveiller d'un coup de poing, alors qu'un mot aurait suffi.

— Parce que vos ronflements faisaient trembler jusqu'à la toiture, ce qui a réveillé ma mère ! Et j'ai eu un mal de chien à trouver une explication à ce tapage.

— Que lui avez-vous raconté ?

— Qu'il s'agissait d'un porc en maraude qui fouissait le jardin... Alors qu'en réalité, il sévissait entre nos murs, ajouta-t-elle, les prunelles étrécies de haine.

— T'a-t-on jamais dit que tu avais une petite bouche très tentante ? murmura-t-il, la tutoyant brusquement.

A présent qu'elle avait recouvré un semblant de calme, Stella remarqua chez son adversaire un certain nombre de choses qui, dans le feu de l'action, lui avaient échappé : la toison de poils blonds qui moussait sur son torse, la chaleur puissante de son corps nu qui s'insinuait en elle...

— Vous... dormez sans chemise ? bredouilla-t-elle.

— Ce genre de vêtement ne fait pas partie de ma garde-robe, ma douce, railla-t-il. En plus, la domestique serait intriguée de trouver ici une chemise de nuit d'homme.

— Elle n'a aucune raison d'entrer dans cette pièce, protesta Stella.

Tout en se demandant quel effet cela ferait d'y toucher, elle contemplait avec délectation le buste superbe, grisée malgré elle par l'odeur virile qui en émanait.

— Ta chemise de nuit remontée jusqu'aux hanches, tu la juges vraiment plus décente que ma nudité ?

Ainsi rappelée à la réalité, Stella constata subitement que le pirate disait vrai, et fut encore plus troublée par le genre de pensées que cette situation faisait naître en elle.

— Oh, quelle horreur ! souffla-t-elle, tentant de s'accrocher au regard de Damon pour résister à la curiosité dévorante que lui inspirait ce corps puissant déployé sur elle de tout son long. Mais ce diable d'homme semblait lire dans ses pensées.

— Vas-y, Stella : regarde et touche tant que tu veux, l'encouragea-t-il.

— Un peu de retenue, capitaine !

— Si tu savais combien tu es tentante, étendue sous moi, toute chaude ! Mais comme je préfère les femmes vibrantes de passion plutôt que tremblantes de honte et jouant les vierges effarouchées, je te laisserai repartir sans une égratignure. A une condition, toutefois : que tu m'appelles par mon nom. Damon... Dis-le, avec douceur, Stella. Je voudrais entendre mon nom s'échapper de tes lèvres comme un frisson.

Elle le dévisagea avec méfiance. S'il ne tenait pas sa parole, que ferait-elle ? Crier réveillerait sa mère, qui ne pourrait que mourir de peur, clouée dans son lit. Se débattre fouetterait la colère du pirate, qui risquerait de lui faire encore plus de mal. Et puis, comment affronter ce colosse ? Elle n'avait pas le choix.

— Vous me laisserez repartir, si je vous appelle par votre prénom ? souffla-t-elle, cherchant son regard.

— Exact.

Implorant le ciel, elle joua son va-tout :

— Damon...

— Non, pas comme ça. J'ai dit avec douceur, tendresse...

La détresse lui fit venir les larmes aux yeux. Un soupir tremblant lui échappa, et sur ce souffle tendre vogua le prénom du pirate :

— Damon...

Incapable de se retenir, le jeune homme abaissa sa bouche vers la sienne et souffla : « Stella... » Puis, avec douceur, pour ne pas l'effrayer et gâter la fragile beauté de l'instant, il posa ses lèvres sur sa bouche.

Sous l'exquise délicatesse de ce baiser, les larmes de Stella redoublèrent, mais changèrent de nature. Durant quelques précieuses secondes, elle oublia sa peur pour s'abandonner au vertigineux bonheur de leur étreinte, de son premier baiser d'amoureuse.

Celui-ci s'acheva trop vite à son gré. A l'instant où leurs bouches se quittèrent, sa bonne éducation reprit le dessus. Elle sentit ses joues s'empourprer, quand le regard sombre, insondable de Damon la transperça. Avant qu'elle ait eu le temps de réagir, de le repousser ou de l'attirer pour prolonger l'étreinte, il s'arracha à elle et, happant le drap pour se dissimuler le bas-ventre, souffla d'un ton bourru :

— Va, Stella. Echappe-toi avant que l'instinct ne soit le plus fort et ne m'empêche de tenir ma promesse.

Elle se leva en titubant, encore éblouie.

— Vous venez de trahir votre parole, capitaine Kane, puisque au lieu de me libérer quand j'ai prononcé votre nom, vous m'avez volé un baiser.

Elle tournait les talons, près de fuir, quand il la retint par sa natte.

— Reste encore un peu, petite impertinente. Ce baiser, c'était pour récompenser la suavité avec laquelle tu as prononcé mon nom. Je ne l'ai ni exigé ni pris de force. Si tu es honnête envers toi-même, tu sais que c'est vrai.

Quand elle tenta de lui échapper, il tira plus fort sur la natte, insistant :

— Ma parole, je la respecte, Stella. Je n'ai rien d'un menteur. Et fais-moi confiance : ce ne sont que les prémices, entre nous.

— Encore des menaces, capitaine Kane ?

— Non, ma beauté, des promesses. J'ai l'honnêteté de te prévenir.

— Et si j'en décide autrement parce que vos propositions ne m'intéressent pas, irez-vous jusqu'à prendre de force ce que vous convoitez ?

Un rire rauque s'échappa de la gorge de l'indomptable qui assena :

— Cela ne s'imposera pas. Bien que novice avec les vierges, je parie que je te gagnerai sans avoir besoin de recourir à la force.

Elle pivota, révoltée par une telle fatuité.

— Vous croyez qu'il suffira de quelques baisers pour m'avoir, pantelante, à vos pieds, soumise à votre volonté ? A votre place, je réfléchirais, pirate, parce que avant que je me rende à vos caprices, il neigera en enfer !

— Cela se produira plus vite que tu ne crois. Et chaque fois que tu m'appelleras capitaine, tu seras pénalisée, décréta-t-il, lâchant si brusquement sa chevelure que Stella tomba assise sur le parquet.

— Espèce de butor arrogant ! cracha-t-elle en détalant, poursuivie par les gloussements de Damon.

— Il faut des insultes autrement plus pénétrantes pour transpercer ma cuirasse ! Et maintenant, je me rendors heureux.

C'eût été un euphémisme de dire que, le lendemain matin, Stella appréhendait les retrouvailles. Cependant, Damon Kane ne lui causait aucune peur ; il avait promis de ne pas lui faire de mal et — peut-être à tort — elle le croyait. Non, avant tout, elle avait honte d'avoir fait la culbute dans le lit de ce gaillard si séduisant et d'avoir succombé à son baiser.

C'est en se reprochant cet abandon qu'elle pénétra dans la cuisine. Elle découvrit Dora devant la cuisinière, où elle touillait un mélange de pommes de terre et de viande hachée. Et juste à côté d'elle, négligemment accoudé au buffet, Damon Kane chipait des bouts de pomme de terre !

— Il ne faut pas vous gêner, surtout ! s'indigna Stella.

Dora pivota si brusquement qu'elle faillit faire tomber le poêlon par terre dans le mouvement. Elle s'étreignit la poitrine et gémit :

— Mademoiselle Stella ! Vous m'avez fait une peur bleue !

Profitant de ce que la servante tournait le dos, Damon lui vola davantage de hachis, qu'il enfourna avec un sourire insolent à l'adresse de Stella.

— Je... Excusez-moi, Dora, je n'avais pas l'intention de vous effrayer, dit-elle, sans cesser de fixer leur hôte qui se pourléchait tranquillement les doigts.

— Mon pauv' cœur a bien failli s'arrêter, je vous dis qu' ça ! J'ai rien fait de mal, moi ! Je préparais le petit déjeuner, comme tous les matins depuis cinq ans que je travaille chez Madame.

Dora, engagée pour sept ans chez les dames Winters, se considérait comme une amie de la famille plus que comme une servante, ce qui lui donnait une certaine assurance. Bombant le torse avec indignation, secouant la tête, elle revint au fourneau en grommelant :

— Y doit y avoir quéque chose dans l'air, j'vous dis. D'abord, j'arrive pas à retrouver le restant de pommes de terre du dîner d'hier... alors que je l'avais remisé au garde-manger, ça, je m'en souviens très bien... puis, vous me tombez dessus comme si vous tombiez de la lune... Et Madame qui veut pas sortir de sa chambre, soi-disant qu'y aurait des cochons qui grattent dans la cour, alors que d'habitude elle peut pas attendre que je l'habille pour descendre au salon !

Pendant cette tirade, Damon s'était approché de Stella, à qui il planta un petit baiser sur la joue avant de souffler :

— Dis-lui de te remplir ton écuelle à ras bord, ma beauté. On mangera dans la même, et je ne souhaite pas que tu meures de faim.

— Qu'est-ce que c'est qu'on entend ? demanda Dora sans se retourner.

— Oh, hum... je voulais vous demander si vous pourriez me servir double portion, fit Stella, repoussant d'une claque la main que Damon lui glissait vers le cou et le fusillant du regard. Je me sens plus d'appétit que d'habitude.

Cette précision fit se retourner Dora, dont le visage rond comme une pomme se fendit d'un sourire rayonnant.

— C'est pas trop tôt que vous vous décidiez à picorer un peu plus qu'un oiseau, mademoiselle Stella ! J'ai eu peur que les soucis vous mangent jusqu'à l'os !

A la stupéfaction de Dora, Stella engloutit une quantité de nourriture trois fois supérieure à ce qu'elle avalait d'habitude. En plus du hachis aux pommes de terre, elle avala six œufs et une douzaine de petits pains à la confiture.

— Dieu me pardonne, mademoiselle, vos longues jambes ont dû s'évider pendant la nuit, s'extasia-t-elle, sans remarquer le rouge qui marbrait les joues de Stella — surtout quand Damon jeta un coup d'œil lascif vers ses membres inférieurs. Continuez à avaler comme ça, et y me faudra aller plus souvent au marché. Je m'en plaindrais pas, notez bien.

Son plantureux petit déjeuner avalé, Stella monta souhaiter le bonjour à sa mère et, pour échapper aux facéties de Damon, décida de quitter sans plus tarder le domicile.

— Je serai au bureau, maman, si tu as besoin de moi.

— Si seulement tu pouvais rapporter les livres à la maison et faire ta comptabilité ici ! se plaignit Mme Winters. A défaut de pouvoir t'aider, je profiterais au moins de ta compagnie.

Damon lui tapa sur l'épaule pour signifier qu'il approuvait la suggestion.

— J'y réfléchirai, répondit-elle.

— Une chose encore... Que faut-il dire à M. Finster s'il vient à nouveau te réclamer ? Il nous empoisonne, celui-là !

— Je doute qu'il se montre. Du moins, pas aujourd'hui. Il est passé au bureau, hier, et nous avons parlé. S'il t'importune, conseille-lui d'aller se jeter au fin fond d'un bassin. Avec une grosse pierre autour du cou de préférence !

Damon ne put retenir un gros éclat de rire.

— Tu tousses, Stella ? fit sa mère, alarmée.

— Non, j'ai simplement avalé de travers, maman.

Vite, elle poussa Damon dans le couloir, et de là droit vers l'étable.

— La peste soit de vous et de vos bruits infernaux ! Je n'ai jamais autant menti de ma vie.

— Combien d'années as-tu à ton actif, ma chère demoiselle ?

— Cela ne vous regarde pas !

— Inutile de prendre la mouche, Stella, tu n'es quand même pas si vieille !

— Si vous tenez à le savoir, j'ai vingt-deux ans.

— Une petite pouliche toute tendre et d'une naïve fraîcheur... Je suis plus vieux que toi de cinq ans, et je considère que j'ai encore de belles années devant moi.

— Les hommes, c'est différent, fit-elle en reniflant.

— Ravi de savoir que tu l'as remarqué, ma jolie. Y a-t-il autre chose qui ait retenu ton attention, hier soir, dans ma chambre ?

Elle s'arrêta net dans son élan et le toisa.

— Capitaine Kane, vous êtes vulgaire, arrogant, mal élevé et totalement exaspérant. Vous n'avez rien pour vous racheter, mentit-elle, luttant contre une attirance qui la consternait.

Il haussa ses sourcils blonds, fort amusé, raillant :

— Ah, bon ? Dans ce cas, pourquoi es-tu rouge comme une écrevisse ? Tu mens très mal, Stella.

Sans lui laisser le temps de deviner ses intentions, il la prit dans ses bras et chercha sa bouche. Elle serra les lèvres. Il les lui caressa de la langue, en mordilla le bord... Elle finit par les entrouvrir, avec un cri suffoqué.

Pétrifiée par l'indécence de son baiser qui lui donnait le vertige, Stella tituba et heurta le buggy, lorsqu'il rouvrit les bras.

Très fier de son œuvre, Damon contemplait les lèvres humides, la passion inassouvie que trahissait le regard de sa victime, et fit d'une voix nonchalante :

— Je t'avais promis de te punir chaque fois que tu m'appellerais capitaine, alors si tu en veux davantage, continue. Je me régalerai à t'embrasser aussi souvent que tu le désires.

Furibonde, humiliée à l'extrême, Stella réagit sans réfléchir : retirant le fouet accroché au buggy, elle tenta d'en cingler son bourreau. Vif comme l'éclair, Damon le lui arracha des mains avant que la lanière ne le morde. Il ploya le manche à le briser, tandis que ses prunelles embrasées promettaient des représailles sanglantes à la téméraire, qui reculait pas à pas.

— Tu mériterais que je te fouette jusqu'au sang pour t'apprendre ces bonnes manières qui, à t'entendre, me feraient défaut.

— Non ! glapit-elle, la gorge nouée d'angoisse, se protégeant la tête des bras. Je ne recommencerai plus. Je suis désolée.

— Désolée d'avoir tenté de me fouetter, ou désolée que je t'aie chipé le fouet ?

— Désolée de m'être mise en colère.

Etonné de la voir s'humilier de la sorte, il parvint cependant à lui ordonner avec sévérité de monter en voiture.

Dans une furieuse envolée de jupons, elle se hissa sur le siège du buggy et, se tassant dans un coin, attendit qu'il ait fini de harnacher les chevaux et se soit installé. Sans un mot, il lui tendit les rênes. Stella attendit d'être loin de la maison pour lui rappeler :

— De toute façon, vous aviez promis de ne pas me faire de mal.

— Je ne t'en ai pas fait, remarqua-t-il, les yeux rivés sur la bouche boudeuse de la passagère. Pourtant, tu l'aurais amplement mérité. Ah, Stella, je t'adore ! s'exclama-t-il, cédant enfin à l'hilarité. Tu te défends comme un chef ! Au point que je me demande pourquoi je suis venu à ton secours pour te protéger de Finster : il n'aurait pas résisté à ton esprit mordant ; tu l'aurais rendu fou en un rien de temps.

— Ça, je vous garantis que j'y aurais mis le paquet, murmura-t-elle, retrouvant le sourire.

Fallait-il interpréter les remarques du capitaine comme des compliments ? Sans doute, à en juger par l'admiration que Stella avait perçue dans son ton. Rassérénée, elle se redressa et, le regard brillant, conduisit l'attelage avec la fierté que procure la confiance en soi retrouvée.

6

Abandonnant Stella à sa comptabilité, Damon décida d'explorer les entrepôts et, tirant avantage de son invisibilité, d'écouter sans être vu, de fureter parmi les marchandises en dépôt sans éveiller le moindre soupçon.

Une heure d'inspection lui suffit pour conclure que la gestion des Entrepôts Winters manquait d'efficacité. Les marchandises étaient entassées n'importe comment, sans précaution pour les denrées fragiles ou périssables ni protection contre le vol. En d'autres circonstances, Damon eût été ravi de découvrir pareil butin si facilement accessible. Mais maintenant il se trouvait de l'autre côté de la barrière, et avait promis de veiller aux intérêts de Stella.

L'autre évidence qui le frappa était que l'entrepôt ne travaillait qu'à la moitié de sa capacité. La plupart des dockers traînaient, échangeaient des blagues, buvaient de la cervoise, et l'arrivée de John Tilton, le contremaître, ne les tira pas le moins du monde de leur inactivité. Lorsqu'un client survint, ils s'égaillèrent brusquement — avant de reformer leur groupe un peu plus loin.

Un autre navire était en effet à l'ancre dans le bassin et comme on devait le décharger avant la *Reine des Mers*, Damon suivit Tilton et le capitaine sur le quai, pour observer de près la transaction. Il trouva les deux hommes en train de se quereller.

— Mais enfin, mon vieux, vitupérait le marin, le prix que vous exigez maintenant dépasse de beaucoup la somme qu'on nous avait annoncée !

Sans détacher de son interlocuteur ses yeux étrécis, Tilton cracha, avant de répondre en mâchonnant sa chique :

— Ça correspond au stockage des marchandises, à quoi s'ajoutent le prix du mouillage dans notre bassin et le déchargement. A moins que vous ne préfériez laisser ce travail à vos hommes d'équipage. C'est à prendre ou à laisser. Vous pouvez toujours vous adresser à la concurrence...

— Ça prendrait une semaine pour trouver quelqu'un d'autre, et vous le savez pertinemment ! D'ici là, une partie de la marchandise serait bonne à jeter.

— Je n'y peux rien, capitaine, rétorqua Tilton d'un ton sec.

Pestant d'abondance, le capitaine se résigna à compter les pièces et à les remettre au contremaître en lâchant :

— Vous n'êtes qu'un requin, Tilton ; vous ne valez pas plus cher que les boucaniers.

Tilton tendit la main avec un petit sourire narquois et, une fois la somme empochée, il s'apprêtait à repartir, quand son client le retint par la manche :

— J'aimerais un reçu, si ça ne vous fait rien. Tout de suite. Vous savez écrire, quand même ?

— Vous avez cette chance, en effet, fit Tilton. Il faut bien que quelqu'un puisse lui tenir un semblant de comptabilité, à la patronne, parce que les chiffres, la pauvre, ce n'est pas sa spécialité.

Il sortit de sa poche une liasse de papiers froissés. Damon se rapprocha et, par-dessus son épaule, lut la somme qu'il inscrivait. Elle correspondait au montant que lui avait réglé le capitaine et qu'il avait fourré dans la poche de son habit, au lieu de la serrer dans une sacoche spéciale.

Il était temps d'aller trouver Stella pour passer au rapport.

— Ce serait un jeu d'enfant de te plumer, l'avertit-il après lui avoir relaté la scène. Et Tilton a la partie belle, puisqu'il n'a de comptes à rendre à personne sur ses activités. Rien de surprenant à ce que l'entrepôt perde de l'argent, en ce moment. Sais-tu quand exactement les affaires ont commencé à péricliter ?

— Quand père est tombé malade et qu'il lui a fallu confier la direction de l'affaire à Tilton, avoua Stella, soudain fort mal à l'aise. Pensez-vous que Tilton ait entrepris de nous couler et que, par bêtise, je n'y aie vu que du feu ?

— Ce n'est pas une question de bêtise, Stella. Tu étais simplement aveuglée par la douleur, au début. Et puis, sans un minimum de connaissances en gestion, que pouvais-tu faire ? D'autant que le déficit est venu se rajouter aux problèmes qui existaient déjà quand ton père a passé la main.

— Il semble bien que depuis le début Tilton me mène droit à l'abattoir ! Ah, comment ai-je pu me montrer naïve à ce point ?

Damon s'appuya contre le bureau, alluma un cigare et en tira une bouffée dont il laissa filer la fumée en volute jusqu'au plafond.

— Me fais-tu confiance ? Accepterais-tu de suivre mes conseils ? demanda-t-il en la fixant à travers le nuage bleuté.

Elle prit le temps de peser la question avant de répondre :

— Cela dépend de ce que vous me suggérerez, bien que rien ne puisse être pire que la faillite vers laquelle me conduit Tilton.

— Et si je te conseillais de licencier la plupart de tes dockers pour y substituer mes matelots ?

Elle le dévisagea, médusée, se récriant :

— Ce serait lâcher le loup dans la bergerie, voyons !

— En temps normal, oui, mais ils sont sous mes ordres. N'oublie pas que je me suis engagé à te venir en aide, Stella, et que le contrat s'étend également à mes marins. Loin de te voler, ils te protégeront contre les gredins sans scrupules.

— Et Tilton, faudra-t-il le renvoyer, lui aussi ?

— Pas encore. J'ai idée qu'une fois que tu te seras débarrassée des autres — qui exécutent ses ordres et participent à ses crapuleries —, il foncera droit chez le responsable réel de tes malheurs.

— Vous soupçonnez quelqu'un d'autre ? Tilton n'est-il pas le seul à orchestrer ma ruine ?

— Non. Ton contremaître est rusé, mais pas assez malin pour avoir tout organisé seul. Je ne pense guère me tromper en devinant qu'il reçoit des consignes de quelqu'un qui a fort à gagner à l'affaire.

— Qui donc ?

— Voilà précisément ce qu'il nous faut découvrir.

A cet instant, Tilton pénétra dans le bureau en affichant une expression de triomphe que Stella savait devoir désormais attribuer à tout autre chose qu'à la fierté de tenir ferme les rênes des Entrepôts Winters. Il devait bien se moquer d'elle, quand elle avait le dos tourné !

L'homme cessa tout net de plastronner et ses traits s'affaissèrent de stupeur, quand il aperçut le cigare. La jeune femme faillit éclater de rire : elle pouvait voir les doigts de Damon qui maintenaient le cigare sur le bord du bureau ; Tilton, non. Et le contremaître avait peine à imaginer qu'une dame ose fumer, à plus forte raison un pareil barreau de chaise !

— Hum... mademoiselle Winters... je... Alors comme ça, à l'occasion, on se fume un bon cigare...

Stella tendit la main vers l'objet du délit et, prenant garde à ne pas toucher Damon, le saisit entre ses doigts.

— Il y a une foule de choses que vous ignorez à mon sujet, monsieur Tilton, jeta-t-elle d'un ton sec. Vous veniez discuter affaires ?

— Euh... précisément !

Se rappelant le but de sa visite, il lui tendit une feuille de papier ainsi qu'une poignée de pièces de monnaie.

— Cette transaction est à enregistrer dans le livre que vous êtes en train de vérifier, c'est pourquoi j'ai jugé bon de venir vous trouver immédiatement. Le capitaine Stuber vient de me régler. Son équipage a presque fini de décharger le navire. Ensuite, ce sera le tour de la frégate des pirates. Pardonnez-moi, mais avant de traiter avec ces gens-là, vous auriez dû me demander mon avis. Il vaut mieux éviter de faire affaire avec cette engeance, mademoiselle Winters.

— Je sais, monsieur Tilton, et si les choses tournent mal, c'est moi qui en assumerai l'entière responsabilité, rassurez-vous.

Il acquiesça d'un coup de tête dont la brusquerie trahit sa contrariété. Damon avait profité de cet échange pour jeter un coup d'œil au reçu que Stella avait posé à sa portée et ne fut pas surpris de ce qu'il y découvrit. Le montant que Tilton mentionnait était nettement inférieur à la somme remise par le capitaine Stuber. Quand Stella l'interrogea du regard, Damon lui désigna les pièces qu'elle s'apprêtait à déposer dans la caisse et lui fit comprendre que Tilton l'avait grugée.

— Comment se fait-il que ce soient les marins du capitaine Stuber qui déchargent leur propre navire ? N'est-ce pas pour le faire que nous payons nos dockers ? demanda Stella.

Pris de court, Tilton joua les offensés et s'indigna de la voir fourrer son nez dans des négociations qui restaient de son ressort.

— Si, mais le capitaine a insisté. Qui sait ? Il craignait peut-être qu'il n'y ait de la casse, avec nos employés, lâcha-t-il sèchement.

— Il avait raison, monsieur Tilton. J'ai appris que certains de nos dockers ne sont que des fainéants. D'ici la fin de la journée, j'aurai dressé la liste de tous ceux que je vous demanderai de renvoyer. Je me charge personnellement de les remplacer.

Si Tilton avait été choqué par le cigare, cette algarade le laissa momentanément sans voix. Sa bouche s'arrondit, et la rage le fit virer au rouge brique.

— Attendez une minute, mam'zelle! s'emporta-t-il enfin. Je dirige l'affaire depuis que votre père me l'a confiée, et je continuerai. Si ça vous amuse de venir au bureau faire semblant de tenir la comptabilité, entendu, mais pas question de fourrer votre nez dans mon domaine réservé. Les dockers et leur travail, c'est moi qui supervise.

Quand Tilton haussa le ton, Damon se redressa et porta la main au pommeau de son sabre. Quoique touchée par cette attitude protectrice, la jeune femme fit mine de n'avoir rien vu. Feignant une désinvolture qu'elle était loin de ressentir, elle secoua la cendre du cigare dont elle observa le bout rougeoyant avec attention.

— Si vous y tenez, vous pouvez ajouter votre nom à la liste des licenciés, monsieur Tilton, malgré la contrariété que votre départ me causerait, dans la conjoncture actuelle.

Elle leva les yeux jusqu'à croiser son regard et, l'affrontant avec froideur, elle ajouta, hautaine :

— N'oubliez pas que vous n'êtes pas propriétaire des entrepôts, monsieur. Et, si j'apprécie les efforts que vous déployez à notre profit, à ma mère et à moi-même, il n'empêche que nous vous payons un salaire pour cela. En ma qualité d'employeur, je trouve donc légitime de m'impliquer dans la gestion... par conséquent de décider de l'embauche ou du renvoi du personnel.

— M. Finster approuve-t-il cette politique ?

— En quoi M. Finster aurait-il son mot à dire dans mes prises de décision ?

— En rien, pour le moment, bredouilla Tilton,

regrettant visiblement cet éclat qui risquait de lui valoir la porte. Mais quand même… tout le monde sait qu'il vous courtise et que vous ne tarderez pas à vous marier. J'aurais cru que vous lui auriez demandé conseil avant de tout changer.

— Vous vous êtes trompé. De plus, je déteste qu'on discute de ma vie privée sur la place publique.

Elle fit une pause, étudia le cigare qu'elle tenait entre les doigts, puis le porta à sa bouche. Damon retenait son souffle, ne sachant s'il fallait rire ou bien s'affoler, tandis que Stella, du bout des lèvres, tirait délicatement une bouffée. Elle eut la présence d'esprit de ne pas avaler la fumée… qu'elle souffla au contraire droit dans la figure figée de Tilton.

— Eh bien, monsieur Tilton, toujours des nôtres ? demanda-t-elle, la voix un tantinet plus rauque. Faut-il que je vous cherche à vous aussi un remplaçant ?

— Je reste… pour respecter le vœu de votre père, annonça-t-il en toussant.

— Parfait. Eh bien, l'entretien est clos. N'oubliez pas de repasser à mon bureau en fin de journée pour prendre la liste des employés renvoyés.

Quand Tilton fut reparti, Damon éclata d'un rire tonitruant entrecoupé d'exclamations :

— Impayable !… Le grand jeu ! Et quelle rusée renarde tu fais… Par ma foi, dommage que tu ne sois pas née garçon ; tu as l'étoffe d'un fieffé pirate !

— Si j'étais un homme, je ne me trouverais pas dans un pareil pétrin, grommela-t-elle. (Mais l'enjouement reprit vite le dessus et, pouffant de rire :) Vous avez vu sa tête, quand il est tombé sur le cigare ? Heureusement que vous aviez la main appuyée sur le bureau et qu'il ne flottait pas dans les airs !

— Certes. Il n'empêche que Tilton risque de propager des ragots sur les mœurs insolites de la demoiselle Winters et sur les grands airs qu'elle se donne pour jouer les patronnes !

La gaieté de Stella retomba.

— C'est probable, mais comment l'en empêcher, désormais ? Reste à espérer que les gens ne prêteront pas foi à ses racontars. Après tout, j'ai toujours vécu à Charleston, et mes concitoyens me connaissent.

— Ils n'ignorent pas ta pruderie et ton caractère ombrageux, sans doute, mais connaissent-ils ton sens de la repartie, le feu qui sourd sous tes allures de sainte-nitouche, la passion qui couve si près de cette surface apparemment sereine ?

— Flatteur ! Vous m'enjolivez le caractère pour mieux arriver à vos fins. Je ne suis qu'une sale bique de vieille fille à la langue acérée et à la tête trop dure.

Damon se pencha par-dessus les paperasses entassées sur le bureau pour lui happer le menton, la fixant de ses prunelles sombres.

— Tu es une jeune sirène qui s'éveille à ses pouvoirs, et je tiens à être celui qui se consumera dans les flammes de ta passion encore inexprimée. Je veux susciter tes désirs pour que s'épanouisse la vraie femme qui se cache en toi.

Passant à l'action, il ôta les épingles qui retenaient la tresse de Stella. Malgré ses protestations, ses vains efforts pour l'arrêter, il la dénatta et prit la soyeuse chevelure à pleines paumes pour s'y noyer le visage, en en savourant l'odeur si féminine.

— Pourquoi cette coiffure si sage, Stella ? Ta chevelure déployée est un véritable enchantement.

— Un enchantement ? Quelle coiffure voudriez-vous que j'arbore ? Un tas de boucles remontées au sommet de la tête ? Cela me ferait paraître encore plus grande et plus maigre ! Je ne tiens pas à attirer davantage l'attention sur ma personne.

— D'où tiens-tu que c'est disgracieux d'être plus grande que les autres ? Des imbéciles qui se hissent sur un tabouret pour voir par-dessus un nid de fourmis ou de ceux qui sont si gros qu'ils ne voient jamais leurs pieds ?

A ces facéties, Stella ne put retenir un éclat de rire cristallin, tandis que ses yeux bleus scintillaient de bonheur.

— Oh, Damon, quelques heures vous ont suffi pour réveiller en moi la gaieté qui y sommeillait, et me rendre l'assurance que j'avais perdue ! Etes-vous mon sauveur ou me préparez-vous une autre sorte de chute ?

— Les deux, indubitablement, ma belle.

7

Quand Stella manifesta son désir de visiter la frégate, elle se heurta de plein fouet à la superstition légendaire des marins. Que ces hommes, qui passaient presque toute leur vie sur une coquille de noix ballottée dans l'immensité d'océans aux humeurs imprévisibles, collectionnent les porte-bonheur et évitent comme la peste ce qui pouvait leur porter malheur, elle le comprenait. Mais de là à exclure catégoriquement les femmes de leur bateau...

— Pourquoi prétendez-vous que les femmes portent malheur à un navire, si elles y montent ?

— Elles portent la guigne, point. Depuis toujours. Et ça ne changera pas, répondit Damon, péremptoire.

— Dans ce cas, pourquoi n'arrive-t-il pas davantage d'accidents aux navires qui transportent régulièrement des femmes d'Europe en Amérique ?

— Pur hasard. Les capitaines et les équipages doivent mourir de peur durant toute la traversée — ou la passer en prières.

— Dans ce cas, on comprend que les navires pirates refoulent les femmes. Les boucaniers ne brillent pas par leur piété !

— Le sarcasme ne te va pas et ne me fera pas changer d'avis. Je n'ai ni le temps ni l'envie de sortir les amulettes ou de débiter les incantations censées annuler les risques auxquels on s'exposerait en te prenant à bord. Tu ne poseras pas un orteil sur la *Reine des Mers*.

— Ce qui signifie que votre menace de m'enlever et de me séquestrer à bord n'était que du bluff !

— En effet, admit Damon avec un sourire penaud. Mais c'était avant que nous concluions un marché. Désormais, je ne te laisserai pas te dédire. Non, ne fais pas la moue… tu me donnes des envies d'embrasser cette petite bouche boudeuse.

Elle pinça les lèvres.

— Contentez-vous de décharger vos marchandises volées !

Histoire de le remettre à sa place, elle lui assena une petite tape sur l'épaule. Aussitôt une onde de chaleur lui parcourut le bras et Damon se sentit redevenir visible… mais cela ne dura que quelques instants.

— Attention de ne pas me toucher en public,

Stella, l'avertit-il, et méfie-toi qu'on ne te surprenne pas à parler toute seule.

— Vous avez raison. J'oublie trop facilement que les autres ne peuvent vous voir.

— Ne l'oublie pas trop souvent, sinon nous nous retrouverons tous deux dans le pétrin. Maintenant, attends-moi sagement, et à mon retour de la frégate, je t'apporterai un cadeau.

— Je déteste qu'on me donne des ordres, se rebiffa-t-elle. Je ne suis pas un petit chien qu'on encourage gentiment d'une tape.

— Jamais je ne m'enhardirais à te tripoter de la sorte. J'aurais bien trop peur de redevenir visible !

Au milieu de l'après-midi, la *Reine des Mers* était déchargée, et sa cargaison mise en lieu sûr. Plusieurs des membres de son équipage occupaient désormais les postes des dockers renvoyés. Trois matelots monteraient en outre la garde toute la nuit pour protéger la marchandise contre d'éventuels pillards.

C'est avec un frisson d'appréhension que Stella passa en revue la meute de ses nouveaux employés, espérant que la rudesse d'allure de ces gaillards armés jusqu'aux dents ne ferait pas fuir la clientèle — et que Damon les garderait bien en main.

Quels trésors ces hommes dissimulaient-ils dans leurs coffres pour éprouver le besoin de les surveiller d'aussi près ? Stella hésitait à poser des questions, de crainte que dans ces caisses et ces tonneaux, au milieu de cargaisons pillées, ne se cachent squelettes ou restes humains.

Une fois réglées ces affaires pressantes, tout guilleret, Damon fit un dernier voyage à bord pour prélever dans sa cabine nécessaire de rasage, armes, vêtements de rechange, ses cigares favoris et son meilleur cognac, qu'il voulait emporter chez Stella. Sans oublier Zeus.

Malheureusement, les vêtements de rechange ne lui seraient guère utiles, puisque seuls demeuraient invisibles ceux qu'il portait lors de l'accident. Quand, après s'être changé, il était reparu devant Nathaniel, ce dernier avait failli mourir de rire en voyant pantalon corsaire, chemise à jabot de dentelle et chapeau à plume se promener dans les airs !

— On dirait un épouvantail à moineaux sans le bâton ! s'était-il esclaffé, plié en deux.

Cela condamnait Damon à laver régulièrement sa chemise et son pantalon et à se promener tout nu en attendant qu'ils sèchent. Stella étant la seule à risquer de le surprendre dans toute sa virile nudité, il faudrait veiller à ce qu'elle ne le surprenne pas la tête dans le baquet à lessive, les fesses à l'air ! Il ne fallait pas pousser sa patience à bout.

Avant de quitter la frégate, Damon souhaitait donner ses dernières instructions à Nathaniel, qui devait sortir le navire du bassin et mouiller dans le port. S'approchant tranquillement de son chef de timonerie, il commença :

— Surtout, Nathaniel, n'oublie pas...

— Aaah ! Qu'est-ce... ?

Nathaniel pivota vers la voix, fronçant ses sourcils noirs d'un air terrible.

— Tudieu ! Damon, ça ne te ferait rien d'arrêter de me fiche pareille frousse ? Je me demande s'il ne faudrait pas t'accrocher une clochette au cou, qu'on sache un peu où tu te trouves.

Damon s'esclaffa, avant d'assener dans le dos de son ami une bourrade qui faillit le jeter à plat ventre.

— Oublie les clochettes, mon vieux. Autant t'habituer le plus vite possible au fantôme qui te braille aux oreilles sans prévenir. Je voulais te dire de ravitailler la frégate tant qu'elle mouille aux docks. Non que j'aie des raisons de penser que nous devrons filer à la faveur de la nuit, mais mieux vaut parer à toute éventualité. Pour l'heure, il semble que l'escale doive se prolonger, et c'est une bonne chose que l'équipage ait autre chose que les ribaudes et la bière pour tuer le temps.

— Tu as raison. C'est pas dans leurs habitudes de rester à terre longtemps. Garder les entrepôts les empêchera de trop s'ennuyer ou d'avoir des ennuis avec la justice.

— Ça leur donnera une idée de ce qu'est un emploi honnête, pour changer. Et pourquoi pas, ça pourrait déclencher des vocations ?...

— Et toi, l'ami ? Tu serais prêt à renoncer à la belle vie de bourlingueur pour t'établir à terre — avec la fille Winters, je suppose ?

— Pour l'instant, j'apprécie le changement, avoua Damon. Mais je vis depuis trop longtemps sans entraves pour rester définitivement au port. Tout comme les matelots, je ne tiens pas longtemps en place. Et puis, la mer, le défi que représente la piraterie me manqueraient trop.

— Sans compter le butin, ajouta Nathaniel avec un sourire carnassier. Or, pierres précieuses, jolies filles... une dans chaque port !

— Ça aussi, ça me manquerait, rit Damon. En demoiselle bien élevée, Stella garde un peu trop ses distances.

— Pas encore assez mûre pour céder à tes avances, hein ? Dommage ! Surtout que c'est la seule à pouvoir admirer ton joli minois. On dirait bien que cette fois tu as trouvé une partenaire à ta mesure.

— Ne t'inquiète pas ; je la travaille au corps. Elle m'ouvrira son lit plus vite qu'elle ne le croit.

— Mouais, tu en as de la chance, toi, avec tes allures de séducteur !

— Tu crois vraiment que j'ai de la chance ! ragea Damon. Parmi les milliers de navires, la multitude de tempêtes qui balaient les océans, les marins innombrables entre lesquels le destin avait à choisir, il a fallu que ce soit sur moi que tombe cette diabolique boule de feu !

— Pas la peine de pleurer sur le passé. Ce qui est fait est fait. Espérons surtout que tu t'en sortiras. Et Mlle Winters n'est peut-être pas la seule à te voir.

— Au moins, quand elle me touche, je retrouve mon aspect normal. Si j'y parviens un bref instant, pourquoi cela ne deviendrait-il pas un jour définitif ?

— Dis-moi… pourquoi ne pas te joindre à nous, ce soir ? Les gars et moi, on fait une bordée à la taverne du Coq, pour aller noyer nos chagrins dans quelques pintes de cervoise.

Damon trouva ce programme beaucoup plus palpitant que la perspective de passer toute la soirée assis au salon avec Stella et sa mère, à les écouter échanger des potins, au son du monotone cliquetis des aiguilles à tricoter. Imaginer le succulent repas bien chaud suivi d'un bon cigare et d'un grand pichet de cervoise mousseuse lui mettait déjà l'eau à la bouche.

— Si tu me commandes une énorme écuelle de bœuf braisé aux petits légumes, je suis des vôtres, déclara-t-il à son ami.

— Si tu te tiens bien, je tâcherai même de voir

s'il n'y a pas moyen de te commander une ou deux petites poulettes bien dodues qui te feraient oublier la grande Stella !

— Hé, hé ! pourquoi pas ? s'esclaffa Damon. Quoique ces temps-ci, mon appétit soit éveillé par des chairs moins grasses.

Abandonnant Nathaniel, Damon regagna le bureau pour chercher Stella et les livres de comptes. Par un mystère incompréhensible, il lui suffisait de cacher ses maigres effets sous sa chemise pour les rendre invisibles. Intéressant… Quant à Zeus, aucun problème : il était le seul à distinguer son faucon. A moins que Stella…

— Eh bien, demoiselle, ma mascotte te plaît-elle ? demanda-t-il en pénétrant dans la pièce où travaillait Stella.

— Quelle mascotte ?

— Les chiffres te brouillent la cervelle, ma parole ! Comme si tu ne savais pas que je parle du gros oiseau perché sur mon épaule ! Il rentre à la maison avec nous.

Stella se rembrunit et le gronda :

— Quelle comédie me jouez-vous encore, capitaine ? Je ne vois pas l'ombre d'une plume à la ronde.

Bien que Damon sentît le poids de son faucon peser sur son épaule, ses serres acérées lui en mordre la chair, il ne put s'empêcher de tourner la tête pour vérifier. Oui, Zeus était bien là, en train de se lisser les plumes.

— C'est toi qui te moques de moi, Stella : si tu me vois, tu vois forcément mon oiseau !

— Je vous répète que non. Pourquoi voulez-vous que je mente ?

Damon s'assit sur le coin de son bureau.

— Comment est-ce possible ? Comment peux-tu me voir, alors que mon faucon te demeure invisible ?

Elle tendit alors la main vers son épaule. Damon lui saisit le poignet, l'écartant du rapace.

— Zeus ne permet pas à tout le monde de le caresser. Je n'aimerais pas que tu y perdes tes jolis doigts.

— Dans ce cas, comment me prouver que votre oiseau existe ?

Il réfléchit, et finit par tirer d'un coup sec sur la lanière qui attachait le faucon à son poignet. Au caquètement indigné qui échappa au volatile, Stella bondit de son fauteuil, sur le qui-vive.

— Qui a lâché cet étrange glapissement ? Ne serait-ce pas vous ?

— On doute encore, pas vrai ? Soit. Puisque tu exiges de toucher pour croire, je vais lui maintenir le bec fermé, afin que tu puisses le caresser sans danger.

Les doigts de Damon formèrent un cercle autour du vide et, à son signal, elle tendit la main. Ses doigts entrèrent en contact avec un doux plumage.

— Par la jarretière de sainte Gertrude ! bredouilla-t-elle, continuant de palper le faucon dont forme et taille prenaient corps sous ses doigts. C'est donc bien vrai !

Bien que peiné que le faucon lui demeure invisible, Damon ne put retenir un éclat de rire devant l'effarement de Stella.

— Toi, jurer ! Quelle honte ! Et en plus, c'est d'un démodé...

— Epargnez-moi les leçons de morale, capitaine. Quant à cet oiseau, je ne veux pas de lui chez moi !

— Zeus me suit partout, décréta-t-il.

— Pourquoi ne pas rester l'un comme l'autre sur votre bateau... ou bien loger où vous voudrez ?

— Il me semblait que nous avions décidé que je dormirais chez toi.

— Vous oui, mais pas votre oiseau.

— Il n'y a pas de raison ! Zeus est parfaitement apprivoisé, il sait se tenir propre. Je lui installerai un perchoir dans ma chambre, auquel il restera attaché. Ainsi, aucun risque de le voir renverser bougies et bibelots. Je me chargerai de le soigner et de le nourrir. Il ne dérangera personne.

— Vous aussi, vous m'aviez promis de ne déranger personne, lui rappela-t-elle, amère. Et votre oiseau, ronfle-t-il ou se contente-t-il de pousser des cris perçants quand, au beau milieu de la nuit, il entend une souris couiner ? Dites un peu, comment expliquer à ma mère la cause de ce tintamarre supplémentaire ? Et Dora ? Imaginez sa réaction devant le perchoir ! Faudra-t-il lui expliquer qu'il s'agit d'un nouveau système pour accrocher les chapeaux ?

— Zeus ne ronfle pas. Je te garantis son silence, promit Damon. Quant à Dora, dis-lui seulement que tu te chargeras toi-même du ménage de la pièce où je dors, ce qui évitera les ennuis.

— Mais naturellement... En plus de mes soucis et de ma charge de travail, il faudrait encore que je nettoie derrière vous ?

— Tu n'es qu'une méchante femme, Stella. Cesse de jouer les mégères.

Elle le remit en place d'un :

— Je suis terriblement contrariée, capitaine, et je ne me gêne pas pour vous le dire. Quant à la mégère, si elle ne vous convient pas, allez empoisonner la vie d'une autre !

Il contourna le bureau, prêt à l'empoignade.

— Réfléchis bien à ce que tu dis, Stella. Avant de prendre des décisions téméraires et hâtives, n'oublie pas que c'est moi qui ai l'argent qui te fait si cruellement défaut. Finster ne tardera pas à revenir exiger son remboursement — ou ta main, que tu peux encore te payer le luxe de lui refuser. Garde-toi de tuer la poule aux œufs d'or.

— Une poule et un faucon ! Belle basse-cour en vérité !

— A ta place, je songerais à mes intérêts.

— Vous portez bien votre nom, capitaine Démon !

— Souviens-t'en, Stella. Quant au gage que tu me dois pour m'appeler sans arrêt capitaine, je l'exigerai après avoir mis Zeus à l'abri. Imaginer le lieu et l'heure auxquels je fondrai sur ta bouche pour exiger un baiser ajoutera du piquant à ta journée. Allons, Zeus, mon vieux, on rentre à la maison !

Damon se tapota l'estomac avec béatitude. Un bon repas bien chaud en compagnie de ses hommes, que rêver de mieux ? Le groupe s'était installé à une table à l'écart, au fond de la grande salle de la taverne. Assis dans un coin, protégé par une muraille de dix dos trapus, le capitaine avait pu vider assiettes de bœuf et chopes de cervoise sans que la servante remarque rien d'insolite. L'heure avançait. Il aurait dû regagner la demeure de Stella et le lit qui l'y attendait, mais l'ivresse le rendait euphorique, si bien qu'il lui répugnait d'abandonner ses compagnons.

La soubrette revint. Resservant une tournée de cervoise, elle se pencha par-dessus la table et, par habitude, Damon lui caressa la croupe. De surprise, la fille partit d'un rire suraigu. Puis elle se retourna comme un ressort pour repousser d'une claque la main impudente... pour tomber sur une chaise vide ! A tout hasard, elle envoya une vigoureuse calotte sur l'oreille de son vis-à-vis.

Nathaniel réagit violemment.

— Pourquoi t'as fait ça ? mugit-il.

— Pourquoi tu me tripotes les fesses, marin d'eau douce ? Elles sont pas pour toi... Pas gratis, en tout cas.

— T'es folle, ou quoi ? J'suis quand même pas bourré au point de débourser mon or pour une fille comme toi !

Par chance, les gros éclats de rire qui secouèrent la tablée noyèrent ceux de Damon. A peine la servante eut-elle décampé que Nathaniel fit d'un ton menaçant :

— Tu ne perds rien pour attendre, Damon !

Peu après l'incident, celui-ci réfléchissait à un stratagème pour entraîner une autre des servantes, dont la chevelure noir de corbeau l'affriolait, quand il surprit la conversation de ses voisins de table qui s'échauffaient. Dans la demi-douzaine de gaillards qui se lamentaient, et dont le chahut augmentait à chaque chope de cervoise, il reconnut les dockers renvoyés par Stella. Il alerta Nathaniel d'un coup de coude et, pointant la lame de son couteau en direction du groupe, il lui souffla :

— Je vais me rapprocher pour écouter leur conversation. M'étonnerait pas que ces gars-là préparent un mauvais coup.

— M'étonnerait pas non plus, renchérit Nathaniel qui reconnut lui aussi la bande. Vaut mieux rester sur ses gardes.

Les soupçons de Damon se vérifièrent. Les dockers étaient en train de comploter l'attaque du domicile de Stella. Ils projetaient d'anéantir tout ce qui leur tomberait sous la main, y compris la fille Winters et sa mère paralytique.

Fou d'indignation, Damon regagna sa table et annonça à ses hommes :

— On a du travail pour cette nuit, les gars. Un boulot parfaitement dans nos cordes.

Il leur exposa son plan en quelques mots et quitta aussi la taverne avec eux.

Une heure s'écoula, puis une autre, sans que rien ne bouge, dans la rue où habitait Stella. Seul le crissement des courtilières troublait la paix nocturne.

Soudain, dans le lointain, on distingua la lueur vacillante de trois falots. Des voix avinées se rapprochèrent. Tout un arsenal d'armes blanches brilla sous la lune : haches, pelles et leviers ; mais ni mousquet ni sabre. La troupe se rapprochait, et le tumulte des voix courroucées s'enflait comme le bourdonnement d'un nid de frelons. Ils marchèrent sur la barrière comme un seul homme et l'enfoncèrent pour pénétrer dans la cour.

C'est le moment que choisirent Damon et ses hommes pour jaillir des buissons et cerner les intrus. Braillements interloqués… fracas d'armes qui s'entrechoquaient… Au centre de la mêlée, Damon esquiva le tranchant d'une hache qui allait lui fendre le crâne sans le savoir. Son adversaire ne vit pas le sabre qui s'élevait et qui lui trancha le bras, le mettant hors de combat. Presque aussitôt, un deuxième agresseur succomba à une attaque invisible, assommé avec son propre levier.

A peine commencée, la bataille était terminée. Des bougies s'allumèrent aux fenêtres, éclairant les six agresseurs qui gisaient, anéantis, devant la maison.

— Qu'est-ce qu'on en fait, de cette bande de débraillés, cap'taine ? demanda un de ses hommes.

— Ça te tenterait pas de les pendre par les parties ? s'esclaffa un autre.

— Non, les gars. Contentons-nous de leur avoir donné une bonne leçon. Assez ri pour le moment. Attendons de vérifier s'ils tiennent compte de l'avertissement avant de continuer à leur enseigner les bonnes manières. Ramassons-les et charrions-les jusqu'au quai. Ça ne se fait pas de laisser traîner des ordures sur la pelouse d'une belle demeure.

Nathaniel organisa la retraite, tandis que des visages ahuris se montraient aux fenêtres. Des rideaux s'écartèrent, quand Stella ouvrit la porte d'entrée. Sa robe d'intérieur enfilée à la va-vite lui laissait une épaule nue. Elle regarda sans comprendre les matelots qui rassemblaient leurs victimes pour les traîner le long de la rue.

Avant que Stella ait retrouvé la parole, toute trace d'échauffourée avait disparu, et seul Damon se dressait fièrement devant elle, poings sur les hanches, arborant un sourire de triomphe.

Stella lui claqua la porte au nez.

8

Le battant se rouvrit à la volée, projetant Stella sur son séant, au beau milieu du vestibule. Elle darda sur Damon un regard plein de haine, qu'il soutint sans sourciller.

— Qu'est-ce que c'était que ce tintamarre, cette empoignade juste sous mes fenêtres ? demanda-t-elle avec colère. J'ai une réputation de respectabilité à préserver, dans cette ville, ne l'oubliez pas.

Dressé de toute sa taille au-dessus d'elle, Damon daigna répondre avec mépris :

— Ce « tintamarre », mademoiselle, était produit par mes hommes qui te défendaient contre l'attaque organisée par la bande de dockers que tu as renvoyés. Mes matelots ne sont intervenus que dans des intentions louables. Sans nous, tu serais en train de crier au secours ; qui sait, de pleurer ta vertu perdue, et même le toit qui protège encore ta tête...

— C'est votre version, à vous ! repartit-elle, peu disposée à reconnaître son erreur.

— Et c'est la bonne.

— Comment avez-vous eu vent de cette attaque qui vous a incités à voler si galamment à mon secours ?

— A la taverne. Je les ai entendus l'organiser.

— Je vois... Ce qui explique que vous ayez la chemise tachée et que vous empestiez la cervoise, le tabac et les filles vénales !

— Je n'empeste rien du tout, sinon le soufre que tu craches, démone ingrate !

— Espèce de... sale engeance !

— Stella ! Ma fille ! Que se passe-t-il ? Contre qui t'emportes-tu ? Y a-t-il quelqu'un en bas ? fit la voix de Mme Winters.

— Ah, quelle calamité ! pesta Stella, fermant les poings pour les agiter sous le nez de Damon. Bravo, vous avez réussi à réveiller ma mère !

— Moi ? Ce n'est pas moi qui hurle et qui tempête depuis cinq minutes. Et s'il faut accuser quelqu'un de l'avoir réveillée, c'est bien toi !

Ecumante de rage, Stella se releva et secoua ses

jupons avec brusquerie pour remettre de l'ordre dans sa toilette.

— C'est ça ! Accusez-moi ! Il n'en reste pas moins que l'incident n'aurait pas eu lieu, si vous ne m'aviez pas recommandé de renvoyer ces hommes.

Sur ce, elle grimpa l'escalier et disparut dans un froissement de tissu. Décidé à ne pas lui laisser le dernier mot, Damon monta les marches quatre à quatre.

— Redescends, sale petite peste !

Dans l'espoir qu'une fois à l'abri chez sa mère elle échapperait aux représailles, Stella entra comme une furie dans la chambre et commença d'une voix haletante :

— Il faut te calmer, maman, sinon tu vas te rendre malade, à cri... Aah !

Elle pirouetta, le bras tordu, captif de la grande main de Damon.

Le hurlement suivant sortit du gosier de Mme Winters, qui fixait un point vers lequel elle pointait le doigt, trop survoltée pour émettre des paroles intelligibles. Les deux belligérants comprirent simultanément la cause de sa détresse : à peine avait-il touché la jeune femme que Damon était apparu, terrorisant Mme Winters. Il n'eut qu'à lâcher aussitôt le bras de Stella pour disparaître.

C'en fut trop pour les nerfs de la pauvre veuve. Sans crier gare, elle bondit hors de son lit, se rua dans le couloir de toute la vitesse de ses jambes chancelantes, poussant des cris d'effroi et s'arrachant les cheveux.

— Maman ! Maman ! Attends, je vais t'expliquer !

Les deux coupables se ruèrent à sa poursuite. Mme Winters avait atteint l'escalier, mais ses membres tremblants refusèrent de la mener plus loin. Déterminée à fuir, elle s'assit et se laissa tomber précipitamment de marche en marche, la traîne de son ample chemise de nuit glissant dans son sillage comme une aile brisée.

Damon finit par la rattraper et la souleva dans ses bras robustes. Un ultime cri d'angoisse fusa des lèvres de la malheureuse qui perdit connaissance. Stella était dans tous ses états, effarée, après une journée si fertile en catastrophes, d'avoir vu sa mère paralytique se remettre à marcher.

— Elle est blessée… morte ? s'affola-t-elle.

— Non, simplement évanouie. Ce qui nous donne le temps de trouver une explication à lui fournir.

— Il faudrait peut-être essayer de la réanimer, suggéra-t-elle quand Damon rallongea la malade sur son lit.

— Je conseillerais au contraire de la laisser se réveiller d'elle-même, sans la brusquer. Je vais quand même chercher le cognac que j'ai dans ma chambre pour la détendre un peu quand elle reviendra à elle.

Il quitta la chambre, pour la réintégrer presque aussitôt, annonçant :

— Des ennuis se préparent. Ta servante est au bas de l'escalier. Elle a dû surprendre le tapage, dans la rue, et entendre ta mère qui criait à réveiller les morts.

— Que faire, mon Dieu ?

— Descends la calmer, avant qu'elle se décide à monter.

— Mais si ma mère se réveille en mon absence ? Je ne peux pas quitter son chevet.

— Je reste auprès d'elle jusqu'à ton retour, la rassura-t-il, tout en la poussant vers le couloir. Commence par nous débarrasser de Dora.

Il fallut plusieurs minutes pour convaincre la domestique que tout était rentré dans l'ordre après l'incident, qui n'était rien d'autre qu'une brève rixe entre ivrognes.

— Il m'a pourtant bien semblé entendre crier Madame, insista Dora.

— Le bruit et la bagarre l'ont dérangée, mais elle s'est rendormie.

Réconfortée par ce demi-mensonge, Dora reprit le chemin de ses quartiers en bougonnant contre les ivrognes et les ruffians qui auraient bien besoin d'un bon coup de rouleau à pâtisserie sur le crâne pour les calmer. Stella fonça au premier, où elle arriva à temps pour voir sa mère revenir lentement à elle.

— Comment nous sortir de cet infernal embrouillamini ? gémit-elle en s'agenouillant à son chevet, lui prenant la main, et la caressant avec tendresse. Maman, maman, tu m'entends ?

Le nom de sa fille s'échappa comme une plainte des lèvres de Mme Winters tandis qu'avec lenteur, comme si elles redoutaient le spectacle qu'elles dévoileraient, ses paupières se soulevaient.

— Stella ? J'ai fait un rêve des plus étranges...

Si elle avait estimé que cela réglerait définitivement la question, Stella aurait consenti à la laisser croire qu'il ne s'agissait que d'un cauchemar. Mais sa mère avait recouvré l'usage de ses jambes et, si elle se promenait dans sa demeure, elle ne manquerait pas de tomber tôt ou tard sur Damon.

— Maman, je voudrais que tu écoutes très attentivement ce que je vais te dire. Il ne faut pas te mettre dans tous tes états. Reste allongée, garde ton calme et bois une gorgée de ceci.

Elle remonta l'oreiller dans le dos de sa mère, à

qui elle referma les doigts sur une tasse contenant un doigt de cognac.

— Tu n'as pas rêvé, maman.

Au regard empli d'effroi et de questions de la malade, Stella confirma en secouant la tête :

— Ce que tu as vu était bel et bien réel.

Ses yeux se mouillèrent de larmes et elle lui caressa la joue.

— Maman, tu as marché !

— Et l'homme ? fit Mme Winters d'une voix tremblante. Qu'est-ce que c'était que ce fantôme qui est apparu ?

— Lui aussi, il est bien réel, quoiqu'un peu différent du spectre traditionnel.

Elle jeta un coup d'œil à Damon qui attendait la suite, les yeux brillants de curiosité et la bouche plissée en une moue de dérision.

— Il... Il a un corps... par moments et lui, il ne passe pas à travers les murs.

Stella s'interrompit pour demander, éperdue :

— Vous ne possédez pas cette faculté, Damon, je ne me trompe pas ?

— Non. Pas plus que je ne vois mon reflet dans les miroirs, ce qui complique mes séances de rasage, répondit-il, sincèrement ennuyé par la difficulté qu'occasionnait sa nouvelle condition.

Au son de sa voix de basse, un hurlement bref échappa à Mme Winters, qui porta les mains à son sein, si bien que le cognac se renversa.

— Tout va bien, maman, rassure-toi. Je sais que cette situation est très compliquée, que mes explications te paraissent bien embrouillées, mais il n'est pas ici dans l'intention de nous nuire. Au contraire, Damon est venu à notre secours.

— C... c... comment ? bégaya la malade, sondant les ombres, l'air hagard.

— Il nous fournit l'argent qui remboursera notre dette à M. Finster et cherche à trouver la cause du déficit des entrepôts, ainsi que le moyen de résoudre le problème.

— Un ange gardien ? souffla Mme Winters, incrédule.

Stella réprima un petit sourire.

— Non, je n'irais pas jusque-là. Disons... un encombrement très utile ; un moindre mal, ajouta-t-elle avec une ironie qui sembla froisser Damon. Et, pour qui sait quelle obscure raison, je suis la seule à pouvoir voir cet homme. Les gens sentent sa présence, ils l'entendent, mais il n'y a que moi pour le voir.

— Je l'ai vu, moi ! J'en suis certaine.

— Certes. Uniquement parce que nous nous touchions. Car, autre étrangeté : je suis la seule à pouvoir le rendre visible en le touchant. En échange de l'aide que je lui apporte ainsi, il a accepté de nous secourir...

— C'est de la fantaisie pure ! se récria Mme Winters. Un ange qui n'est pas un ange ? Un homme qui n'en est pas un ?

— Alors là, il y a des limites, madame ! Je ne tolérerai pas qu'on mette en doute ma virilité, intervint Damon, plus qu'exaspéré.

Mme Winters écarquilla les yeux puis, à la stupeur générale, commença à rire sous cape.

— Oh, excusez-moi !

Et elle souffla en aparté à sa fille :

— Ça, je te garantis que c'est bien un homme ! Tout aussi vaniteux que les autres ! Et maintenant, racontez-moi comment tout cela est arrivé. En commençant par le commencement et avec le plus de clarté possible.

Quand Damon et Stella lui en eurent rendu compte, Mme Winters résuma :

— Ainsi, monsieur, vous utilisez ma fille pour reprendre forme humaine quand le besoin s'en fait sentir. Et vous espérez découvrir un jour le moyen de retrouver définitivement votre aspect normal ?

— Exact.

— Vous résidez actuellement chez moi, à l'insu de tout le monde ou presque ?

— C'est cela, madame, et je préférerais que ma présence reste secrète.

Mme Winters toussota avec délicatesse pour s'éclaircir la voix puis, braquant sur lui — dans sa direction du moins — un regard qui se voulait sévère :

— Tout comme moi, jeune homme. Il faut prendre en considération la réputation de ma fille. Et Dora ? Comment faites-vous ?

— Elle ne se doute encore de rien, assura Stella. J'espère bien réussir à le lui cacher. Tu sais à quel point elle est soupe au lait, quel drame elle fait à propos du moindre incident.

— Ça, je ne te le fais pas dire ! Heureusement qu'elle ne dort pas entre nos murs, et ne peut donc surprendre ces grondements sonores qui nous réveillent en pleine nuit. Un porc, hein ? ajouta-t-elle en dardant sur sa fille un regard réprobateur. Pendant combien de temps comptais-tu me faire avaler un mensonge aussi scandaleux ?

— Pardonne-moi. Sur le moment, je n'ai pas trouvé d'autre explication.

— Et vous, monsieur, vous exercez la profession de capitaine au long cours ?

Damon eut vite décidé de ce qu'il allait répondre.

— Je suis pirate, madame.

Cet aveu ne sembla pas la choquer, puisqu'elle ne prit pas la peine de tourner la tête dans sa direction.

— Je vois. Un bon pirate ?

— Oui, le meilleur, répondit Damon en riant de si bon cœur que la nuit s'en trouva réchauffée.

Mme Winters se redressa sur ses oreillers et déclara d'un ton sans réplique :

— Je vous autorise à rester pour le moment. Mais si j'apprends que vous avez attenté de quelque manière à l'honneur de ma fille ou que vous complotez de nous voler ou de nuire à notre famille, ouste ! ce sera la porte. Me fais-je bien comprendre, capitaine ?

— Fort bien, madame. On ne peut se montrer plus explicite.

— Parfait.

Elle se versa du cognac et en avala une bonne rasade avant de désigner le couloir d'une main impérieuse :

— Si agréable que soit votre conversation, je préférerais que vous regagniez vos chambres respectives pour me laisser prendre un peu de repos avant que le jour se lève. Si vous prenez l'habitude de troubler mon sommeil, comment voulez-vous que je poursuive ma guérison miraculeuse ? Il me faut rassembler toute l'énergie qui me reste. Un mot encore, capitaine...

— Madame ?

— En temps ordinaire, j'aurais été extrêmement mécontente qu'on m'ait rendue folle de peur, mais étant donné les circonstances, je vous dois des remerciements. Qui sait si j'aurais jamais cherché à remarcher, sans le choc que vous venez de me donner ? Il m'a extirpée de la léthargie dans laquelle je me trouvais, et je vous en suis reconnaissante. Dommage que cela ne se soit pas produit plus tôt.

— Tout le plaisir est pour moi, madame.

— Capitaine ? Cela ne retire rien à ce que je vous ai dit avant. Avisez-vous de brutaliser ma fille, et je me charge personnellement de vous faire sauter la cervelle avec le tromblon de feu mon mari. Je me fierai à vos cris pour vérifier que je n'ai pas raté ma cible !

Deux secondes plus tard, oublieux des avertissements de Mme Winters, Damon gratifia Stella du plus séducteur de ses sourires et demanda :

— Alors, ton lit ou le mien, ma douce ?

Stella lui rendit son sourire avec suavité :

— Les deux. Vous dans le vôtre ; moi dans le mien, pirate. Nous ferons lit à part, avec une cloison entre les deux. C'est ça, ou bien je retourne dans la chambre de ma mère chercher le tromblon.

Quand elle entra prendre son service, le lendemain, Dora eut la stupeur de surprendre sa maîtresse tout habillée en train de déambuler à pas précautionneux au rez-de-chaussée.

— Un miracle ! Par tous les saints du paradis ! Quand ? Comment ? lâcha-t-elle, bouleversée.

— Je n'ai pas la moindre idée de la façon dont cela s'est produit, rétorqua Mme Winters avec un haussement d'épaules, mais c'est formidable, n'est-ce pas ?

En l'entendant masquer la vérité avec une pareille aisance, Stella découvrit sa mère sous un jour nouveau. Et le rictus narquois de Damon ne fit qu'ajouter à son embarras.

Au cours du petit déjeuner, tout comme la veille, Damon fit disparaître une bonne partie de la portion gargantuesque que s'était servie Stella. Mme Winters étouffait des gloussements, au spectacle des aliments qui disparaissaient comme par magie de l'assiette de sa fille. Profitant d'une absence de la domestique, elle commenta :

— Je comprends à présent comment vous vous nourrissez sans alerter Dora. Je me posais la question...

— A l'heure qu'il est, la ville entière doit savoir que je dévore comme un ogre, fit Stella.

Le repas se poursuivit dans un silence entrecoupé par les bruits de mastication et de succion du fantôme, tandis qu'à sa place, la table se maculait de taches.

— Par pitié, Damon, ne pourriez-vous pas manger plus silencieusement et mastiquer en fermant la bouche ? demanda Stella. Je parie qu'il y a plus de nourriture devant vous que dans votre estomac ! Pas étonnant que vos vêtements commencent à sentir. Et à vrai dire, je me demande comment tous les chiens de la ville n'ont pas encore détecté votre appétissante présence.

Damon s'arrêta net, l'air totalement démonté.

— Serait-ce une façon détournée de dire au capitaine que tu trouves son odeur gênante ? ironisa Mme Winters.

— Oui.

— Je ne sens pas ! s'indigna le pirate.

— Si, Damon. Et un bon récurage vous serait profitable, à vous et à vos vêtements.

— Désolée de devoir confirmer, capitaine, mais Stella a raison : il y a longtemps que vous auriez dû prendre un bain.

— Je vous l'avais bien dit ! fit Stella, agitant un poing triomphant sous le nez du pirate qui la lorgnait d'un air mauvais.

— Modère tes réactions, Stella, mon enfant ! Elles me paraissent excessives, la gronda sa mère, un peu gênée, quoique ravie de la voir enfin sortir de sa réserve.

Le nez dans son porridge, l'intéressée grommela :

— Damon fait ressortir les mauvais côtés de ma personnalité, maman.

Mme Winters étudia tour à tour le visage de sa fille et la chaise apparemment vide avant de reprendre :

— Encore un point que je tiens à élucider : pourquoi te permets-tu d'appeler le capitaine par son prénom, familiarité surprenante, étant donné que tu ne le connais que depuis peu de temps ?

Stella quêta un signe d'encouragement dans le regard de Damon, qui prit un air totalement angélique.

— Euh… c'est lui qui m'a demandé de le faire, avec une insistance à laquelle je n'ai pu me dérober.

— Vous confirmez ? demanda Mme Winters à la chaise.

Il tarda tellement à répondre que Stella crut qu'il refusait de prendre sa défense.

— Oui, j'ai bien dit à votre fille que j'adorais entendre mon prénom dans sa bouche. Elle lui donne une musicalité tellement irrésistible que je l'ai incitée à cette familiarité.

— Vous l'y avez incitée, ou bien vous l'avez exigée d'elle, capitaine ?

— J'ai suivi l'impulsion du moment, rétorqua-t-il, sans se laisser impressionner par ce ton autoritaire.

Mme Winters ne céda pas non plus un centimètre de terrain :

— Bouffi d'orgueil comme vous l'êtes, cher monsieur, je parie que votre costume craque aux entournures. Il ne me déplairait pas de vous voir mouché, de temps à autre — que ce soit par mes soins ou par ceux de ma fille !

9

Ils se levaient de table, quand on tambourina à la porte de la cuisine. Finster venait-il encore lui empoisonner l'existence ? se demanda Stella, fort irritée. Non. Il ne s'agissait que du jeune Willy Moffet, le garçonnet qui menait chaque jour leur vache laitière paître au pré communal. Ce matin-là, toutefois, il avait pris du retard dans le ramassage des bêtes du quartier.

— 'Jour, m'dame Winters, lança-t-il, entrant en sautillant d'un air survolté. Vous connaissez la nouvelle ?

— Non. Que s'est-il encore passé ?

— Y parlent plus que de ça, en ville ! Y viennent de trouver six types ficelés comme des saucissons sur le quai. Et tout nus, qu'y z'étaient, en plus ! fit-il, ravi d'être le premier à leur annoncer un événement aussi sensationnel.

— Surveille ta langue, Willy, mon garçon, si tu ne veux pas que j'aille dire deux mots à ta mère ! intervint Mme Winters.

Le petit leva vers elle un regard émerveillé et clama :

— M'dame Winters, mais vous remarchez !

— Oui, mon petit, je remarche, dit-elle, sans se soucier de lui fournir une explication. Et maintenant, qu'est-ce que cette histoire d'hommes ligotés ? Les connais-tu, ces gens ?

— Pour sûr, m'dame Winters. Même que maintenant, j'les connais encore mieux ! gloussa-t-il, mais le doigt menaçant de la maîtresse de maison le calma tout net. Y a M. Smythe et M. Browning, et aussi le père à Danny Everett...

Stella reconnut alors les noms des dockers renvoyés la veille et qui avaient été mêlés à l'échauffourée sous ses fenêtres. Qu'en disait Damon ? Elle le surprit nonchalamment appuyé contre la fenêtre, d'où il suivait ce récit avec jubilation.

— Y z'étaient couchés en rang d'oignons et z'avaient tous une espèce d'outil à côté d'eux. Et autour du cou, z'avaient une pancarte qu'expliquait pourquoi qu'y z'étaient ficelés comme ça. C'est Ned Travis qui m'a lu ce qu'était marqué dessus. Y en avait une qui disait : « J'ai attaqué des femmes sans défense avec ma pelle, alors maintenant vous pouvez me taper dessus. » Et les passants, y s'gênaient pas pour cogner ! Le vieux Browning a pris une bonne dérouillée avec sa pioche ; et la veuve Gooding, 'l'a assommé M. Everett avec le manche de sa hache. L'aurait fallu voir comme y rigolaient, les passants !

Tout comme sa fille, Mme Winters réprimait son fou rire en toussotant à l'abri de son mouchoir dont elle tamponnait de temps à autre ses yeux mouillés de larmes. Stella retrouva la première son sérieux :

— Merci des nouvelles, Willy, mais maintenant, retourne vite à tes vaches, sinon tu n'auras pas le temps de les conduire au pâturage qu'il sera déjà l'heure de les raccompagner chez leurs propriétaires.

— Sûr, m'zelle Stella. Oh, m'dame Winters,

que je suis content de vous voir debout ! J'm'en vas le dire à ma mère ! s'écria-t-il, se ruant dehors, fou de joie d'avoir un nouveau potin à rajouter au premier.

— Notre jeune vacher est pire qu'une commère ! s'esclaffa Mme Winters. Il va tourner comme sa mère qui fait marcher son caquet toute la journée. Je suppose que ces « saucissons » ne sont autres que les trouble-fête de cette nuit ?

— Eux-mêmes.

— Dans ce cas, j'ai plaisir à apprendre qu'on leur a donné une bonne leçon. Dites-moi, capitaine, n'auriez-vous pas quelque chose à voir là-dedans ?

— Indirectement. Ce sont mes hommes qui ont exécuté...

— ... ce que votre rusée cervelle avait concocté.

— Exact.

Contre toute attente, un lent sourire s'épanouit sur le visage de Mme Winters, tandis qu'elle concluait :

— Cela vous vaut ma plus profonde admiration, capitaine. J'ajouterai que je me réjouis que vous soyez notre allié, et non point notre ennemi.

On décida que ce seraient Stella et Damon qui iraient trouver Dudley Finster pour effectuer le remboursement de la dette. Mme Winters leur suggéra de s'adjoindre un témoin impartial pour assister à la transaction.

— Puisque, comme nous, les Finster sont ses paroissiens, je pense que le révérend Johnston est tout indiqué, proposa Stella.

— Excellente idée. Il n'y a pas plus intègre,

plus respecté que notre pasteur, dans tout Charleston.

— Mais, maman, maintenant que tu remarches, n'est-ce pas à toi qu'incombe le règlement de cette affaire ?

— Non, ma chérie, cela fait déjà un moment que Finster traite directement avec toi, utilisant cette dette comme moyen de pression pour t'épouser. Tu imagines sa tête quand tu lui rendras l'argent ? Et, pour parfaire ta vengeance, que dirais-tu de rendre le capitaine visible à tous afin que Finster sache qu'il n'était pas seul à te courtiser ?

— Maman, tu es diabolique ! s'émerveilla Stella.

— Parfaitement ! renchérit Damon. A mon tour de me réjouir que vous m'ayez choisi pour allié et non pour ennemi, madame.

Avant de passer à l'action, Stella jugea préférable que Damon prenne un bain et lave ses affaires.

— Puisque vous jouerez le rôle de prétendant, je tiens à ce que vous soyez tiré à quatre épingles, décréta-t-elle avec fermeté. Mes concitoyens découvriront bien assez tôt que vous êtes un pirate.

— A ta place, mademoiselle la sainte-nitouche, je mettrais ces grands airs de côté. N'oublie pas que c'est ce pirate qui tient les cordons de la bourse.

Plissant le nez, elle rétorqua :

— Pour une fois, desserrez-les suffisamment pour vous acheter du savon !

Damon obtempéra. Non pour laisser Stella avoir le dessus, mais parce qu'il estimait lui aussi avoir besoin de prendre un peu soin de sa personne. On expédia donc Dora avec une si longue liste d'emplettes qu'elle demeurerait absente deux bonnes heures au moins. Puis ils préparèrent le baquet d'eau chaude dans la cuisine. Vexé par l'empressement des deux femmes à l'aider dans ces préparatifs, Damon ne put s'empêcher de préciser :

— Gardez-vous de croire que je ne me lave jamais. A la vérité, je suis plus soigné que bien des gens. Vous ne sentiriez pas la rose non plus, si vous étiez forcées de porter constamment les mêmes vêtements. A ce propos, puisque aujourd'hui je serai visible, j'éprouverais le plus grand plaisir à porter d'autres vêtements.

— Dans ce cas, il faudra que Stella ne vous lâche pas un instant, pour que ceux-ci ne se mettent pas soudain à flotter dans le vide, remarqua Mme Winters avant de partir.

— Je le ferai bien volontiers, quand il se sera baigné et aura fait sa lessive. Dès demain, vous aurez à nouveau besoin de vos vêtements invisibles. Voilà pour vous couvrir lorsque vous irez les étendre, ajouta Stella, lui tendant un drap et quittant à son tour la pièce.

Mais, son opération propreté menée à bien, Damon sortit nu comme un ver, sachant que nul ne le voyait et que Stella se terrait au salon.

Or celle-ci, tout à coup saisie de crainte à l'idée que le voisinage ne s'affole à la vue d'un grand drap blanc et de linge se promenant tout seuls dans le jardin, se rua à la fenêtre, prête à servir d'alibi.

Ce qu'elle découvrit la pétrifia. Il était nu !

Stella le contemplait, incapable de détacher le regard de sa nudité virile, de ce torse hâlé parsemé de poils blonds, de ces muscles saillant sur ce corps superbe, éclatant de vitalité. Une vague de chaleur montait en elle comme un vertige. Saisie de picotements au ventre, elle sentit ses seins gonfler et son cœur s'affoler. Soudain, le beau pirate se tourna légèrement, dévoilant sa virilité. Les jambes flageolantes et la gorge sèche, Stella manqua se trouver mal.

Poussant un cri, elle porta la main à sa poitrine, bouleversée.

Quand elle leva les yeux, elle croisa le regard noir de Damon fixé sur elle. Un regard provocant, d'une sensualité torride. Les narines de l'éphèbe frémirent, comme pour humer son odeur de femme, et elle reçut en plein cœur le sourire carnassier qui découvrit son éblouissante denture. Etouffant un gémissement, Stella recula et, titubant, quitta la cuisine à toutes jambes.

Elle se dirigeait vers sa chambre, se demandant comment elle oserait le regarder de nouveau en face, quand sa mère la héla, du pied de l'escalier :

— Stella, ma chérie, peux-tu descendre à la cuisine ? Le capitaine aurait besoin d'un coup de main.

Damon avait besoin d'une bonne correction, oui !

— Stella ?

— Je descends, maman, fit-elle, du ton du condamné qui s'apprête à affronter le supplice.

Avant de pousser la porte, elle carra les épaules et tenta de recouvrer une apparente sérénité. La vue du visage hilare de Damon faillit lui faire perdre contenance. Heureusement son sourire, cerné d'un ovale de mousse, lui donnait l'air ridicule et il s'était dissimulé le bas du corps.

— Vous êtes censé vous envelopper tout entier dans le drap, capitaine, dit-elle d'un ton cassant.

— Pour ressembler à un sénateur romain ? Pas envie, mademoiselle. A toi de détourner le regard si le spectacle te trouble trop, ricana-t-il, parfaitement conscient de sa confusion.

— Que puis-je faire pour vous ?

— Ton pirate ne cesse de se couper avec son rasoir, expliqua Mme Winters depuis le couloir. Si tu tiens à ce que ton cavalier ait les joues intactes, il serait bon que tu l'aides, puisque tu es la seule à le voir.

— Dans toute sa splendeur... insista Damon avec un clin d'œil appuyé à la jeune fille.

— Ce n'est pas « mon » pirate, maman ! se rebella-t-elle. Et puis, qu'est-ce qui te fait croire que je le raserai convenablement ? Je risque de lui trancher la gorge... par manque de pratique.

Damon plissa les paupières.

— Je ne pense pas. Je parie que tu me traiteras avec ménagement, tant que Finster n'aura pas récupéré son or.

Elle haussa les épaules avec une feinte indifférence.

— C'est votre cou, pas le mien.

Tant bien que mal, le rasage se déroula sans incident grave, lui, immobile comme une statue, elle, crispée et tremblante. Lorsque le supplice s'acheva, ils poussèrent un tel soupir de soulagement que Mme Winters se mit à rire :

— A vous entendre, on a l'impression que vous venez d'échapper à la potence !

— Comparaison on ne peut plus appropriée ! Je crois que je vais me laisser pousser la barbe, tant que je n'aurai pas retrouvé mon apparence normale.

— Quel dommage ! Juste au moment où je commençais à parfaire ma technique ! ricana Stella.

Damon ressortit peu après de sa chambre, arborant une chemise mousquetaire d'un blanc immaculé dont le jabot et les manchettes de dentelle bouffaient sous un gilet en brocart noir passementé de broderies rouges. Sous la ceinture pourpre, il avait glissé son sabre d'abordage. Le pantalon corsaire, noir lui aussi, moulait jusqu'à l'indécence la superbe anatomie de cet homme à la virilité indéniable.

Bottes au cuir noir étincelant et chapeau à panache pourpre complétaient la tenue. Stella ne trouva à lui reprocher que l'absence de pourpoint. Quand elle lui en fit la remarque, Damon se défendit :

— Je préfère m'en passer. Le pourpoint gêne aux entournures, surtout pour tirer l'épée.

— Feu mon mari le trouvait trop chaud pour l'été et en mettait le moins souvent possible, enchérit Mme Winters avec tristesse. J'aimais tendrement James, et sa disparition a été pour moi un atroce déchirement. Peu à peu, cependant, je parviens à évoquer avec plaisir les heures chaleureuses que nous avons connues ensemble.

— Oh, maman ! Je désire tant te voir à nouveau heureuse ! s'écria Stella en lui sautant au cou.

Puis elle s'avança vers Damon qu'elle prit par le bras, montrant enfin à sa mère le fier capitaine dans ses beaux atours.

— Je préfère cela au spectacle inquiétant d'un costume d'homme qui se promène tout seul ! fit Mme Winters en gloussant. Si tu ne veux pas semer la terreur dans votre sillage, tiens-le fermement, Stella.

Damon sortit de la poche de son gilet deux peignes en écaille incrustés de nacre et annonça à Stella :

— Un petit cadeau pour ma promise...

D'une main preste, il lui dénoua son petit chapeau et, ôtant les épingles de son chignon, libéra la masse souple et lustrée de sa chevelure.

— Faites attention, Damon ! Vous m'avez défait mon chignon. J'en ai pour une éternité à me recoiffer.

— Au contraire ! Un clin d'œil suffira si tu retiens tes cheveux à l'aide de ces peignes de chaque côté de la tête. Non, pas de discussion ! Si tu souhaites que je joue le rôle du prétendant, il faut que tu correspondes à l'image que je me fais de la dame que je courtiserais. Donnant, donnant, Stella.

— De quoi aurai-je l'air ? se lamenta-t-elle.

— D'une adorable jeune fille, crois-moi.

Stella eut beau implorer sa mère, dont le regard exprimait une tendresse qu'elle ne lui avait plus vue depuis la mort de son mari, Mme Winters dit gentiment :

— Laisse tes cheveux libres. Il a raison. D'ailleurs, quand tu étais enfant, j'adorais te coiffer ainsi.

Stella fixa les peignes… et recouvrit vite le tout de son chapeau, que Damon lui retira de nouveau, lui conseillant de prendre une ombrelle pour se prémunir contre le soleil, en attendant qu'il lui achète des couvre-chefs plus à la mode.

— Vous ne connaissez rien à la mode, espèce de… ! éclata la jeune fille.

— Voyons, Stella ! intervint Mme Winters. Ces cris sont ridicules et sans fondement. S'il sort sans pourpoint, tu peux bien sortir sans chapeau, pour une fois ! Et puis, cela met tes cheveux en valeur.

Stella les fusilla tous deux du regard, happa au passage une ombrelle et serait sortie seule dans la rue, si Damon ne lui avait attrapé le bras pour la ralentir... et retrouver une matérialité qui se dissipait déjà, entre chapeau à plume et col de dentelle !

10

Un quart d'heure suffit à Damon pour faire la conquête du révérend Johnston, homme fin et sensible. Stella en fut écœurée. Apparemment, le pasteur avait une tendresse particulière pour ces gredins de boucaniers !

— N'avez-vous jamais songé à renoncer à vos mœurs impies ? lui demanda le révérend quand tous trois s'installèrent dans le buggy pour gagner la banque Finster.

— Justement, j'ai fait dernièrement ce que vous appelleriez une rencontre spirituelle qui m'a incité à reconsidérer ma vie, répondit Damon, se mordant la langue pour ne pas rire.

— En avez-vous été éclairé, mon fils ?

— Aveuglé de lumière, mon père, continua Damon, sans tenir compte du magistral coup de coude que Stella lui administra dans les côtes.

— Parfait, parfait. Comptez-vous rester à Charleston pour éventuellement y gagner votre vie par d'autres moyens ?

— Pour le moment, oui. Mais l'activité que je pratique n'est pas si facile à quitter... D'abord, il me faut m'occuper de recaser mes hommes d'équipage — une trentaine de marins —, et cette reconversion sera longue et difficile. La vie de flibustier présente des aspects excitants : le risque, la liberté... il n'est pas si aisé d'y renoncer.

— Je crois que je comprends, fit le pasteur. Toutefois, je ne saurais trop vous recommander de vous montrer persévérant. La profession de pirate est dangereuse et, à en juger par les mesures que prend le gouvernement, elle n'a guère d'avenir. Il serait affligeant de perdre un homme de votre qualité.

Damon pendu ou assassiné ? Stella fut parcourue d'un frisson d'épouvante. Le pasteur s'en rendit compte.

— Ma pauvre Stella, je crains de vous avoir fait une belle frayeur avec mes propos ! Mais vous devez voir la vérité en face si vous avez des vues sur M. Kane. Quant à vous, capitaine, gardez-vous de badiner avec les tendres sentiments de Mlle Winters si vous ne songez pas sérieusement à vivre pour toujours auprès d'elle.

Son sermon achevé, le révérend se cala dans le buggy, contemplant le paysage et laissant le jeune couple méditer ses sages conseils.

Damon sentit le malaise le gagner. Le pasteur avait-il deviné que, sous ses allures de fiancé officiel, il ne cherchait qu'à mettre Stella dans son lit, et souhaitait-il le culpabiliser ? Mais non ! Damon avait la conscience tranquille et elle le resterait jusqu'à ce qu'il ait croqué l'adorable célibataire.

Quand Stella viendrait à lui, elle ne pourrait lui en faire porter l'entière responsabilité. D'autant qu'après la nuit qu'il se promettait de lui faire passer, éblouie par cette inoubliable expérience qui l'éveillerait à la sensualité, elle n'aurait pour lui que reconnaissance éperdue.

Quand Stella pénétra dans son bureau, Finster se leva à moitié de son fauteuil, esquissant de ses lèvres minces un sourire factice.

— Mademoiselle Winters, très chère ! J'ai failli ne pas le croire, quand M. James vous a annoncée. Qu'est-ce qui me vaut le plaisir de votre visite ?

Il remarqua alors Damon et le pasteur, dont l'apparition le déconcerta visiblement.

— Puis-je savoir la raison de votre présence dans notre établissement, messieurs ?

Stella laissa si rudement tomber sur le bureau du prêteur la sacoche rebondie dont elle s'était munie que les pièces tintèrent.

— Je viens solder la dette de mon père, monsieur, comme convenu. Le capitaine Kane et le révérend Johnston, mes témoins, veilleront à ce que je ne reparte pas sans reçu.

La surprise, l'effarement qui défigurèrent le visage chafouin de Finster récompensaient à eux seuls du déplacement. A son teint cendreux, à ses petits yeux saillant des orbites comme des vrilles, on aurait pu croire un instant qu'il allait s'évanouir, mais il se rattrapa au bureau, tandis que de sa bouche s'échappaient des sons inarticulés. Il finit par leur désigner des sièges et parvint à bredouiller :

— F... fort bien. Installez-vous. Je... je cours porter le sac à M. James, qui aura vite fait de nous compter la somme.

Au moment où les doigts osseux de Finster se refermaient sur la sacoche, la main de Damon s'abattit rudement sur la sienne :

— Je crois au contraire que Mlle Winters préférerait que vous comptiez l'argent devant nous, pour éviter tout risque d'erreur, monsieur Finster.

— Qui êtes-vous donc, monsieur? Son chaperon?

— Monsieur Finster! le tança le révérend. Ayez l'amabilité de ne pas oublier que vous vous trouvez en présence d'une dame. Le capitaine Kane se borne, tout comme moi, à veiller aux intérêts de mademoiselle.

Ainsi mouché, Finster se laissa retomber dans son fauteuil, tandis que Damon restait debout derrière le siège de Stella, lui posant délicatement la main sur l'épaule pour rester visible. Pendant que Finster sortait les pièces pour les compter, le révérend Johnston se mit à bavarder pour détendre l'atmosphère:

— Vous connaissez la nouvelle? Mme Winters a retrouvé l'usage de ses jambes! Mon épouse lui rend visite en ce moment et j'irai moi-même la féliciter en sortant de chez vous.

Dudley fronça les sourcils, soudain déconcentré.

— Oui, je suis au courant. Je n'ai pas encore eu l'occasion d'aller l'en féliciter. Comment s'est produit ce miracle? demanda-t-il à Stella en braquant sur elle un regard dur.

— Il faudra le demander à ma mère, rétorqua la jeune femme, éludant la vraie question. Je me bornerai à dire que le capitaine Kane y a joué un rôle, ce dont nous lui sommes extrêmement reconnaissantes.

Elle tourna un regard limpide vers Damon, ravie de profiter de cette rare aubaine pour lui faire du charme.

— Ah, oui? Est-il également à l'origine de cette manne? s'enquit Finster en balayant d'un geste le tas de pièces d'or amoncelées sur son bureau.

— Quelle idée! Cela fait des semaines que j'ai

promis de vous rembourser, bien avant que le capitaine n'ai jeté l'ancre à Charleston.

Avec des gestes théâtraux, Finster forma des piles de pièces bien régulières.

— Soit, je me suis trompé dans mes déductions. Il me paraît cependant légitime de m'étonner que vous ayez soudain trouvé les fonds nécessaires, alors que vos entrepôts périclitent à vue d'œil.

— Vous n'avez désormais plus rien à voir dans les affaires de Mlle Winters, monsieur, intervint Damon, menaçant. Sachez cependant que vous vous trompez. Les entrepôts sont tout simplement mal gérés, situation que mademoiselle s'efforce actuellement de redresser.

— Ah, oui, j'ai appris qu'elle avait remplacé certains des dockers — des employés de longue date. Les nouvelles recrues ne seraient-elles pas membres de votre équipage, par hasard ?

— Les nouvelles se propagent à une vitesse... Comment l'avez-vous appris aussi vite ? s'enquit Stella.

— Eh bien... je... balbutia Finster, le nez dans ses calculs. J'ai croisé M. Tilton, hier soir. Il était fort inquiet des mesures radicales que vous veniez de prendre.

— A tel point qu'il n'a pas hésité à vous rapporter des décisions confidentielles, prises dans le secret de mon bureau ?

Finster rougit.

— Je suppose qu'il s'est senti obligé de m'en informer, en ma qualité de futur époux, ma chère.

— Tiens donc, monsieur Finster, sur quoi vous basez-vous pour être aussi sûr de vous ? Vous ai-je jamais invité chez moi ? Vous prétendez me faire la cour, mais m'offrez-vous des fleurs, des douceurs, m'avez-vous jamais récité des poèmes ?

Nous a-t-on jamais surpris ensemble sur la promenade ? Absolument pas ! Alors, qu'est-ce qui vous autorise à vous prétendre mon fiancé ?

— Je… j'ai pris place à vos côtés un certain nombre de fois, au temple. Notre bon révérend peut l'attester.

Stella partit d'un rire creux.

— Ma mère aussi, et M. Langford s'est assis à côté de moi la semaine dernière, après tant d'autres. Considérez-vous que ces gens me font la cour ?

Le pasteur toussota pour attirer leur attention :

— Il ne faut pas vendre trop tôt la peau de l'ours, monsieur Finster. Mais en parlant de profits et pertes, avez-vous bientôt terminé vos comptes ? J'ai promis à Henrietta de la rejoindre au plus vite, et le temps passe.

Les pièces d'or furent promptement comptées. Elles soldaient effectivement la dette. Le reçu exigé de Finster changea de mains, et avant de ressortir du bureau, le bras de Damon arrimé à sa taille, Stella rappela au filou :

— Une femme aime savoir à quel point elle est chère au cœur de celui qui la courtise. Délicates attentions et petits cadeaux, cela aide… même si la dame en question a l'air d'une vieille fille solitaire que l'on croit à l'abri des rêveries amoureuses. N'ai-je pas raison, capitaine ?

Elle porta la main à un de ses peignes d'écaille et leva vers Damon un regard empli d'adoration.

— Certes. J'espère bien que ce n'est pas de vous que vous parlez quand vous mentionnez les vieilles filles, ma douce, dit-il, reprenant le vouvoiement et posant la main sur la sienne pour lui caresser les cheveux du pouce. J'aimerais tant croire que vous m'attendiez pour succomber à l'amour…

Une fois dans la rue, Stella suffoquait. De rire, certes, mais aussi du désir qu'éveillait en elle le contact constant du corps de Damon. Quand celui-ci offrit au pasteur le buggy pour rentrer, elle ne comprit pas.

— Il nous reste encore quelques affaires à régler, mon révérend. De votre côté, vous êtes pressé... Auriez-vous l'obligeance de prévenir Mme Winters que nous ne tarderons pas ? Nous louerons un fiacre.

Le pasteur les remercia et s'en fut.

— Ma chère, proposa aussitôt Damon, s'inclinant devant Stella, que dirais-tu de descendre la promenade à mon bras, pour continuer en beauté cette journée ?

— Volontiers, monsieur.

Ils descendirent donc la rue bras dessus, bras dessous. L'ombrelle dansait au-dessus de la tête de la jeune femme, tandis que la brise jouait dans sa chevelure dénouée.

— Quelle chiffe molle, ce Finster ! s'exclama son compagnon. Comment as-tu pu endurer sa cour ? Je suis un bien meilleur parti !

— Je vous le répète, cet homme ne me faisait pas la cour. Ah, quelle chance que le révérend ait assisté à la scène ! Il rapportera à Henrietta que Finster n'aura pas ma main, et celle-ci propagera la nouvelle. D'ailleurs, je mourrais plus volontiers célibataire que d'épouser un pareil rebut !

— Pourquoi penser à jeûner quand un festin s'offre à toi, ma douce ? s'étonna Damon. Un mot de toi, et je satisferai tes caprices.

— Je ne suis pas affamée à ce point, merci, rétorqua Stella, pincée.

— L'appétit, ça évolue, la rassura-t-il en lui faisant galamment contourner une échelle appuyée contre l'échoppe d'un marchand de cuir. Ecoute-moi, Stella... J'ai le pressentiment que Finster est à l'origine de tous tes ennuis financiers. Il ne me paraît pas très net. Sa rencontre avec Tilton et le motif avancé pour expliquer ses cancans est tout ce qu'il y a de plus louche. Il y a anguille sous roche.

— Ils seraient donc tous deux ligués contre moi depuis le début ? Et Finster ne m'aurait courtisée qu'à seule fin de s'approprier l'affaire ? s'indigna-t-elle.

— En effet, désolé de te blesser mais...

— Oh, cessez de vous apitoyer sur mon sort ! Croyez bien que je me suis souvent posé la question... Non d'une éventuelle complicité entre Finster et Tilton, bien sûr... mais de ce qui poussait Finster à vouloir m'épouser. Et je suis ravie d'en être débarrassée !

— Pas si vite ! Je doute que ce sinistre individu ait définitivement renoncé à tes entrepôts. Nous entendrons à nouveau parler de lui.

— Il ne va quand même pas s'obstiner dans ses avances !

— Qui sait ? A moins qu'il n'invente un autre stratagème pour couler ton affaire, te contraignant ainsi à revenir le supplier de te prêter de l'argent. Et, si cela échoue derechef, il risque de recourir à des méthodes plus brutales.

— C'est-à-dire ?

— Des menaces, des violences physiques. Il pourrait s'en prendre directement à tes biens, ruiner ta crédibilité...

— Je n'arrive pas à croire qu'il puisse aller aussi loin. C'est un hypocrite. Il n'irait pas jusqu'à mettre sa réputation en danger pour me nuire.

— Il paierait quelqu'un d'autre — Tilton, par

exemple — afin d'exécuter les basses besognes. Ainsi, il s'en sortirait sans tache, suggéra Damon. Et, comme il est rusé, il cherchera à en faire endosser la responsabilité à un tiers, de préférence quelqu'un qui le menace, lui et ses machinations.

— Vous, par exemple ? Oh, Damon, j'ai peur que notre association ne vous vaille que des ennuis ! gémit-elle.

Quoique cette sollicitude le touchât, il eut tôt fait de la rassurer :

— Pas de panique, demoiselle ! J'en ai affronté d'autrement plus pervers que Finster et je saurai nous défendre, toi et moi. Nous avons tout intérêt à ce qu'il continue à nous sous-estimer.

— Qu'il vous prenne pour une brute épaisse, et moi pour une vieille fille dépourvue de bon sens ? Ai-je bien compris la tactique, Damon ?

— Parfaitement bien.

Leurs pas avaient fini par les mener sur les quais.

— Si nous profitions de notre présence ici pour jeter un coup d'œil aux entrepôts, afin de voir comment Nathaniel et ses gars s'en sortent, malgré la présence de Tilton ? suggéra Damon.

Ils n'en eurent pas le temps car une voix le héla soudain :

— Kane ! Ohé, l'ami, par ici !

Ils pivotèrent et finirent par découvrir, dans la foule, devant une gargote, un homme qui leur adressait de grands signes. Un jeune et beau gaillard qui arborait une chemise de cotonnade bariolée et plusieurs grosses bagues.

— Qui est-ce ? murmura Stella, se serrant instinctivement contre Damon.

— Je te présente le fameux Jack Rackham. Quelle déveine de tomber sur lui ! Ce n'est pas le mauvais bougre, mais on en a pour des heures à l'entendre fanfaronner avec le récit ahurissant de ses dernières pirateries.

Trop tard pour l'éviter, Rackham les avait rejoints et, avec une grande claque dans le dos, invita Damon à boire une chope.

— J'ai appris que la *Reine des Mers* était ancrée dans les parages, mais pas moyen de savoir où. Maintenant, je comprends pourquoi tu te dissimules aux collègues.

Il se pencha en avant pour détailler Stella accrochée au bras de Damon et lui fit un clin d'œil appuyé. Comme Rackham avait laissé à sa table une jolie jeune femme nommée Anne Bonny, vague connaissance de Stella, ils la rejoignirent.

— Stella Winters ! Si je m'attendais à te surprendre dans une gargote du port !

— Vous vous connaissez, les filles ? Parfait.

Rackham attendit que Damon ait galamment installé sa compagne — à portée de main, toutefois — et, oubliant les deux femmes, accapara toute l'attention de son camarade.

— Comment vas-tu, Anne ? s'exclama Stella. Cela fait plusieurs semaines que je ne t'ai pas vue au temple.

— Et tu n'es pas près de m'y revoir ! Cette bande de bien-pensants m'a mise au ban de la société. Je m'étonne même que tu oses m'adresser la parole en public !

— Me crois-tu si cruelle ! se récria Stella.

Anne, qui avait toujours été une forte tête, n'avait pas hésité à couper les ponts avec son père — fort riche — pour épouser un simple marin, se retrouvant sans le sou. Sur quoi, son mari s'était éclipsé et, reprenant la mer, avait laissé la pauvre Anne assumer seule les conséquences de sa téméraire conduite.

Cependant, loin de pleurer la perte de son mari ou de tenter de rentrer en grâce auprès de son père, la jeune femme s'était éprise de ce Rackham, qui semblait partager ses sentiments.

— Mais parlons un peu de toi, reprit Anne. Tu es bien la dernière personne que je m'attendais à trouver sur les quais ! Tu n'es pas ruinée, tout de même ?

Stella bredouilla, d'autant plus troublée que Damon, en ce moment même, lui caressait le genou, profitant de ce qu'elle ne pouvait le repousser, sous peine de le voir disparaître.

— Le capitaine Kane et moi allions inspecter les entrepôts, finit-elle par répondre.

— Dis-moi, est-ce vrai que tu vas épouser notre répugnant prêteur sur gages ?

Stella faillit la remettre en place pour son indiscrétion ; elle se souvint alors qu'Anne n'avait jamais été connue pour sa délicatesse.

— Non, même si Dudley Finster crie le contraire sur les toits.

— Bonne idée. Celui-ci te conviendra beaucoup mieux, chuchota Anne en montrant Damon du menton. Bien plus beau et, je parie, nettement plus viril que ce furet.

Stella n'eut pas besoin de vérifier ; elle sentait que Damon jubilait. Ce qui lui empourpra les joues.

— Si tu veux savoir, je me prépare à lever l'ancre avec Rackham, continua Anne, inconsciente du malaise dans lequel elle avait plongé son interlocutrice. Ensemble, nous allons écumer les mers !

— Tu me racontes des histoires ! Non, c'est bien vrai ? Tu ne crois pas qu'il vaudrait mieux réfléchir avant de t'embarquer ? Et ton père ?

— Mon père ? Tu sais comme tout Charleston

qu'il m'a jetée à la rue. Rackham, lui, tient à moi. Il m'a aidée à traverser cette mauvaise passe, et le laisser partir serait une grossière erreur. Et puis il est séduisant, tu ne trouves pas ? Et si tu savais les folles nuits qu'il me fait vivre...

Damon finit par avoir pitié de Stella et pria Anne et Rackham de les excuser. Le visage en feu, Stella prit congé de sa délurée compagne.

— Bonne chance, Stella ! Ne le lâche pas d'une semelle, ton beau boucanier. Il aura tôt fait de te dégourdir et, crois-moi, tu ne le regretteras pas ! cria Anne sans vergogne.

— Je le regrette déjà, gémit Stella en baissant son ombrelle pour dissimuler son visage cramoisi.

— Comment peux-tu dire une chose pareille, ma douce ? Ton amie a raison ; tu aurais tort de te priver d'un bel homme comme moi !

— Je vous conseille de vous taire, capitaine, si vous ne voulez pas que votre bel habit continue la promenade tout seul !

11

Après ces trois jours fort mouvementés, le foyer des Winters retrouva un calme — tout relatif, car il fallait veiller à ce que ni Dora ni les visiteurs ne découvrent la présence de Damon ou celle de Zeus. Or, la guérison miracle de Mme Winters attirait une foule empressée d'amis.

Afin d'éviter ces cohortes de visiteurs et de trouver un peu d'intimité, Damon et Stella passaient le plus clair de leur temps aux entrepôts. Ils s'étaient mis à éplucher minutieusement la comptabilité, afin d'y découvrir des irrégularités qui pourraient servir de preuve légale contre Tilton et Finster — en vain jusqu'à présent.

Découragée, Stella était près d'abandonner.

— Nous n'y arriverons jamais ! Pas le moindre chiffre parlant !

— Si tu trouvais des chiffres parlants, ma douce, tu ne serais pas au bord de la faillite, répliqua Damon.

— Vous avez beau jeu de railler, capitaine ! Vous n'êtes pas plus avancé pour le moment. Moi qui pensais que les pirates avaient coutume de consigner avec précision le montant de leur butin ! Manqueriez-vous de doigts et d'orteils pour compter ?

— Du tout, ma douce ! Je compte de tête, et je garde tout en mémoire. Avec moi, pas de livres comptables que d'autres pourraient trafiquer. Puisque tu ne trouves pas le moindre illogisme, je soupçonne Tilton de n'avoir noté que les sommes qu'il souhaitait te montrer. Et ce, sous les directives de Finster. Ainsi, le bilan des recettes et des dépenses est parfaitement équilibré.

— Dans ce cas, que faire ?

— Renvoyer Tilton avant qu'il nous nuise davantage. Contrairement à ce que j'espérais quand il aurait compris que tu avais découvert son jeu, il ne semble pas nous mener vers la solution.

— Imaginiez-vous réellement que cela le ferait passer aux aveux ?

— Ce n'était pas si saugrenu. D'ailleurs, je suis persuadé que si on l'aide un peu il dénoncera Finster. Supposons qu'il tombe sur mes hommes, la nuit, au coin d'une rue déserte... Il pourrait bien se montrer plus bavard. Quelques légères fractures suffiraient.

Stella réprima un frisson.

— Pourquoi ne pas se borner à le renvoyer ? Je ne crois pas qu'en le brutalisant je récupérerai ce que j'ai perdu. Après, il ne me restera plus qu'à tenter de juguler la faillite de mes entrepôts.

— Tu en es sûre ? Et s'il avait caché l'argent volé ? Qui sait si tu ne pourrais pas en récupérer une partie ? Il l'a peut-être placé à la banque.

— Malheureusement, la seule banque de Charleston appartient aux Finster. Si c'est chez eux que Tilton a placé les sommes volées, ni vous ni moi ne les retrouverons. Même si, après avoir arraché à Tilton des aveux écrits, vous le traîniez jusqu'au bureau de Dudley, ce dernier n'aurait qu'à nier être au courant de la malversation et de l'existence d'un éventuel compte.

— Eh bien, à ta guise ! Renvoie Tilton, et nous verrons comment ils réagiront ensuite. Je crois toutefois que tu te prives d'une magnifique occasion d'anéantir cette crapule, et que tu t'exposes ainsi à un surplus d'ennuis.

— Mettons... Mais, comme vous le soulignez depuis le début, plus que Tilton, c'est Finster, le cerveau du complot, que nous devons coincer. Je n'ai pas envie qu'il ait vent de nos manœuvres et efface toute trace de sa culpabilité avant que nous ayons eu le temps d'accumuler les preuves pour le condamner.

Damon ne put retenir un large sourire.

— Tu me surprends encore une fois, ma douce. Tu n'as peut-être pas la tête aux chiffres mais, en matière de stratégie et de plans de bataille, tu fais preuve d'une rare subtilité. Ah, quelle équipe nous formerions, si tu étais un homme ! Nous prendrions la mer ensemble, et là, ton intelligence pourrait se donner à plein.

— Oui, capitaine, quel dommage que je ne sois

pas un homme ! Je pourrais parcourir le monde à ma guise et diriger mes entrepôts de façon plus efficace, sans que des gens s'acharnent à me les enlever par traîtrise... Je n'aurais pas à souffrir les avances de Dudley Finster — ni les vôtres, en plus ! Ah, ma vie serait tellement plus simple si j'étais un homme !

Il la fixa un long moment de ses prunelles d'un noir de jais avant de concéder :

— Gagné ! Tu as mis au jour mes erreurs de raisonnement. Et, tout bien réfléchi, il vaut mieux pour nous deux que tu sois une femme.

Sur quoi il se pencha vers elle et posa les mains sur les accoudoirs du fauteuil dans lequel Stella était assise. Puis, avec une lenteur destinée à aviver le désir de Stella, il s'approcha encore, jusqu'à sentir son souffle sur sa bouche.

— T'es-tu demandé quand je te punirais de m'appeler capitaine ? Je n'ai pas oublié, moi. Simplement, je prenais mon temps, te laissant savourer à l'avance l'instant où je me vengerais. Toi aussi, tu en rêvais, pas vrai ? Et tu continues d'y penser, la nuit, dans ton lit, sachant qu'une mince cloison nous sépare. Je t'entends te tourner et te retourner sans cesse.

Sans lui laisser le temps de nier, il effleura ses lèvres jusqu'à ce qu'elles frémissent. Du bout des dents il les mordilla, les agaça. Et quand elles s'entrouvrirent, il envahit sa bouche jusqu'au vertige.

Le souffle court, le cœur cognant rudement dans sa poitrine, Stella fut gagnée par cette chaude langueur que seul Damon savait faire naître en elle. Elle éprouvait le besoin étrange, violent de le sentir tout contre elle, si bien qu'oubliant ses timidités, elle lui glissa les bras autour du cou et l'attira à elle pour se gorger de son odeur. Bouleversée, elle sentit ses mains se refermer sur sa taille. Sa chair lui brûlait. Un halètement s'échappa de ses lèvres, et Damon plongea plus profond, comme pour boire son nectar.

Ses doigts remontèrent vers son sein, s'arrêtèrent au ras du mamelon. Et ce fut elle qui, en un mouvement lascif, nicha son sein dans la main, à laquelle elle l'y frotta jusqu'à ce que le bout se durcît.

Un long gémissement monta de la gorge de Damon, tourmenté de désir. Il titilla le bout du sein, en pinçant le bouton, imaginant qu'il y collait la bouche, passait la langue sur le mamelon rosé, imaginant le contraste de sa peau blanche contre son torse bronzé.

Un sanglot haletant mourut sur les lèvres de Stella qui frémit de tout son être, éperdue de passion. Jamais Damon ne s'était senti aussi puissant, aussi maître de lui. Elle se pressait contre lui, avide. Rapidement, Damon perdit la tête et, oubliant qu'on aurait pu entrer dans le bureau et les surprendre, il porta la main à son pantalon...

Stella nageait sur un flot de sensations nouvelles, sauvages et sensuelles.

Soudain, sans prévenir, un ferraillement se fit entendre... La cloche du bureau ! L'arrivée inopinée du visiteur mit fin à leur étreinte avec la brutalité d'un seau d'eau glacée. Ils se séparèrent d'un bond, Stella au comble de la honte, les joues en feu. Gagné par les picotements précurseurs, Damon se rendit compte qu'il disparaissait. Prestement, il se raccrocha au bras de sa compagne.

Par chance, la pénombre régnait dans la pièce, dont seule une bougie assurait l'éclairage. Cela n'empêcha pas Tilton de remarquer la proximité des deux jeunes gens. Le visage empourpré, la bouche humide et gonflée de Stella ne lui échappèrent pas davantage et, avec un rictus qui en disait long, il dit de sa voix éraillée :

— Faites excuses, mam'zelle. J'aurais frappé si j'avais deviné que j'interrompais de si doux moments.

Alors qu'elle venait de découvrir ses malversations, l'impertinence de Tilton hérissa Stella. Dans un état de fureur insigne, elle tendit la main vers lui, exigeant d'un ton péremptoire :

— Rendez-moi les clés des entrepôts. Sans en oublier une seule. Puis vous me ferez le plaisir de ramasser vos affaires et de décamper définitivement. Nous nous passerons désormais de vos services.

L'autre resta planté là, à la dévisager sans comprendre. Puis son visage se ferma et il braqua sur elle un regard menaçant.

— Hé, là, mam'zelle, attendez un peu ! Faudrait peut-être réfléchir. On me renvoie pas comme ça ! Vous avez même pas idée du temps et des efforts que j'ai investis dans cette société. Je me suis usé jusqu'à l'os pour essayer de la sauver, votre affaire, pour vous et pour votre mère, et c'est comme ça que vous me remerciez ? cracha-t-il, marchant sur elle en la menaçant du doigt.

— Vous toucherez les gages qui vous sont dus, continua Stella, refusant de se laisser intimider par ce répugnant personnage, auquel elle se retint de justesse de dire ses quatre vérités. N'oubliez pas de me remettre également toutes les sommes que vous avez encaissées durant la matinée, ainsi que le reçu pour la comptabilité. Et si d'ici une demi-heure vous n'avez pas quitté l'entreprise, je vous en ferai décamper par la force, conclut-elle en jetant un coup d'œil à la pendule.

— Je vous expulserai à la pointe de mon sabre, précisa Damon.

Sous le regard furibond du pirate, Tilton battit en retraite, non sans une ultime menace :

— Vous entendrez reparler de moi, mam'zelle aux grands airs !

Plongeant le poing dans sa poche, il en ressortit une liasse de reçus tout froissés et des pièces qu'il lâcha sur le bureau. Le trousseau de clés suivit. Mais Tilton le jeta avec tant de force qu'il glissa et tomba sur le plancher, entraînant argent et reçus.

— Vous regretterez ce que vous venez de faire ! ne put-il se retenir de hurler. Et vous regretterez aussi de vous être acoquinée avec cette bande de pirates. Je vous jure qu'un jour vous me supplierez de revenir diriger vos entrepôts ! Mais cette fois, mes services, il faudra les payer très cher !

Puis, tel un ouragan, il sortit de la pièce. Epuisée par la violence de cette altercation, Stella s'affaissa dans son fauteuil. Le gloussement de Damon la tira de sa léthargie :

— Eh bien dis donc !... Ça m'a requinqué de voir ce vieux Tilton détaler la queue entre les jambes.

Elle se récria :

— A moi, il ne m'a pas paru particulièrement penaud. La colère lui a même fait perdre la tête ; vous avez entendu ses projets de représailles...

— Bah, ne t'affole pas, ma douce. S'il cherche la bagarre, je veillerai à ce qu'il la trouve. Nous avons le temps de voir venir.

— Que comptez-vous faire, d'ici là ?

— Ton imagination serait-elle tarie, ma douce ? fit-il, séducteur en diable. Je parie que les étoiles m'ont conduit droit à Charleston dans le seul but de te sauver de toi-même et des Finster qui t'auraient ratatiné l'âme et desséchée sur pied. Comprends-tu que la vie, c'est autre chose que le train-train, le conformisme, la bienséance? Détends-toi un peu, Stella, débarrasse-toi de ta raideur, savoure les plaisirs de l'existence. Délecte-t'en le plus possible.

— Pour aller plus vite en enfer? contra-t-elle, lui rendant son regard de braise en tentant vainement de résister à la passion à laquelle il l'incitait à succomber. Dois-je vendre mon âme au diable pour quelques minutes de plaisir?

— Pas ton âme! Ton cœur, ton corps adorable, l'essence même de ta douce personne. Ne la vends pas, donne-la — et pas au diable, à moi!

— Que recevrai-je en retour? Un cœur broyé, un corps souillé, une respectabilité bafouée?

Il était incapable de lui faire la promesse qu'elle désirait entendre, mais sur certains points, il pouvait s'engager de bonne foi.

— Je t'enseignerai le désir, le plaisir des étreintes amoureuses. Je te libérerai de la cage exiguë dans laquelle t'enferme la société. Je te ferai connaître une passion dont tu n'as même pas idée. Je te donnerai des souvenirs à ne savoir qu'en faire.

— Je crois surtout que je connaîtrais la détresse, après avoir mordu dans le fruit défendu que vous me proposez, murmura Stella avec une moue de tristesse et de regret.

— C'est un risque, concéda-t-il. Mais tu pourrais également y trouver une joie immense. A toi de décider si le jeu en vaut la chandelle.

Damon n'était pas homme à rester sur un échec, aussi s'employa-t-il avec ardeur à faire changer Stella d'avis. Il commença par un déluge de cadeaux : une nouvelle ombrelle pour laquelle elle avait eu le coup de foudre, puis un magnifique éventail en soie doré à l'or fin. Mais la jeune femme n'abandonnait pas ses principes.

— Qu'attendez-vous en échange d'un cadeau aussi onéreux ?

— Ce que tu es prête à m'offrir ! plaisanta-t-il. Ton corps nu, allongé contre le mien, des baisers passionnés dans des coins d'ombre...

Elle lui restituait l'éventail, l'air réprobateur, quand il corrigea :

— Mais je saurai me contenter d'un sourire. Du moins pour le moment.

L'éventail lui plaisant beaucoup, elle fit une concession :

— Un sourire, et quelque chose de plus.

Fou d'espoir, Damon déchanta vite quand elle ajouta, mutine :

— Je vous donnerai des cours de savoir-vivre. Pour commencer, enlevez vos pieds de ce fauteuil. Si vous ne pouvez vous empêcher de les lever, posez-les sur le tabouret, s'il vous plaît.

Ce ne fut que la première d'une longue série de leçons, qui ne découragèrent pas Damon dans son entreprise de séduction — et il faut reconnaître que, sous des dehors incorruptibles, Stella commençait à se sentir flattée, au point qu'elle se demanda un beau jour combien de temps encore elle résisterait à la sensuelle promesse de ses étreintes.

12

Pour la première fois de sa vie de jeune fille rangée, Stella eut à affronter la réprobation de ses concitoyens dès lors qu'ils la rencontraient au bras de Damon. Sans la rejeter formellement, ils gardaient leurs distances, observant le couple avec curiosité comme s'ils réservaient leur jugement. Certes, tous les pirates étaient victimes de ces préjugés. Stella n'en était pas moins décontenancée de rencontrer pareille retenue chez ceux qui auparavant la saluaient avec une affabilité spontanée.

La transformation physique de cette célibataire jusqu'alors fort discrète ajoutait à ce désarroi. Sans même s'en apercevoir, Stella s'épanouissait en effet à vue d'œil, prenant de l'assurance, riant souvent aux éclats avec une juvénile insouciance. Sa démarche avait acquis de la souplesse et elle avait maintenant fière allure, coiffée avec une attention nouvelle qui mettait en valeur l'éclat bleu-vert de ses yeux et son teint florissant. Damon ne lui ménageait ni ses conseils ni ses louanges.

Sans plus se soucier de choquer, Stella était entrée de plain-pied dans sa nouvelle vie. Elle accompagnait Damon en des lieux où jamais auparavant elle ne se serait aventurée : une brasserie, une taverne, le magasin d'articles de marine, la forge, le chantier naval.

Sans doute, la jeune femme trouvait parfois certaines de ces expéditions fort embarrassantes. Mais ils avaient passé un marché qu'elle se devait de respecter : Damon se chargeait de remettre son affaire sur pied, en échange de quoi elle fermait les yeux sur ses transactions clandestines.

En outre, cette plongée dans un monde rude et interlope dont elle n'aurait pas eu la moindre idée sans Damon pour l'y guider et l'y protéger se révélait une expérience passionnante.

La réprobation de la ville finit malgré tout par lui peser et elle s'en ouvrit à son ami :

— Mon père a travaillé dur pour monter son affaire, et quand il a disparu je me suis engagée à la maintenir au même niveau de qualité. Je ne laisserai pas ternir la respectabilité de la famille et de l'affaire, et encore moins la mémoire de mon père.

— C'est parce qu'ils soupçonnent ma condition de pirate qu'ils réagissent ainsi. En fait, pour préserver ton image de marque il faudrait que je leur apparaisse sous un autre jour. Pourquoi ne pas me présenter comme ton nouvel associé ? Ce sera d'autant plus crédible que tu viens de renvoyer Tilton...

Cette solution dérouta Stella.

— Encore un mensonge, Damon ? A force de tromper le monde je vais finir par ne plus pouvoir discerner le vrai du faux !

Mme Winters intervint, avec sa sagesse habituelle :

— Pourquoi mentir ? Nous pourrions faire de cette association une réalité, je n'y vois pas la moindre objection. Il suffit que Damon nous promette de ne pas revendre sa part sans nous en demander l'autorisation et de ne nuire en rien à l'entreprise. Qu'en diriez-vous, l'un et l'autre ?

— Je suis d'accord pour régler la somme que vous me fixerez, acquiesça Damon.

Stella se montra plus réservée :

— Cela est bel et bon pour le moment, mais que

se passera-t-il quand Damon aura conclu les affaires qui le retiennent à Charleston, maman? Ou s'il retrouve bientôt forme humaine et décide de poursuivre ses brigandages? Je vous garantis que les affaires péricliteraient autrement plus vite que quand Tilton essayait de nous couler!

— Un brigand, moi? Et Tilton, Finster, comment les appelles-tu? réagit le jeune homme. Moi, au moins, j'affiche la couleur. La piraterie est mon métier, et je la revendique aux yeux de tous.

— Comment est-ce possible, puisque personne ne vous voit? rétorqua-t-elle sans aménité. Qu'adviendra-t-il de votre part, quand vous repartirez? Avouez que c'est un vrai problème.

— Vous pourrez toujours me la garder et mettre de côté mes bénéfices en attendant mon passage. Sinon, si cela vous réconforte, vous pourrez me la racheter avant que je reprenne la mer.

— Et si les affaires périclitent entre-temps, nous contraignant à dépenser la somme que vous allez nous régler?

Confronté à tant d'obstination, Damon poussa un soupir exaspéré et leva au ciel ses beaux yeux expressifs.

— Inutile de te mettre dans tous tes états, Stella. Souviens-toi que je t'ai promis de veiller sur les entrepôts tant que je resterai à Charleston. Alors fais-moi plaisir, et crois-moi, quand je te dis que je ne vous réduirai pas à la misère, ta mère et toi.

C'est ainsi que Damon, désormais copropriétaire des entrepôts, fut présenté comme l'associé des dames Winters.

Ce statut provoqua un revirement immédiat de la population de la ville, tant chez les simples concitoyens que chez les hommes d'affaires, qui retrouvèrent instantanément politesse et affabilité.

Quelques-uns allèrent jusqu'à l'inviter chez eux, puisqu'il faisait désormais partie de leur monde, et Stella eut tôt fait de remarquer que tous ceux qui le priaient à dîner avaient une fille ou une nièce à marier. Cependant, sa condition particulière obligeait Damon à n'accepter que les invitations auxquelles était également conviée Stella, ce qui ménageait la jalousie de la jeune femme et fouettait sa vanité, puisque Damon ne paraissait pas désirer d'autre compagnie féminine que la sienne.

Quand elle l'en remercia, avec une feinte désinvolture car elle redoutait de l'entendre dire qu'il ne lui restait fidèle que parce qu'il y était contraint, il rit :

— Me crois-tu donc si volage, ma douce Stella ? Je ne nie pas avoir cédé à l'appel des sens, par le passé, mais tu as une personnalité profondément attachante. Il y a en toi quelque chose qui m'attire terriblement et qui me donne envie de te faire succomber.

— Votre curiosité satisfaite, vous vous empresseriez d'aller voir ailleurs !

Damon se surprit lui-même en répondant :

— Pas si vite que tu le crois. J'ai idée qu'il me faudrait un long moment pour me rassasier de toi, ma douce, parce que tu es un trésor rare. Une pierre précieuse qui s'affine au polissage.

— Quelles belles formules ! Mais vous ne parviendrez pas à me séduire, rétorqua-t-elle avec hauteur.

— Cela te laisse insensible que je tienne à toi plus que je n'ai jamais tenu à personne ?

— Au contraire, j'y suis très sensible, si sensible que je refuse de céder pour un plaisir éphémère. Je refuse de n'être qu'un trophée de plus à votre tableau de chasse.

— Je t'affirme que tu te trompes. Non seulement tu succomberas, mais avec plaisir et volupté.

La volupté, Stella la découvrit le soir même, en inaugurant la baignoire en cuivre que Damon avait tenu à acheter pour remplacer le vieux baquet de bois, dans lequel il se trouvait aussi à l'étroit que dans un dé à coudre. Immergée jusqu'au cou, somnolente et toute rose, elle s'abandonnait à la caresse de l'eau chaude, sans s'inquiéter d'être dérangée puisque sa mère était au lit et que Damon, sorti faire la fête avec ses marins, ne rentrerait que très tard.

Une voix grave vibrant à son oreille lui révéla son erreur :

— Stella chérie, ta beauté défie l'imagination !

Ses yeux se rouvrirent... et plongèrent dans ceux de Damon, qui, agenouillé contre la baignoire, dévorait d'un regard avide son corps alangui. Sa première réaction fut de se rasseoir, ce qui eut pour effet de mettre sa poitrine en évidence. Comprenant aussitôt son erreur, elle replongea, épaules creusées, genoux remontés jusqu'au menton pour abriter son intimité.

— Sortez d'ici ! glapit-elle, morte de honte.

— Alors que je me délecte du spectacle ? railla l'effronté en lui agitant une éponge sous le nez. Je te frotte le dos ? A moins que tu ne préfères que je savonne tes orteils délicats, ou encore tes longues cuisses ? Et pourquoi pas tes petits seins mutins et roses que tu t'évertues à me dissimuler ? Veux-tu que je retire les épingles de tes cheveux pour les laver ?

Il joignit le geste à la parole, et la chevelure libérée croula dans l'eau. Au bord des larmes, éperdue, elle lança d'une voix incertaine :

— Je vous croyais en train de lever le coude dans les bars du port ?

— Non, je suis à la maison, et à force de me griser de ta beauté, c'est le désir qui se lève en moi. Souhaites-tu que je te montre, ma douce ? Et si je rentrais dans le bain avec toi pour lâcher la bride à mes fantasmes... et aux tiens ?

— Essayez, et j'ameute tout le voisinage par mes hurlements ! fit-elle avec haine. Ça vous donnera l'occasion de vérifier si maman vise bien avec son tromblon.

Tout content de lui, loin de se laisser démonter, Damon souleva les mèches qui lui dissimulaient une épaule et lui posa au creux du cou un baiser qui la secoua de frissons.

— Le risque vaut largement la peine d'être bravé, mon amour, répondit-il, avant de laisser ses lèvres tracer un sillon brûlant vers la rondeur d'un sein que les mains tremblantes de Stella ne suffisaient pas à dissimuler.

— Je vous en supplie, non !

Il tentait de lui écarter les doigts, quand la voix de Mme Winters les figea sur place :

— Stella ? Quand tu auras fini, pourrais-tu me monter un bol de lait chaud ? Je ne sais pas pourquoi, je n'arrive pas à fermer l'œil.

Damon étouffa un juron. Stella resta médusée par le désir qui embrasait ses prunelles noires comme le péché.

— Réponds ! ordonna-t-il, la voix sifflante.

— Oui... oui, maman bégaya-t-elle. J'arrive.

En récompense, Damon lui prit les lèvres, en un baiser aussi violent que bref. Puis il se releva et déclara :

— Ce n'est qu'un début, ma beauté. Ta mère ne sera pas toujours à proximité pour protéger ta vertu.

Tout autant que sa fille, Mme Winters s'épanouissait de façon spectaculaire. Elle avait repris des couleurs et, avec sa mobilité retrouvée, son corps se tonifiait de jour en jour. Ses cheveux striés d'argent, plus lustrés que jamais, auréolaient son visage rayonnant de vie, et son regard pétillant la rajeunissait de dix ans.

Le soir, quand Dora avait terminé son service, Mme Winters, Stella, Damon et Nathaniel se réunissaient pour faire le point sur la situation des entrepôts, ce qui permit à la fille, et surtout à la mère, de mieux connaître le chef de timonerie.

Si elle jugeait que les manières de cet homme de trente-sept ans laissaient tout autant à désirer que celles de Damon au début, Stella appréciait sa compagnie, consciente des efforts de politesse qu'il déployait en châtiant son langage.

En revanche, Mme Winters se délectait sans réserve des compliments que Nathaniel lui prodiguait avec gaucherie et raffolait de sa compagnie au point de soigner particulièrement sa toilette quand elle attendait sa visite. Aux plaisanteries du pirate, souvent osées, elle partait d'un rire perlé, essuyant parfois furtivement une larme d'hilarité.

Après des années de deuil, sa mère retrouvait goût à la vie. Comment Stella aurait-elle pu ne pas éprouver pour ces deux hommes une immense reconnaissance ?

Elle sentit pourtant sa gratitude baisser d'un cran lorsque les visites de Nathaniel spécifiquement destinées à Jane Winters se multiplièrent. En entrant au salon, elle les surprit plus d'une fois assis tout près l'un de l'autre au creux du canapé, le regard un peu coupable, comme si elle avait interrompu leurs étreintes.

Vint le jour où Damon dut laver de nouveau ses vêtements invisibles. Mme Winters envoya donc Dora voir une de ses amies. Pour éviter qu'un visiteur imprévu ne tombe sur un costume qui marchait tout seul, Damon décida de ne pas enfiler d'autres vêtements mais de draper sa nudité dans un simple drap, très facile à retirer en vitesse.

En attendant que la lessive sèche, il alla retrouver au salon Mme Winters, qui faisait de la dentelle, et Stella, qui démêlait des écheveaux de laine. Nonchalamment affalé dans un fauteuil, il les régalait de ses aventures en mer quand Dora rentra sans qu'ils l'aient entendue.

— C'est moi ! claironna-t-elle depuis la porte du salon, les faisant sursauter. J'vous ai rapporté un beau quartier de lièvre que je m'en vas faire revenir pour le dîner. C'est le mari à mon amie qui l'a tué ce matin et ils en avaient trop pour eux deux. Plutôt que de le laisser perdre…

Mme Winters s'efforça de ne pas regarder dans la direction du fauteuil de Damon et répondit d'une voix mal assurée :

— Quelle gentillesse de le partager avec nous ! Mais il fallait profiter un peu plus longtemps de votre amie, au lieu de rentrer, Dora. Vous ne la voyez pas si souvent que cela.

— Fallait bien que j'rentre, si vous voulez dîner avant minuit. Et ça m'paraît pas du luxe ! Jamais vu un désordre pareil ! Qui c'est qui s'est amusé à renverser de l'eau dans ma cuisine ? Comme si j'avais que ça à faire, de nettoyer toute la journée! ajouta-t-elle en fusillant tour à tour les deux dames de son regard sévère.

C'est alors qu'elle découvrit le drap entortillé sur l'un des fauteuils, preuve accablante de ses accusations. En deux enjambées, Dora plongea dessus et le tira net. Seule Stella vit l'horreur figer les traits de Damon quand le tissu se tendit furieusement autour de ses hanches. Constatant une résistance, Dora marmotta:

— On se demande bien comment ce vieux drap s'est coincé sous le siège! Tout entortillé, en plus

— Bah, laissez, Dora... hasarda Mme Winters, qui ajouta: Le capitaine Kane nous a fait une petite visite, et comme il avait le pantalon crotté, nous avons enveloppé le coussin pour le protéger.

Dora poussa la conscience professionnelle beaucoup trop loin au goût de tous:

— Maintenant qu'il est reparti, ça n'a pas de sens de laisser tout ce désordre.

Et elle tira derechef sur le drap, tandis que Damon, s'appuyant à un accoudoir, soulevait le bassin pour se démailloter en vitesse. Si bien qu'en récupérant l'objet du délit, sans le savoir, Dora exhiba à Stella une superbe anatomie. Avec un grognement vainqueur, la servante ressortit en traînant la savate, pliant le vaste drap à bout de bras.

Après un coup d'œil au magnifique appendice, Stella ferma les paupières de toutes ses forces, et, les joues en feu, portant ses mains tremblantes à son visage, bredouilla:

— Oh, maman, fais quelque chose! Ce n'est pas possible...

Mme Winters se trouva, chose rarissime, à court de commentaires. Un long regard sur sa fille, puis sur le fauteuil creusé par le poids de Damon lui eut vite fait comprendre que Stella en avait trop vu pour une fille honnête.

— Capitaine, ayez l'amabilité de vous couvrir, soupira-t-elle.

Damon, qui avait déjà placé la main en coque sur le point stratégique, étouffa un fou rire et demanda :

— Auriez-vous une feuille de vigne à me prêter ? A défaut, une broderie au petit point ferait l'affaire.

Devant tant d'insolence, Stella saisit dans son panier à ouvrage un châle quasi terminé et le lui jeta en crachant, hors d'elle :

— Tenez ! Décampez, maintenant !

Jane Winters n'eut droit qu'au spectacle censuré : elle vit un morceau de lainage rose et blanc traverser le salon à toute allure, un long brin de laine volant au vent.

Quand Jane Winters se fut accoutumée à la présence du fantôme du pirate sous son toit, il lui fallut avaler celle de l'oiseau. Elle eut beau faire des efforts d'imagination, impossible de se représenter ce grand rapace perché dans la chambre d'amis.

Heureusement, son maître avait jusqu'à présent réussi à le tenir hors de portée de Dora. La servante avait déjà bien assez de peine à comprendre certains phénomènes étranges... L'odeur de cigare qui flottait en permanence dans la demeure, par exemple. Stella avait beau l'expliquer par la visite fréquente de fumeurs, Dora ne comprenait pas que les relents soient particulièrement forts le matin, quand elle prenait son service. Mais que dire puisque Mme Winters, elle, ne sentait rien ?

Il y eut ensuite les vêtements d'homme qu'elle ramassait ici et là. Un gant ? Bah, n'importe qui avait pu le perdre; le capitaine Kane n'avait-il pas oublié, un soir, son chapeau à plume? répondait Stella. Une cravate? Etant donné la chaleur inhabituelle pour la saison, quoi d'étonnant à ce qu'un visiteur l'ait ôtée — et oubliée? Mais quand Dora tomba sur une chausse d'homme — sale, en plus! — et que Mme Winters prétendit qu'elle devait appartenir à feu son mari, elle ne crut pas un mot de ces sornettes. Elle ne l'avait pas trouvée dans la commode de sa patronne, mais ramassée dans le couloir du premier étage, en plein milieu du passage, et elle sentait les pieds! Une chausse sent-elle encore au bout de trois ans? De qui se moquait-on, à la fin?

Elle n'était pourtant pas au bout de ses frayeurs...

Un beau matin, alors que Stella et Damon gagnaient la remise à voitures, elle crut mourir de terreur. Certes, le soleil brillait d'un éclat insoutenable, et la fenêtre de la cuisine, un peu grasse, aurait eu besoin d'un bon nettoyage, mais Dora aurait juré que le capitaine Kane n'avait pas de tête et que le chapeau à plume flottait à quinze bons centimètres au-dessus de ses épaules. Quand elle se rua chez Mme Winters en hurlant pour lui raconter ce prodige, sa maîtresse se contenta de rire avec son indulgence habituelle en lui conseillant:

— Ma pauvre Dora, quand vous déciderez-vous à aller vous acheter une paire de lunettes? Je vous les paierai, si vous le faites.

Deux jours plus tard, tandis qu'elle étendait le linge, Dora entendit un couinement perçant. Se tournant dans la direction de ce bruit insolite, elle aperçut une souris volant dans les airs! Elle y alla de son cri, lâcha la robe qu'elle tenait et fit le tour de la maison comme si elle avait le diable aux trousses.

— Qu'est-ce qui vous met dans cet état ? s'affola Stella.

— Z'avez pas entendu ce cri démoniaque ?

— Nous n'avons entendu que vos hurlements à réveiller les morts, intervint Damon. Et nous n'avons rien remarqué de suspect, n'est-ce pas, Stella ?

— Rien du tout ! Qu'avez-vous vu, Dora ?

Réticente à l'aveu car elle redoutait soudain qu'on l'enferme chez les fous, Dora bredouilla :

— J'ai dû avoir la berlue, parce qu'il y avait une souris qui volait dans les airs. Evidemment, j'en jurerais pas...

Stella passa un bras réconfortant autour des épaules de la servante.

— Là... ce n'est rien... Un peu de surmenage, et la chaleur suffocante qui nous accable depuis quelques jours. En plus, n'oubliez pas que votre vue baisse. Pourquoi ne pas aller vous étendre dans votre chambre ? Demain, maman vous donnera quelques heures de liberté pour aller vous choisir des lunettes, fit Stella qui, lui tapotant affectueusement le dos, renvoya la domestique vers ses quartiers.

A peine eut-elle disparu que, dans un ample froissement d'ailes, Zeus atterrit sur l'épaule de Damon.

— Je vous avais averti que votre oiseau nous causerait les pires ennuis ! le tança-t-elle. Et voilà ! Grâce à vous et à votre invisible volatile, Dora est persuadée de perdre la raison.

— Cela donne à ton esprit si fertile en fariboles l'occasion d'inventer de merveilleux mensonges ! raïlla-t-il.

— Suffit, gredin ! Vous auriez pu choisir mieux votre animal domestique !

— Soit, je vous propose un marché, demoiselle. Dès que vous accepterez de remplacer Zeus, je lui rendrai la liberté.

— Plutôt mourir !

Damon se pencha et, sans déséquilibrer le volatile, colla sa bouche à celle de Stella. Quand son baiser voluptueux eut vaincu son adorable adversaire, il lui lâcha les lèvres et susurra :

— J'adore te châtier de mes baisers, Stella. Je t'en supplie, continue à jouer les farouches...

13

Grâce au soutien des employés demeurés fidèles à la mémoire de M. Winters et que Stella avait gardés ainsi qu'aux matelots de Damon, tout marchait comme sur des roulettes, aux entrepôts. Les bénéfices s'étaient même accrus de façon spectaculaire depuis une semaine que le contremaître ne volait plus dans la caisse.

La jeune femme commençait à peine à se considérer comme sauvée quand, un matin, elle trouva son bureau saccagé. Les livres comptables jonchaient le sol, pages arrachées, réduites en confettis. Les vandales avaient vidé placards et tiroirs, en éparpillant le contenu au petit bonheur. On avait même tailladé au couteau le dessus de son beau bureau en chêne ciré. Et du fauteuil de son père il ne restait qu'un tas de bois au cuir lacéré vomissant son rembourrage.

Jamais Damon n'avait vu Stella pleurer. Il l'avait

vue triste, soucieuse, furibonde, terrorisée, à l'occasion, oui ; mais jamais à ce point désemparée. Devant un tel carnage, elle poussa un cri rauque, se tourna vers lui qui la suivait et, se cachant le visage contre son torse, se cramponna à lui comme un chaton à son arbre. Entre ses bras, elle sanglota à fendre l'âme, au point que Damon en fut bouleversé. Lui caressant gauchement la tête, il s'efforça de la consoler :

— Ne pleure pas, ma douce, on va vite arranger ça.

— Pas le... le fauteuil de papa ! se lamenta-t-elle de plus belle.

— Je chercherai quelqu'un qui te le réparera.

Elle renifla et, le nez dans sa chemise, gémit :

— Ce ne sera quand même plus pareil.

Damon poussa un gros soupir et fit soudain la grimace en sentant Stella se frotter le nez à sa chemise. Il allait être obligé de la relaver ! Prêt à lui donner la lune, il supplia :

— Que pourrais-je faire pour que cesse ce gros chagrin ?

Et reçut cette réponse effarante :

— Apprenez-moi à jurer.

— Quoi ?

— Apprenez-moi tous les jurons que vous connaissez. Les plus abominables. Il n'y a que ce recours pour évacuer la rage qui m'étouffe.

Elle s'écarta légèrement pour lever vers lui ses joues humides.

— Dans ma situation, quels sont ceux qui vous viendraient ?

— Espèce de fils de p...

— Fils de quoi ? Continuez.

Impossible. Damon ne pouvait prononcer ce mot en sa présence.

— Fils de crapule.

— Ça ne sonne pas juste. Un autre ?

— Salopard ! Trou du c... ! Fumiers de minables ! Ventrebleu !

— Pas mal, mais encore un peu faible.

— Bon sang de bonsoir, Stella, ce n'est pas joli, dans la bouche d'une femme, et je m'en voudrais de...

— Un dernier, et je vous promets que ça me suffira.

— Vertuchou !

— Vertuchou ? A-t-on idée ? Je parie que vous venez de l'inventer et que ce n'est pas un gros mot du tout. Alors ?

Une lueur de malice lui allumait les prunelles, mais Stella ne put que lui accorder le bénéfice du doute. Et puis ce juron, insolite à souhait, la conquit si bien que, se tournant vers le bureau saccagé, elle s'écria en brandissant le poing :

— Vertuchou ! Ce que ça me ferait plaisir de coincer le malotru qui a saccagé ce bureau et de le pendre par les... Dites-moi, Damon, par où le pendriez-vous ?

— Par les oreilles, naturellement, ma douce. Quoi d'autre ?

Dora revint un jour du marché avec sur le nez des lunettes achetées à un colporteur. Dès lors, aucun phénomène ne lui échappa plus : cuillère, tasse ou cuisse de poulet suspendues dans les airs.

Elle commença par secouer la tête en gardant le silence, de peur que les dames Winters ne croient qu'elle avait pour de bon perdu la raison. Mais quand, pour la deuxième fois, elle surprit Damon en train de voler un baiser à Stella et qu'il s'évapora tout de suite après, elle se plaignit de ce que les lunettes étaient inadaptées. Mme Winters et Stella lui conseillèrent d'attendre, le temps de s'accoutumer à la puissance des verres.

Pendant ce temps, Damon s'ingéniait toujours à attirer Stella dans son lit. Mais rien n'y faisait. Aussi décida-t-il un jour d'essayer l'apitoiement. Toussant à fendre l'âme, il descendit un beau matin au petit déjeuner en se plaignant de maux de gorge.

— Il faudrait aller voir le médecin, Damon, lui conseilla Stella, s'étonnant de lui trouver le front frais.

— Comment lui expliquerai-je que je suis constamment obligé de te toucher ? Et ma réputation ? Je ne veux pas qu'on raconte en ville que je n'ai pas le cran d'aller consulter le médecin tout seul...

— Voulez-vous que je lui demande de passer ?

— Le problème sera le même.

— Montez donc vous rallonger, capitaine ; il ne s'agit sans doute que d'un rhume de rien du tout, suggéra Mme Winters. Je vous enverrai Stella avec du bouillon et un cataplasme pour votre gorge.

Exactement ce qu'escomptait Damon !

Peu après, allongé dans son lit, tout nu, la courtepointe remontée jusqu'au menton, il épiait en retenant un sourire carnassier l'entrée de Stella. Elle ne tarderait pas à découvrir qu'il souffrait seulement de violents accès de désir, mal que seuls guériraient ses halètements de passion, les ruades de son doux corps de femme sous le sien, les caresses qu'elle prodiguerait à sa virilité en se gorgeant de plaisir...

Quand il surprit son pas dans le couloir, Damon poussa un gémissement à fendre l'âme, au cas où elle aurait subodoré la ruse. Le loquet de la porte se souleva. Damon retint sa respiration. A l'instant où la porte s'ouvrait, Zeus ne trouva rien de mieux que de lâcher un caquètement retentissant.

Un glapissement — humain, celui-là — lui fit écho.

Damon se dressa sur son séant et, sous ses yeux ébahis, une pile de linge vola dans les airs, tandis que, tournant les talons, Dora détalait à toutes jambes, hurlant qu'elle avait vu des fantômes. Damon eut juste le temps de sauter dans son caleçon avant que Stella paraisse à son tour. Un long regard désapprobateur lui suffit pour déterminer l'état de santé du coupable et elle le tança à voix basse :

— Espèce de faux jeton ! Méprisable vermisseau ! Il est beau, le résultat ! Dora est en bas, en pleine crise de nerfs et, si on ne la calme pas, toute la ville sera aux abois.

Elle lui jeta à la figure le cataplasme aux oignons hachés et, profitant de ce qu'il se trouvait aveuglé par ce masque humide et puant, elle lui renversa le bol de bouillon sur la tête.

— Avec vos filouteries, vous mériteriez qu'une bonne maladie vous cloue au lit pour de bon !

Par chance, la veille, Dora avait failli s'assommer avec un chaudron dégringolé d'une étagère de la cuisine. Aussi Mme Winters trouva-t-elle une explication à ses « hallucinations ». Si la servante goba bon gré mal gré l'explication, elle ne cessa de ronchonner contre fantômes et maisons hantées, jurant ses grands dieux que jamais plus elle ne mettrait les pieds dans la chambre d'amis. Elle exigea désormais d'être accompagnée par Madame ou Mademoiselle pour consentir à monter à l'étage faire le ménage. Quant à Damon, il lui en coûta un écheveau de soie de Samarkand de grand prix pour se faire pardonner.

Alors que Charleston semblait disposée à oublier le passé de hors-la-loi du nouvel associé des Entrepôts Winters, quatre navires pirates libérèrent un beau jour dans les ruelles du port une horde de quatre cents égorgeurs. Comme autant de frelons rendus furieux par la destruction de leur nid, armés jusqu'aux dents, ils pillèrent à l'envi, incendièrent les établissements de commerce, transformant le quartier des docks en lieu de carnage. Sous cet assaut imprévu, le négoce se retrouva brutalement ramené au point mort.

Ce grouillement de pillards ivres déferlait, sabre au poing, pourfendant tout ce qui n'avait ni la célérité ni la sagesse de détaler, tandis que les citoyens de Charleston se terraient, terrassés par une terreur abjecte.

La nouvelle se propagea comme une traînée de poudre, si bien que peu après l'attaque, leurs compagnons mettaient Damon et Nathaniel au courant du drame :

— C'est c't'ogre de Barbe-Noire. Il a sa bande d'égorgeurs et y a un tas de racaille qui s'est ralliée à eux. J'parie qu'y r'partiront pas avant d'avoir mis la ville à sac.

Sinistre perspective... Edward Teach, alias Barbe-Noire, était un fou, une brute sanguinaire dont les raids incessants faisaient une réputation sinistre à la majorité des corsaires, qui ne la méritaient pas. Au contraire de Barbe-Noire, pirate assoiffé de sang dont le seul nom semait la terreur, bon nombre des boucaniers de l'époque se bornaient en effet à attaquer les vaisseaux marchands ou pirates, ainsi que les galions quittant le Nouveau Monde chargés de trésors qu'ils rapportaient en Europe ; ils épargnaient en général les bateaux de voyageurs et ne s'attaquaient qu'aux biens, rarement aux gens.

Damon était effondré.

— C'était bien le moment qu'il décide d'attaquer Charleston. Stella et moi commencions tout juste à trouver quelque crédit auprès de la population !

— Pour sûr ! Et contre sa horde, on ne peut pas grand-chose, pesta Nathaniel.

— On devrait aller voir aux docks si cette attaque n'a pas quelque motif caché. Teach recherche peut-être quelque chose de précis... Dans ce cas, une fois satisfait, il décidera peut-être d'aller piller ailleurs... suggéra Damon.

Avant de partir, il se rendit avec ses matelots recommander aux dames Winters de se claquemurer chez elles.

— Je vous laisse deux de mes hommes pour monter la garde autour de la maison, leur dit-il. Espérons que les brutes de Barbe-Noire ne tenteront pas d'entrer par effraction...

— Ne vous inquiétez pas, on leur tirera dessus avant de leur poser des questions, lui assura Jane Winters.

— Tu as tout compris, ma belle, la félicita Nathaniel en lui posant un baiser sur les lèvres. Cela dit, soyez prudentes.

Quand ils atteignirent le quartier des docks, le spectacle d'horreur qui attendait Damon et Nathaniel leur retourna les tripes, bien qu'ils ne fussent pas des enfants de chœur. C'était une véritable boucherie. Une bonne douzaine d'infortunés gisaient sur le pavé, le corps horriblement mutilé, des cadavres d'animaux jonchaient les lieux, qui empestaient le sang et le rhum.

Plusieurs échoppes étaient en feu, et ces brasiers risquaient de se propager aux bâtisses adjacentes.

Des pirates ivres grouillaient partout, volant et se battant entre eux. Sous les yeux de Damon, une jeune femme réussit à échapper à ses violeurs potentiels, engagés dans un corps à corps pour déterminer qui en profiterait le premier. D'un bordel voisin montaient des hurlements d'effroi.

Au beau milieu de cet enfer circulait Teach, alias Barbe-Noire, géant braillard qui dépassait tout le monde d'une bonne tête. Sa crinière noire et la barbe broussailleuse qui lui avait valu son surnom étaient nattées en une multitude de tresses semblables à des serpents ondulants, qui renforçaient l'aspect effroyable de ce diable dément. Il n'hésitait pas, pour effrayer davantage, à y glisser parfois des fragments de chandelle embrasés.

L'arme au poing, Nathaniel tâcha de glaner des renseignements auprès du menu fretin, tandis que Damon profitait de son invisibilité pour se glisser tout près de Teach, dont il écouta la conversation. Il apprit ainsi que Barbe-Noire et ses troupes avaient déjà mis à sac plusieurs navires ancrés au port. Non contents de voler les marchandises et de paralyser toute activité, ils avaient pris en otage des passagers et des habitants de la ville, dont des femmes et des enfants, exigeant pour rançon un coffre de remèdes pour soigner ses hommes malades, faute de quoi, il décapiterait les prisonniers et enverrait leur tête au gouverneur.

La torture et le massacre d'innocents étaient monnaie courante pour cet ogre totalement amoral dont les citoyens de Charleston ne savaient comment se débarrasser, devant l'apathie des autorités.

— Vous ne pouvez pas intervenir, Damon ? implorait Stella, tournant vers lui ses grands yeux turquoise.

— Mes quarante hommes ne feraient pas le poids. Ce serait une bataille perdue d'avance.

— Et si vous essayiez de lui parler ? Après tout, vous le connaissez... vous êtes en quelque sorte un collègue...

— Pas moyen de raisonner avec Barbe-Noire ; cet homme est une brute.

— Précisément... Croyez-vous qu'il tienne parole et laisse repartir les otages indemnes, si on lui fournit les remèdes qu'il exige ? Ne les assassinera-t-il pas de toute façon ?

— Je l'ignore, Stella. Terroriser les gens est son plus grand plaisir. Il adore les bains de sang et ne craint ni Dieu ni diable.

— Il n'a peur de rien, dites-vous ? Avez-vous pensé aux spectres ? Si un pirate fantôme de ma connaissance s'approchait de lui pour lui chuchoter quelques menaces bien senties, ne croyez-vous pas qu'il consentirait à quelques concessions ?

Un sourire éclatant récompensa cette ingénieuse suggestion.

— Ce ne serait pas impossible, ma douce...

Peu avant l'aube, à la faveur de la brume de mer qui drapait le port, Damon gagna à la rame le navire de Barbe-Noire. L'obscurité était telle que nul ne remarqua la barque qui toute seule, sans bruit, quitta le port.

Persuadé de son invincibilité, l'équipage de Barbe-Noire n'avait pas jugé utile de remonter l'échelle de coupée, si bien que Damon n'eut aucun mal à gagner le bord.

Sa première visite fut pour la cale du navire, où étaient détenus un bon tiers des prisonniers dans une cellule sommairement fermée, gardée par une seule sentinelle, que Damon n'eut qu'à assommer d'un coup de crosse pour lui dérober les clés.

Il déverrouilla la porte, laissant les grincements des charnières réveiller les otages. Craignant un piège devant cette bonne fortune soudaine, ceux-ci décidèrent néanmoins de fuir et, avec un luxe de précautions inouï, gagnèrent sans se faire remarquer l'échelle de coupée. Prenant les enfants dans les bras, les adultes enjambèrent le bastingage et, une fois dans le canot, souquèrent ferme en direction du port. Damon se reprocha de ne pas avoir pris une seconde chaloupe en remorque car, s'il réussissait à libérer les prisonniers restants, seuls les bons nageurs s'en sortiraient. Sa seule chance de les sauver tous était donc de terroriser Barbe-Noire, au point qu'il consente à les relâcher lui-même.

A pas de loup, il se dirigea vers les quartiers du monstre. Le verrou ne résista pas longtemps à la lame de son sabre qu'il glissa par l'embrasure de la porte, avant de se faufiler vers la couchette où Barbe-Noire ronflait comme un bienheureux. Se retenant d'éclater de rire, Damon s'approcha de lui et improvisa une voix de fantôme, rauque et disgracieuse :

— Teach ! Edward Teach ! Debout, trou-du-c...

Réveillé en sursaut, Barbe-Noire trouva instantanément son coutelas. Malgré les ténèbres épaisses de la cabine, Damon parvint à le lui arracher, et lui piqua la pointe de son sabre sur la gorge, sectionnant au passage une des nattes de la barbe du pirate. Riant sous cape, il la glissa sous sa chemise et poussa d'un coup de pied l'arme de l'ennemi sous la couchette.

— Quoi ? Qu'est-ce... bégaya le brigand, éberlué.

— Ecoute-moi, Teach, continua Damon d'une voix au tremblotement surnaturel. Je t'ordonne de quitter Charleston.

— Qui… Qui es-tu ? Montre-toi, par l'enfer !

Ce disant, il tenta d'atteindre le pistolet posé à son chevet. Une main lui happa le poignet, se refermant comme un étau, tandis que la pointe du sabre s'enfonçait dans sa gorge. Damon sentit trembler légèrement le bras de Barbe-Noire.

— Contre nous, toute arme demeure impuissante.

— Qui es-tu ? glapit l'homme, terrorisé pour de bon, ce qui réjouit Damon au plus haut point.

— Le fantôme du destin. De ton destin, Edward Teach.

— C'est qu'un tas de mensonges, espèce de…

Damon tordit un peu plus le poignet de Barbe-Noire, qui ne put retenir un gémissement.

— Puisque tu hésites à me croire, je t'autorise à allumer une bougie. Tu verras alors si je mens.

Le briquet à amadou se déplaça dans les airs et vint se poser dans la main de Teach, tellement secoué qu'il dut s'y reprendre à plusieurs fois pour enflammer la chandelle. La cabine enfin éclairée, il ne vit personne, alors que des doigts lui sciaient toujours le poignet.

— Où t'es, démon ? rugit-il, regardant frénétiquement dans toutes les directions.

Il faillit s'évanouir quand Damon lui glousse au creux de l'oreille :

— Inutile de hurler, je suis tout près.

— Que… Qu'est-ce que tu veux ? chuchota le pirate d'un ton étranglé.

Damon ne put résister au plaisir de prendre une voix de tonnerre pour le menacer :

— Je veux ton âme. Tu m'as traité de démon, et tu as deviné juste. J'exige ton âme.

— Mais… pourquoi ?

— Parce qu'elle m'appartient, tant tu as commis d'atrocités. Je viens m'en emparer pour l'éternité.

Il conclut dans un ricanement qui fit se dresser les cheveux sur la tête de Barbe-Noire. Par on ne sait quel prodige, l'ogre trouva tout de même le moyen de répliquer :

— Pas question, Satan ! Je suis encore jeune. J'ai bien des années devant moi et de la pugnacité à revendre.

— Oserais-tu me refuser ce qui me revient de droit, vil mortel ? Mais au fond, rien ne presse. Que représente une année, pour moi ? Cela dit, si je te concède ce délai, il faudra te soumettre à mes exigences.

— C'est quoi, tes exigences ? demanda Barbe-Noire, peu rassuré.

— J'exige la libération des otages, indemnes, et ton départ immédiat. Et que jamais plus tu ne jettes l'ancre à Charleston !

— Entendu, mais j'ai besoin des remèdes.

— Qu'à cela ne tienne, prends-les. Mais si tu touches un seul cheveu de la tête des prisonniers, je prépare les charbons ardents et te fais descendre tout droit en enfer.

— Quelle espèce de diable que t'es, pour protéger ces asticots prétentieux ! fit Barbe-Noire, plus ahuri que jamais. Tu danserais pas la gigue si je les découpais en lanières avant de les jeter en pâture aux poissons ?

Damon faillit rester à court.

— Certains d'entre eux sont mes créatures et travaillent pour moi à Charleston. Je n'ai pas besoin que tu t'en mêles. Ou tu acceptes mes conditions ou tu t'apprêtes à en subir les conséquences. Un petit conseil, pirate. A ta place je n'essaierais pas de me défiler, car nul ne peut échapper à ma colère.

Damon s'écarta de la couchette avec lenteur et précaution, continuant de parler pour distraire Barbe-Noire tandis qu'il lui relâchait le poignet.

— Avant que je parte, n'aurais-tu pas quelques nouvelles de cette vieille crapule de capitaine Swift ?

— V'là une question bizarre !... T'es sûrement mieux placé que moi pour en avoir.

Comprenant son erreur, Damon s'empressa d'ajouter :

— Peu importe, Teach, je le retrouverai, tout comme je t'ai retrouvé, conclut-il, laissant mourir sa voix tandis qu'il reculait sans bruit vers la porte.

Il prit ses jambes à son cou et il se trouvait déjà sur le pont quand le rugissement de Barbe-Noire monta comme un tonnerre de l'écoutille. Il gagna la rambarde en quelques bonds et c'est sur la vision de l'ogre tout nu émergeant du ventre du navire, pistolet au poing, qu'il exécuta le saut de l'ange dans la baie de Charleston.

14

— Je vous parie que maintenant, cet ogre de Barbe-Noire a la peur du diable chevillée au corps, plastronna Damon. J'aurais fait un acteur formidable !

— Et modeste, avec ça! commenta Jane Winters en pouffant.

— Mais trempé, ajouta Stella, louchant sur la flaque qui s'élargissait autour des bottes ruisselantes.

— Ah, les femmes! se lamenta-t-il en levant les bras au ciel. Au lieu d'être accueilli en héros, je n'ai droit qu'à des moqueries et des jérémiades! C'est trop injuste!

— En parlant de justice, elle ne va pas tarder à franchir le seuil de la cuisine et à défoncer un crâne de son balai, quand elle verra l'état de son plancher! l'avertit Stella car Dora n'allait pas tarder à prendre son service. Alors, mon cher pirate, allez vite passer des vêtements secs qui j'espère n'empesteront pas autant la marée.

Continuant cette comédie des chamailleries, Damon prit Jane à témoin:

— Quelle harpie ingrate que votre fille, madame! Je plains le pauvre garçon qui prendra pour femme une aussi méchante langue! Dire que je vous avais même rapporté un trophée! Regardez...

Il sortit de sa chemise une espèce de long cordon noir dégoulinant qu'il agita sous le nez de Stella. Plissant le nez, elle recula en vitesse, suffoquée par la puanteur.

— Répugnant, pas vrai! Eh bien, il s'agit d'une des nattes que Teach se fait à la barbe. Je donnerais cher pour admirer la grimace que fera ce vieux paon quand il se verra tout à l'heure dans son miroir!

— Quelle pièce rare, capitaine! s'extasia Jane Winters. Ce trophée vous vaudra mon admiration éternelle.

Damon lui fit une courbette, qui lui demeura évidemment invisible.

— Merci, madame. Vous savez apprécier les exploits à leur juste valeur, contrairement à votre fille.

— Mais bien sûr que je vous admire, Damon ! s'indigna Stella. Si je vous ai semblé ingrate, veuillez me pardonner. En réalité, je suis d'autant plus fière de vous que vous avez été le seul à réussir à libérer les otages. Quel malheur qu'on ne puisse l'annoncer à toute la ville pour qu'elle vous attribue le crédit que vous valent vos exploits et vous remercie comme vous le méritez !

— Je le déplore également, renchérit sa mère, mais comment mettre nos concitoyens au courant de vos exploits sans leur révéler que vous êtes un fantôme ?

— J'ai une idée ! s'écria Stella, les yeux brillants. Allez vous changer, Damon.

— Pendant que tu es en veine, trouve-moi ce que je pourrais bien enfiler pour me joindre à vous à la table du petit déjeuner sans affoler Dora, en attendant que mes vêtements invisibles soient secs, ironisa-t-il. Sinon la faim pourrait bien me pousser à m'y installer dans le plus simple appareil.

— Si vous osez vous montrer à table en tenue d'Adam, je vous promets que vous le regretterez ! fit Stella, furibonde.

C'est ainsi qu'une demi-heure plus tard, penaud mais habillé, Damon s'asseyait tout contre Stella, le pied collé au sien sous la table. Il avait finalement enfilé sa tenue visible, après quoi Stella était montée le chercher dans sa chambre pour le conduire en grand silence jusqu'à la porte d'entrée à laquelle il avait frappé. Dora n'avait pas bronché quand la jeune fille avait annoncé à sa mère que le capitaine se joignait à elles pour le petit déjeuner.

C'est au cours du repas que Stella découvrit un moyen d'annoncer aux autorités de la ville que les otages avaient été libérés grâce à l'intervention de Damon.

— Nous n'avons qu'à faire intrusion au conseil des notables au moment où Barbe-Noire viendra prendre livraison des remèdes, fit-elle à Damon.

— Nous ? Pourquoi ce pluriel ? Sache que je refuse de te conduire auprès de ce fou furieux et, comme je ne peux apparaître sans toi, l'affaire tombe à l'eau.

— Mon plan a peut-être une chance de fonctionner, persista-t-elle sans se laisser démonter. Si vous consentiez à lui rendre la natte que vous lui avez coupée hier soir, ce serait un moyen de rappeler à Barbe-Noire les menaces de son démon invisible et de s'assurer ainsi qu'il relâche bien le reste des otages.

Elle venait de mettre le doigt sur le point qui tourmentait Damon ; il tenait à ce que l'odieux personnage obéisse aux consignes du fantôme, et c'était le seul moyen de l'y contraindre.

Peu après, Damon, Stella et Jane Winters ainsi que le révérend Johnston pénétraient sans prévenir dans la salle du conseil où les plus éminentes personnalités de la cité débattaient de l'ultimatum de Barbe-Noire.

— Pardonnez cette intrusion, messieurs, mais nous croyons pouvoir vous êtes utiles, commença le révérend. Je me permets de vous présenter Damon Kane, capitaine de la *Reine des Mers*, que certains d'entre vous ne connaissent pas encore.

— Sa réputation de pirate le précède, assena l'un des notables en toisant sans aménité d'abord

Damon, puis ses trois acolytes. Qu'est-ce qui nous vaut ce... disons... ce plaisir ?

Et, comme suffoqué par une odeur pestilentielle, il plongea subitement le nez dans son mouchoir parfumé.

— Si vous vous absteniez de priser le temps de vous éclaircir les idées, John Longstreet, vous comprendriez que le capitaine Kane se propose de vous porter secours, à vous et à Charleston.

— Comment cela ? En vertu de quelle autorité ? demanda le gouverneur.

— Je connais personnellement Barbe-Noire, à qui j'ai parlé il n'y a pas si longtemps, intervint Damon.

Il se porta en avant du groupe sans prévenir, si bien que Stella dut se précipiter derrière lui pour ne pas lâcher la manche de son pourpoint.

— Vous envoie-t-il nous en réclamer davantage ? demanda le médecin. On se demande ce qu'il peut exiger d'autre, après avoir mis la ville à sac.

— Je ne suis pas à sa solde, contrairement à ce que vous semblez penser. Au contraire, je connais le moyen de le manipuler. Mais d'abord, messieurs, je souhaiterais vous poser une question, continua-t-il, embrassant du regard les conseillers, qui ne pipèrent mot. D'après ce que vous avez vu du personnage, croyez-vous sincèrement qu'il relâchera les otages, une fois en possession de la caisse de remèdes ?

— Au nom de quoi vous ferions-nous part de notre avis ? s'insurgea quelqu'un.

Damon gratifia l'homme d'un coup d'œil méprisant et prit son temps avant de rétorquer :

— Parce que, moi qui connais Barbe-Noire mieux que vous, je sais qu'il s'agit d'un dément dépourvu de tout sens moral et qui raffole des bains de sang. Bien qu'il ne redoute pas grand-chose, j'ai trouvé son talon d'Achille. Je sais où porter le coup fatal.

— Pardonnez-moi, mais comptez-vous intervenir vous-même ou aurez-vous besoin d'aide ? demanda le gouverneur dans un concert de toussotements nerveux. N'oublions pas que ce monstre dispose d'une armée de brigands.

— Voilà pourquoi il faut recourir à la ruse. Quand vous aurez fini de me bombarder de sarcasmes, vous consentirez peut-être à écouter mes suggestions.

— Ça ne coûte rien de l'écouter, puisqu'on n'a toujours pas trouvé de plan viable, suggéra un négociant.

Stella fut écœurée par l'esprit borné de ceux qui avaient la charge de la ville.

— C'est bon, parlez, nous sommes tout ouïe, concéda le gouverneur. Mais dépêchez-vous, capitaine, je vous prie, car l'ultimatum expire à midi, ce qui ne nous laisse qu'un délai fort bref pour exécuter votre plan.

— Cela suffit amplement pour ce que j'ai en tête, fit Damon, railleur, et il sortit de son pourpoint le morceau de barbe tressée enveloppé dans un chiffon. Voici une partie de la barbe du pirate, que je lui ai tranchée moi-même, il n'y a pas si longtemps. Et je suis le seul à détenir ce privilège. J'ai de bonnes raisons de penser qu'à la seule vue de sa natte, il renoncera à nous faire des entourloupettes.

— Qui trouvera le courage de la lui rapporter ? intervint Longstreet, narquois. Vous connaissez tous le sort auquel s'exposent les porteurs de sinistres nouvelles.

— Vous porteriez-vous volontaire, John ? ironisa Mme Winters. N'est-ce pas vous qui, la semaine dernière, êtes sorti en hurlant de votre cellier où vous aviez découvert un nid d'inoffensifs orvets ?

Le rappel de cette anecdote déclencha les ricanements, tandis que Longstreet devenait rouge brique.

— L'erreur est humaine, madame Winters. Les serpents s'étaient lovés au milieu d'un tas de feuilles sèches. Ces crissements... J'ai cru que j'étais tombé sur un nid de crotales.

Le révérend Johnston intervint pour ramener le calme :

— C'était parfaitement compréhensible, John. Maintenant, revenons à l'affaire qui nous amène. Le capitaine Kane s'apprêtait à nous fournir des précisions.

— Contrairement aux craintes exprimées par M. Longstreet, nul n'aura besoin de risquer sa vie. Je vous suggère simplement de placer la natte dans le coffre, au-dessus des remèdes, bien en évidence. Ce rappel cuisant dissuadera Barbe-Noire de revenir sur les termes de votre marché.

— Quelle arrogance de croire qu'il a si peur de vous que la seule vue de sa mèche coupée le matera ! s'indigna le gouverneur. Enfin, capitaine, il y a des vies humaines en jeu ! Oser nous interrompre pour proposer une singerie pareille !...

Stella jugea bon d'intervenir avant qu'ils n'en viennent aux mains :

— Vous êtes-vous demandé qui avait assommé la sentinelle, à bord du navire de Barbe-Noire, hier soir ? Qui avait ouvert la porte de la cellule pour libérer les malheureux qui y croupissaient ? Qui leur avait laissé un canot pour regagner le port en toute sécurité, quitte à revenir à la nage ? Ai-je besoin de préciser l'identité de cet homme courageux qui a mis sa vie en péril pour en sauver d'autres ?

— Kane ? hasarda le médecin, incrédule. Pourquoi ne l'a-t-il pas dit d'emblée ?

— Et pourquoi ne vous êtes-vous pas montré aux prisonniers, hier soir, Kane ? Pourquoi avez-vous attendu jusqu'à maintenant pour revendiquer cet exploit ? demanda un autre.

— Tout le monde n'éprouve pas toujours le besoin de fanfaronner pour récolter une vaine gloire, répondit le révérend avec une sévérité qui rendit les conseillers tout penauds. Les bonnes actions trouvent toujours leur récompense, sans qu'il soit besoin de les crier sur les toits.

Des coups de poing impérieux ébranlant la porte suivis d'un ordre brutal interrompirent la discussion. Dans le silence général, tous les regards convergèrent sur Damon, qui demanda au gouverneur :

— Avez-vous une meilleure suggestion ?

— Cachez la barbe dans le coffre et remettons-nous-en à la providence, répliqua le notable d'un ton aigre.

En un tournemain, le coffre de remèdes disparut, emporté par les pirates vers le navire de Barbe-Noire. Damon et Stella profitèrent de la confusion pour s'éclipser sans se faire remarquer. Leur voiture fila dans les rues au triple galop, manquant verser à chaque virage dans leur hâte à regagner l'abri de la résidence Winters. A peine arrivé, Damon renfila son costume invisible encore humide, faisant la grimace au bruit de succion que ses bottes produisaient à chaque pas.

— Si Barbe-Noire ne m'entend pas approcher, cette fois, c'est que c'est un vrai crétin !

— Je vous déconseille de chercher à le vérifier, Damon, s'affola Stella.

Il la gratifia d'un rire canaille et, les prunelles luisant d'un plaisir anticipé, répondit :

— Quoi ? Renoncer à admirer la terreur qui le défigurera quand il soulèvera le couvercle du coffre ? Jamais !

Depuis le bassin sur lequel donnaient les entrepôts, Damon partit en canot avec plusieurs de ses hommes d'équipage.

— Comment tu l'as atteint, le bateau de Barbe-Noire, hier soir, si c'est pas en ramant toi-même ? grommela Nathaniel, essoufflé.

— Le canot avance plus vite quand c'est vous qui ramez. Sans compter l'affolement que provoquerait en plein jour le spectacle de rames qui fendraient l'eau toutes seules.

— Je suppose qu'en guise de remerciement, tes galériens auront ordre de rester dans le canot et manqueront la rigolade...

— Ecoute, mon vieux, tu n'as quand même pas envie de faire échouer mon plan !

— C'est toujours les amis qui trinquent...

Damon enjamba le bastingage à l'instant où Barbe-Noire soulevait le couvercle du coffre. Seuls ceux qui se trouvaient dans son entourage immédiat entendirent le cri étranglé que lui arracha la vue de la tresse couchée sur les remèdes. L'épouvante lui fit saillir les yeux des orbites, tandis que sa face se piquetait de rouge, comme sous une violente poussée de fièvre. Sa main tremblante se porta directement à sa barbe mutilée. Comme il restait muet, un de ses hommes agita le bras en direction des otages terrifiés agglutinés sur le pont et se mit à brailler :

— Alors, cap'taine, on les coupe en morceaux, comme vous disiez ?

Dans la cacophonie de glapissements rauques montant de l'équipage surexcité, Damon s'approcha de Barbe-Noire et, se penchant à son oreille, chuchota d'une voix d'outre-tombe :

— Garde-toi de les massacrer, pirate. Souviens-toi de mes avertissements d'hier soir !

Teach se ratatina, soudain paralysé. Puis, avec lenteur, effrayé de ce qu'il allait découvrir... ou plutôt ne pas découvrir..., il tourna la tête vers la voix.

— J'étais sûr d'avoir rêvé, souffla-t-il enfin. Ouais, c'était rien qu'un fichu rêve !

Damon changea d'oreille pour lui susurrer en un sifflement aux accents maléfiques :

— Non, Teach, c'était bien le diable. Et je suis revenu te hanter. Défie mes ordres, et tu mourras.

Pour illustrer ses menaces, il promena sur le menton velu du pirate la lame de son couteau, tranchant au passage d'autres nattes qui glissèrent sur le pont, le jonchant comme autant de sinistres serpents.

— Cap'taine ? Quels sont les ordres ? lui demanda son second, impatient.

— Eh bien, Barbe-Noire, qu'as-tu décidé ? chuchota Damon, jouant sa dernière carte dans ce jeu de dupes. Si les otages meurent, tu périras aussi.

Après une éternité, Barbe-Noire hurla :

— Relâchez les prisonniers ! Déshabillez-les, flanquez-les dans le canot — celui qui prend l'eau — et laissez-les dériver. Et qu'ça saute ! On lève l'ancre sans attendre la marée.

— Mais, cap'taine, y reste encore des hommes, au port, et la marée va plus tarder.

— Feraient mieux de remonter leur carcasse de paresseux au triple galop, quitte à se greffer des ailes, parce que je vous l'dis, moi, qu'on lève l'ancre — avec ou sans eux ! J'en ai ma claque, de ce trou de Charleston. Et j'espère bien jamais revoir cette mare à canards puante.

Au risque de s'attirer les foudres de Barbe-Noire, un marin s'enhardit à demander :

— Faut leur donner des rames, aux prisonniers, quand on mettra le canot à la mer ?

— Non, bougre d'imbécile ! beugla le pirate, faisant vibrer la mâture. Quand je dis dériver, c'est dériver. Qu'ils viennent les repêcher, leurs petits copains de la ville ! Mieux, laissez-les au diable. Qui sait pourquoi, il a envie de se les garder, ces pauvres loques !

15

Quand Barbe-Noire eut enfin décampé, la ville resta partagée au sujet de Damon. A la majorité des citoyens, extrêmement reconnaissants de l'aide qu'il leur avait apportée dans la libération des otages, s'opposaient ceux qui ne surmonteraient jamais la haine viscérale qu'ils vouaient aux pirates. Et ce groupe de mécontents tomba avec complaisance sous l'influence de Dudley Finster qui leur décrivit Damon comme un perfide scélérat, prêt à se retourner contre eux à tout moment.

— Si ce sinistre Dudley pouvait s'égarer dans les marais et se faire avaler par les sables mouvants, ce serait le plus beau jour de ma vie ! s'exclama Stella, plus qu'exaspérée. Tout comme un infernal moustique, quand on le croit enfin parti tourmenter une autre victime, il revient vous zonzonner aux oreilles !

Quand on parle du loup... On frappa à la porte, et, comme si ses récriminations l'avaient fait venir, Stella trouva Finster sur le seuil, un petit bouquet dans une main et une boîte de friandises dans l'autre. Elle faillit lui claquer la porte au nez. Au lieu de quoi, l'air faussement aimable, elle s'écria :

— Quelle surprise ! Vous venez sans doute souhaiter à ma mère une prompte convalescence.

— Je lui souhaite naturellement de se rétablir au plus vite ; mais non, ce n'est pas le but de ma visite. Je viens vous faire la cour selon la méthode que vous m'avez indiquée l'autre fois.

Le fieffé imbécile ! Au lieu de comprendre qu'elle l'envoyait promener, il avait pris ses critiques au pied de la lettre ! Faute de pouvoir le laisser moisir dehors, Stella l'invita poliment à entrer. Quand elle l'introduisit au salon, sa mère leva les yeux au ciel pour indiquer à sa fille combien elle la plaignait et demanda :

— Quel bon vent vous amène, monsieur ? Il y a un moment que nous ne vous avions vu.

Elle jeta un coup d'œil furtif en direction du fauteuil dans lequel Damon se prélassait.

— Dudley vient faire sa cour, expliqua Stella.

— Vraiment ? En voilà une surprise ! fit Jane Winters. Je ne comptais plus faire de conquêtes... Encore que si certain monsieur de ma connaissance se déclarait...

Ce quiproquo provoqué par la malicieuse Mme Winters prit tout le monde de court. Stella braqua sur sa mère un regard ébahi, tandis que du fauteuil montait un toussotement rauque, heureusement couvert par les fanfaronnades de Finster qui s'évertua à rectifier l'erreur :

— Madame… euh… sans vouloir vous offenser, vous vous êtes méprise sur mes intentions. Je venais faire la cour à Mlle Stella.

Il tortillait son chapeau entre ses doigts, attendant qu'on l'invite à prendre un siège, conformément à la bienséance.

— Ma fille ? Alors qu'elle a déjà un prétendant ?

Damon se régalait de la lenteur méthodique avec laquelle Jane Winters tourmentait le pauvre Finster. Il se fendit d'un sourire ravi et adressa un clin d'œil appuyé à Stella.

— Vous faites allusion au capitaine Kane ? Votre fille mérite quand même mieux que ce brigand de pirate, madame !

— Je ne comprends pas vos réticences. Le capitaine est notre associé, et il accomplit un travail remarquable.

— Il vous volera jusqu'à votre dernière chemise, je vous le prédis.

Jane haussa les épaules avec indifférence avant de provoquer Finster :

— Croyez-vous qu'il soit le premier à essayer ? Allons, monsieur, prenez un siège. Vous n'êtes pas bien grand mais je trouve désagréable de devoir poursuivre la conversation en me tordant le cou.

Finster avait remarqué l'ouvrage de couture que Stella avait abandonné au bout du divan ; il alla s'asseoir juste à côté. Exprès, la jeune fille se choisit le fauteuil le plus éloigné de Dudley, manœuvre qui donna l'idée à Damon d'aller se percher sur le bras du divan, tout près de Finster. Stella interrogea Damon du regard. Finster prit le coup d'œil pour lui et, croyant à une invite, il se leva pour coller le bouquet sous le nez de la jeune femme, lui conseillant avec un sourire de fouine :

— Il faudrait les mettre dans l'eau avant qu'elles fanent.

Soudain, sans raison apparente, les fleurs s'envolèrent du poing de Finster et s'éparpillèrent sur le plancher, où il les vit s'aplatir, comme piétinées. Jane Winters se mordit la lèvre pour ne pas éclater de rire. Il lui fallut un moment pour retrouver son sang-froid et prendre sa fille à témoin :

— Jamais je n'ai vu des fleurs se flétrir si vite ; et toi, ma fille ?

— Jamais, maman, rétorqua Stella qui ne put retenir un éclat de rire à la vue de Damon qui se pavanait.

— Veuillez l'excuser, monsieur. Il faut toujours qu'elle ricane au moment le plus déplacé.

Finster avait de plus en plus de difficulté à se dominer. Il lâcha, les dents serrées :

— Il n'y a pas grand mal, je suppose. Et pour lui faire plaisir, il reste encore les bonbons.

Avec un geste ample du bras, il ouvrit la boîte qui contenait une douzaine de chocolats fourrés à la crème, friandise rare et coûteuse puisqu'on venait à peine de l'inventer.

— Je les ai fait importer de Suisse, se vanta-t-il.

Il eut beau maintenir fermement la boîte en la présentant à Stella, les chocolats crevèrent comme autant d'œufs, déversant leur contenu gluant.

— Ma foi, on dirait qu'ils ont souffert du transport, fit Jane avec sécheresse.

Elle évita de regarder Stella, dont les épaules tressautaient de façon suspecte, tandis qu'un léger bruit de succion indiquait que Damon se pourléchait les doigts. Stella parvint enfin à retrouver son sérieux, le temps de reconduire à la porte Finster, complètement déboussolé. Désireuse de le décourager de lui rapporter des chocolats — dont elle raffolait pourtant —, elle prétendit que ces friandises lui donnaient la nausée.

— Dans ce cas, je reviendrai avec un cadeau qui j'espère vous ravira, fit-il, nullement démonté.

— Inutile de vous casser la tête, monsieur. Vos attentions me flattent, certes, mais j'apprécie mon galant.

— Rien n'interdit à une jeune personne d'avoir plusieurs soupirants.

— Cela ne me satisfait pas, moi. J'aimerais que vous renonciez à me faire la cour, finit-elle par préciser, exaspérée par ce personnage obtus.

Dudley se redressa de toute sa taille et décréta :

— Cet homme vous laissera tomber. Vous vous réveillerez un beau matin et maudirez votre bêtise. Renoncez à vos rêves infantiles pour accepter mes avances ; elles viennent d'un cœur sincère.

Le regard glacial, elle rétorqua :

— Quelle grâce vous mettez dans l'aveu de vos sentiments… Vous est-il jamais venu à l'esprit, Finster, que je préférerais mourir plutôt que vous épouser ?

Sur ce, elle se fit une joie de lui claquer la porte au nez — ce qu'elle aurait dû faire dès l'intrusion du gêneur.

Jane Winters avait dit vrai en évoquant devant Finster certaine inclination. L'heureux élu n'était autre que Nathaniel Hancock. Stella, qui avait assisté à l'évolution de leur relation, avait peine à comprendre comment sa mère avait pu s'éprendre de cet homme, certes aimable, mais pour le moins mal policé.

Nathaniel était de trois ans plus jeune que Jane et, s'il n'était pas laid, Stella ne trouvait rien de séduisant dans son visage buriné par la mer et son costume de marin avachi. Il ne semblait pas avoir grand-chose d'autre à offrir à Mme Winters qu'un sourire empli d'adoration, fruit d'un coup de foudre immédiat et réciproque, et il suffisait qu'ils fussent réunis pour les voir rayonner de bonheur. Jane elle-même ne pouvait se l'expliquer.

— Je ne sais pas, ma fille... Simplement, son sourire illumine mes jours et je reprends goût à l'existence. En sa compagnie, je m'éveille à la beauté sensuelle de la nature, je me sens si jeune, si insouciante que je me surprends à espérer à nouveau.

— Gare aux faux espoirs et aux espérances déçues, maman ! Nathaniel est un pirate !

— Tout comme mon père bien-aimé. Ne l'oublie pas !

— Je n'oublie pas non plus qu'il a échappé de justesse à la potence, à cause de ses prouesses de hors-la-loi, et que cela a tué grand-mère bien avant son heure !

— Pour rien au monde elle n'aurait voulu d'un autre homme. Et leur amour était réciproque.

— Pourquoi n'a-t-il pas renoncé à cette vie aventureuse, lorsque tu es née ? Cela vous aurait facilité la vie.

— Nous n'avons pas à porter de jugements sur la vie que se choisissent les gens. Il a fait ce qu'il pensait être le mieux. D'ailleurs, il a fini par s'amender.

— Pas suffisamment, et trop tard pour vous épargner toutes ces souffrances, à grand-mère et à toi. Pourquoi te mets-tu dans la même situation, en te laissant courtiser par Nathaniel ?

Mme Winters fut peinée de tant d'incompréhension.

— Tu l'apprendras un jour, ma chérie : le cœur a ses raisons que la raison ignore. J'aimais ton grand-père, tout comme j'ai aimé ton père et la vie respectable qu'il m'a offerte. Je les ai aimés pour eux-mêmes, tels qu'ils étaient, et pour rien au monde je ne voudrais changer Nathaniel ou renier les sentiments qui nous unissent.

Les choses n'étaient pas si simples pour Stella. Le bonheur retrouvé de sa mère aurait dû la réjouir, mais elle parvenait mal à étouffer la jalousie, la rancœur dues au fait qu'un autre homme prenait la place de son père. Ses proches se rendaient évidemment compte de ses tourments, bien qu'elle fît son possible pour traiter Nathaniel avec amabilité. Mais les soucis lui donnaient des insomnies, qui affectèrent son humeur. Un soir, Damon, qui n'en pouvait plus, la pourchassa jusque dans sa chambre, verrouilla la porte et la tança vertement :

— Stella, tu n'es qu'une affreuse mégère aux idées étroites. En quoi Nathaniel te hérisse-t-il ? Est-ce parce qu'il n'a ni la fortune, ni les terres, ni la culture qui te conviennent ? Mets-toi bien dans la tête que ce n'est pas à toi qu'il doit plaire, mais à ta mère, et il y parvient à merveille. Serais-tu si mesquine que tu ne puisses te réjouir de voir ta mère enfin heureuse ?

— Devrais-je me réjouir qu'elle ait trouvé l'amour avec un homme qui, lorsqu'il partira, la laissera encore plus malheureuse qu'au jour de leur rencontre ? protesta Stella avec colère. Quand mon père est mort, elle avait au moins le réconfort de savoir qu'il ne voulait pas la quitter, qu'il n'avait pas le choix. Que deviendra-t-elle quand la *Reine des Mers* lèvera l'ancre, Damon ? Comment se consolera-t-elle du départ de Nathaniel ?

— C'est à eux d'envisager le problème. Tu n'as pas à intervenir.

— Qui la consolera, quand vous aurez repris la mer ? Croyez-vous que la perspective de voir son regard se ternir à nouveau, d'avoir à la supplier de consentir à manger, de la voir dépérir de jour en jour m'exalte ? cria-t-elle dans un sanglot.

Damon aurait su se défendre contre un accès de colère ; les larmes de Stella le désarmèrent. Il la prit avec tendresse entre ses bras, sans se soucier de la résistance vigoureuse qu'elle lui opposait.

— As-tu évoqué ce problème avec ta mère ?

— On dirait qu'elle se moque du lendemain. Elle se bouche les oreilles à mes mises en garde. Comment puis-je la protéger malgré elle ?

— Essaie d'accepter la situation, au lieu de t'y opposer avec tant de férocité. Pourquoi ne pas te fier au bon sens de ta mère ? Elle n'est ni stupide, ni téméraire, ni irresponsable.

— Au contraire ! Et elle ne donne pas son amour à la légère. Justement...

— Crois-tu que Nathaniel ne fasse que s'amuser aux dépens de ta mère ? la tança Damon. Depuis que je le connais, je ne l'ai jamais vu à ce point épris d'une femme. As-tu remarqué la façon dont il la couve du regard, dont il suit ses moindres mouvements ? Il en est fou, et donc tout aussi vulnérable que ta mère, sinon davantage.

Stella essuya ses larmes, puis, le regard implorant, elle s'enquit timidement :

— En êtes-vous vraiment persuadé ?

— Je le sais. Et si je peux te donner un conseil, cesse de comparer Nathaniel à ton père ; c'est cruel et malhonnête, surtout vis-à-vis de Jane. Tu sais combien profondément elle aimait ton père. Ses sentiments pour Nathaniel n'enlèvent rien à l'amour qu'elle lui portait, alors oublie ta jalousie. Au lieu d'enfermer ta mère dans le passé, laisse-la savourer la vie sans avoir à te rendre des comptes ni à se culpabiliser sans raison.

Stella poussa un gros soupir, soulagée au-delà de toute expression.

— J'essaierai, Damon, de toutes mes forces. Ce n'est pas que je n'aime pas Nathaniel ; c'est que je n'ai jamais vu ma mère se comporter de la sorte, pas même avec mon père. Et cela me fait mal. J'ai l'impression que, d'une certaine manière, elle le trahit et me trahit en même temps. La raison me dit que c'est faux, mais affectivement c'est dur à admettre.

— Laisse faire le temps, ma douce.

Elle répondit par un sourire hésitant, si mouillé de larmes que Damon fondit de tendresse. Qu'avaient-elles, ces dames Winters, pour remuer pareillement les hommes ? se dit-il. Etait-il à son tour sur le point de tomber amoureux de cette petite demoiselle aux yeux turquoise piquetés d'étoiles frangés de cils ravissants ? De cette petite chatte impertinente dotée d'une fougue de tigresse ?

— Ah, Stella, si tu savais comme tu es belle ! Ma tentatrice !...

Il effleura les joues humides du bout des doigts puis, incapable de résister, il y promena la bouche, goûta du bout de la langue le sel de ses larmes et descendit vers ses lèvres.

— Tu as le goût des embruns, murmura-t-il.

Sa bouche trouva la sienne, et ils communièrent dans la folle sensualité d'un baiser qui s'approfondit. Damon glissa la main dans les cheveux de

Stella qui, libérés de leurs épingles, retombèrent en un rideau soyeux.

Grisée, la jeune femme dénoua le lacet qui fermait la chemise de son compagnon et caressa avec gourmandise la toison qui lui couvrait les pectoraux, se délectant de la sensualité de ce nid de boucles si chaud. Quand elle lui frotta de l'ongle le bout des seins, il suffoqua, plaqua son torse musclé contre ses mains, et Stella eut la surprise de sentir les tétons se dresser, tandis que les battements de son cœur résonnaient au creux de sa paume, lui révélant sa fièvre.

Quand il lui saisit à son tour un sein pour le tourmenter à travers le tissu, une onde de désir la fit tressaillir, étouffante, plus insoutenable à chaque titillation. Il dégrafa le haut de sa robe pour lui dégager le buste, se gorgea un instant du spectacle de sa somptueuse poitrine et, sans lui laisser le temps de se débattre, prit un sein dans sa bouche.

En sentant les lèvres chaudes et humides se refermer sur le mamelon, Stella s'affaissa, et elle serait tombée sans le bras solide qui la retint à la taille. Elle poussait de petits gémissements, abandonnée à cette bouche qui déclenchait des moiteurs au plus secret de sa féminité. Renversée sur son bras pour mieux lui tendre le buste, elle sentit ses doigts se glisser sous ses jupons, lui effleurer le creux du genou et eut un soubresaut. Damon la plaqua plus fermement contre son ventre.

— Doucement, ma tendre et belle, murmura-t-il. N'aie pas peur, tu n'auras que du plaisir.

Il remonta la main le long de sa cuisse, léchant le bout du sein, et quand il s'insinua entre ses replis veloutés, au plus secret de son intimité, elle poussa un cri étouffé. Le doigt trouva l'entrée du temple de Vénus et, à l'instant où il le conquérait, Damon lui mordit le sein. Secouée par des spasmes violents, vibrant d'un plaisir inouï, elle poussa un long gémissement et s'évanouit, foudroyée.

Damon ne comprit pas tout de suite ce qui venait de se passer. Devait-il se montrer choqué, ou simplement surpris que la demoiselle se soit évanouie en un tel moment, le laissant, lui, seul avec son désir ? Cet abandon lui arracha un rire chagriné. Que faire ? Profiter de son inconscience pour assouvir ses appétits ? La coucher dans son lit et aller se plonger dans la mer pour trouver l'apaisement des sens ?

Pour une fois, il décida de se montrer galant homme. La portant sur le lit, il la déshabilla — laissant toutefois sa camisole longue — et la recouvrit du drap. Puis il secoua la tête et ricana :

— Tu ne perds rien pour attendre, ma toute belle ! Tu ne m'échapperas pas toujours aussi facilement. D'ici là, reprends des forces. Tu en auras besoin.

16

Dans les jours qui suivirent, mortifiée, Stella se réfugia dans l'irascibilité, attendant que s'estompe le souvenir de ces moments d'intimité. Cependant, il lui arrivait de les revivre, et la passion qui attisait son corps ne s'estompait guère. Damon, parfaitement conscient du trouble qu'il avait éveillé en elle, ne manquait pas de lui décocher sourires sagaces et clins d'œil entendus qui la laissaient aussi désarmée qu'une souris malmenée par un chat. Quel pouvoir avait cet homme sur elle ! Il suffisait d'un simple regard pour la mettre en transe !

C'est à ce moment-là, peu après le départ forcé de Barbe-Noire, que Jane Winters remarqua un étrange phénomène. Désormais, quand Damon s'écartait de Stella, au lieu de se résorber instantanément, son image demeurait visible quelques minutes. Cette nouvelle bouleversa Damon et le remplit d'espoir.

— Serait-ce le signe d'une guérison imminente ? Ah ! redevenir normal ! Connaîtrai-je enfin pareille félicité !

— Le processus risque de prendre un certain temps, l'avertit Stella, surprise de sa réaction. Elle aurait dû se réjouir que Damon recouvre enfin forme humaine. Cela lui rendrait sa liberté de mouvement. Tous deux seraient enfin libres de reprendre leur vie d'avant.

Et Damon repartirait, puisqu'il n'aurait plus besoin d'elle. Il repartirait et l'oublierait...

C'était là que le bât blessait. A force de vivre pratiquement enchaînée à cet arrogant pirate, elle s'était éprise de lui. Au-delà du désir physique, elle l'aimait de tout son être, au point que le vide que laisserait son départ l'emplissait d'épouvante.

Au fur et à mesure que son séjour se prolongeait, elle ne désespérait pas de le convaincre de s'établir à Charleston. Déjà, il s'était fait une place dans leur vie, et elle savait ne pas lui être indifférente. Sa mère et lui avaient tissé des liens d'amitié. En outre, sa conversion de pirate en responsable d'entrepôts ne semblait pas lui déplaire.

Mais l'amour suffirait-il à le faire renoncer à la mer et à l'existence grisante et sans contraintes de hors-la-loi ? Stella n'était pas seule en jeu. Si

Damon partait, Nathaniel partirait aussi, et c'est deux cœurs brisés qu'ils laisseraient derrière eux.

Stella secoua la tête pour chasser ces élucubrations. A quoi bon souhaiter que Damon s'établisse à Charleston s'il demeurait un fantôme ? En admettant qu'il reste, qu'il lui déclare son amour, comment pourraient-ils se marier, connaître une vie de famille normale si elle était contrainte de ne pas le lâcher d'une semelle ? Et les enfants ? Un demi-fantôme pouvait-il concevoir ? Dans l'affirmative, comment leur expliquer la situation particulière de leur père sans que le secret s'en ébruite ?

Douloureux paradoxe que ce handicap qui contraignait Damon à rester à Charleston et élevait entre eux deux un obstacle insurmontable. Mais puisqu'elle était condamnée à le perdre, Stella préférait que ce jour arrive le plus tard possible.

Conséquences de l'invisibilité de Damon, durée de son séjour, ces inquiétudes passèrent brutalement au second plan de ses angoisses, quand un vol se produisit aux entrepôts. Malgré la garde renforcée depuis la mise à sac du bureau, une nuit, on déroba une partie de la cargaison de la *Reine des Mers*.

— Heureusement, ils n'ont pas eu le temps de voler grand-chose. Nos gars les ont dérangés, expliqua Nathaniel, venu au rapport. Ils étaient cinq. Impossible de les identifier, ces chenapans ; au premier bruit, ils ont détalé comme des lapins en semant derrière eux la marchandise volée. Le plus bizarre, c'est qu'il faisait noir comme dans un four. Les pillards devaient connaître les lieux comme leur poche.

— Je parierais qu'il s'agit de Tilton et de ses

complices, grommela Damon, qui explorait l'entrepôt à la recherche de preuves. L'absence de tout signe d'effraction, aux portes comme aux fenêtres, le confirmerait. Tilton avait sans doute les clés.

— Il me les a restituées en votre présence, le jour où je l'ai renvoyé, précisa Stella.

— Certes, mais il peut s'en être fait fabriquer un double, du temps où il travaillait encore pour vous. Sa qualité de contremaître lui évitait d'éveiller les soupçons s'il prétendait avoir besoin d'un jeu de rechange — pour Finster ou pour lui.

— Nous voilà dans de beaux draps ! s'indigna Stella. S'il peut aller et venir à sa guise, rien ne l'empêchera de nettoyer les entrepôts de fond en comble, le jour où cela lui chantera.

— C'est pourquoi nous allons aussitôt changer toutes les serrures. Ainsi, la prochaine fois, le bruit attirera les sentinelles, ce qui permettra d'en attraper au moins un la main dans le sac. Et je doute qu'on les paie assez grassement pour qu'ils ne finissent pas par accuser leurs complices.

Le vol servit de prétexte à Dudley Finster pour accentuer ses attaques contre Damon. Bien que Finster eût sans doute quelque chose à voir dans cette affaire, il ne se privait pas de dénoncer à ceux qui voulaient l'entendre ce « chacal sans scrupules » qui dissimulait ses véritables desseins sous le masque de la respectabilité.

— Faire porter le chapeau à Damon, alors que c'est certainement lui le coupable ! pesta Nathaniel. Il faudrait lui fourrer une pomme pourrie dans le groin, à ce porc, et le faire griller à petit feu. T'as qu'un mot à dire, Damon, et les gars et moi, on lui fait sa fête, à ce salaud.

— Pas encore, Nathaniel. J'ai d'abord envie de

le rouler un peu dans la farine et de lui jouer le genre de tour dont les fantômes ont la spécialité, si tu saisis l'allusion. Si j'ai réussi à éveiller en Barbe-Noire la peur du diable, donner quelques sueurs froides à ce paltoquet ne devrait pas me poser trop de problèmes.

Jane acquiesça, avec quelques réserves toutefois :

— Je vous demanderais d'éviter de répandre trop de sang, capitaine. Réglez vos comptes, oui, mais avec discrétion, que notre nom ne s'en trouve pas terni.

— Enfin quand même, maman ! Comment peux-tu approuver ce genre d'action ? s'indigna Stella.

— Je te trouve bien pusillanime, ma fille ! Après le calvaire que t'a fait endurer Finster, tu ne vas quand même pas prendre sa défense !

— Non, mais je préférerais que le conflit se règle sans violences. Finster a beau être un voleur, il n'a jamais agressé physiquement personne.

— Pas encore, intervint Damon. Mais rassure-toi ; mon opération de représailles sera des plus policées. Satisfaite ?

— C'est au résultat que je jugerai vos actes.

L'occasion de mettre ses plans à exécution se présenta dès le lendemain. Après avoir vaqué à ses affaires à bord de la frégate, Damon déambulait paisiblement dans les rues de Charleston, à la recherche des dames Winters qui avaient prévu de sortir faire quelques emplettes.

Jetant un regard dans un petit salon de thé, il les aperçut à l'intérieur. A sa grande surprise, Finster parut alors à son côté et, tout comme lui, observa à travers la vitrine la clientèle attablée dans l'établissement. A peine eut-il vu Jane et Stella qu'un rictus victorieux lui étira les lèvres. Cependant, au lieu d'entrer, l'homme poursuivit sa route jusqu'à l'échoppe poussiéreuse d'un libraire-imprimeur.

Sa curiosité en éveil, Damon lui emboîta le pas, le filant de si près que la cloche de la porte ne tinta qu'une fois à leur entrée. Invisible et silencieux, il espionna Finster, qui, après moult hésitations, choisit un recueil de poèmes.

— Ces vers sont-ils convenables pour une dame ? demanda-t-il au patron.

— On ne peut plus. C'est un cadeau rare et précieux. Je ne possède que deux exemplaires de cet ouvrage ; l'autre m'a été réservé par le révérend Johnston, qui le destine à sa chère épouse.

Finster paya et quitta la librairie, satisfait.

Devinant sans mal à qui il destinait ces poésies, Damon chipa subrepticement le second exemplaire et le glissa sous sa chemise, non sans toutefois, pris d'un remords subit — sentiment nouveau chez lui —, poser quelques pièces sur une étagère, avant de se faufiler dans la rue.

Il fonça vers le salon de thé, atteignant la table de Stella au moment où Finster sortait le livre de sa poche. Faisant une queue de poisson à son rival, Damon se planta devant la jeune fille et lui jeta le second exemplaire sur les genoux, sous la table.

Loin de se laisser dérouter, avec un extraordinaire sang-froid, celle-ci cueillit l'ouvrage, y jeta un coup d'œil, consulta Damon du regard et, comprenant ses intentions, minauda à l'adresse de Finster qui lui tendait le volume :

— Oh, monsieur Finster ! J'ai l'impression que vous venez d'acheter un recueil que je possède déjà. Etonnant, n'est-ce pas, que deux êtres aussi dissemblables que nous puissent avoir des goûts communs…

Le sourire de Damon s'élargit à mesure que le visage de Finster se décomposait.

— Euh... comment?... Le libraire m'assurait il y a un instant à peine qu'il n'en possédait que deux exemplaires, l'autre étant mis de côté pour la femme du pasteur.

— J'espère que l'immense engouement suscité par cet auteur vous le fera apprécier d'autant plus. Sinon, vous pouvez toujours aller vous faire rembourser.

— J'espère, moi, qu'Henrietta récupérera son exemplaire avant qu'il se volatilise! gronda Mme Winters qui, ayant vu le volume sortir du néant, avait deviné la machination de Damon.

Finster tenta de sauver la face:

— Il semble qu'une fois de plus j'aie mal choisi mon cadeau. Me permettez-vous de me racheter en vous offrant un autre thé?

Sans attendre qu'on l'y convie, il prit place au côté de Stella et héla la serveuse. Tandis qu'il se détournait, Stella consulta Damon du regard. Il acquiesça. La jeune fille lança un léger signal à sa mère.

— Quelle délicate attention, monsieur Finster! répondit-elle.

Une fois la théière rapportée, elle versa le breuvage dans leurs trois tasses. Puis sa mère et elle se carrèrent dans leur fauteuil et attendirent la suite. Finster connut d'abord des déboires avec le lourd pain de sucre posé sur la table, qui, lorsqu'il voulut s'en saisir, s'envola dans les airs et manqua assommer un client. Il fut bientôt suivi par sa petite cuillère, laquelle piqua droit dans la tasse de l'épouse de sa première victime, femme de forte corpulence, qu'elle aspergea copieusement.

Aux mugissements indignés du couple, toute la

salle se retourna. La grosse dame s'extirpa de son fauteuil, avec l'air d'un taureau près de charger, cherchant le coupable de ses petits yeux étrécis de haine. Stella s'empressa d'orienter ses recherches en se lamentant à haute et intelligible voix :

— Oh, monsieur Finster, que vous êtes maladroit !

Aussitôt, le monstre chargea, ombrelle au poing.

Finster ne résista pas et, à la troisième estocade, quitta les lieux sous les quolibets, avant de disparaître en boitant au bout de la rue pour s'engouffrer immédiatement dans l'officine du médecin.

— Par les jarretières de sainte Gertrude, le spectacle en valait la peine ! s'esclaffa Stella, les larmes aux yeux.

Profitant du tohu-bohu, Damon lui souffla de le suivre dans un couloir, d'où il ressortit, visible, à son bras. Relevant le fauteuil de Finster, il s'installa posément auprès de ses amies.

— Jamais je n'aurais espéré que ça marcherait aussi bien ! Croyez-vous que cette furie se laisserait embaucher comme homme d'équipage sur ma frégate ?

— Moi j'aimerais savoir où elle l'a achetée, son ombrelle incassable ! intervint Mme Winters, plus pragmatique.

— Il me semblait que vous préféreriez mourir plutôt que d'autoriser une femme à monter à bord ! s'indigna Stella.

— C'est vrai, j'avais oublié !

— Vous êtes irrécupérable, Damon. Ces superstitions idiotes finiront par vous rendre chèvre ! Je vous ai déjà surpris en train de descendre sur la chaussée pour éviter de passer sous une échelle, de toucher du bois, de jeter une pincée de sel pardessus votre épaule s'il vous arrivait d'en renverser sur la table. Si notre furie avait ouvert son ombrelle dans le salon, vous seriez mort d'apoplexie !

Damon, irrité, argua du bien-fondé probable de ces rites de conjuration si universellement observés.

— Allons, mes enfants, finissez votre thé, que maman vous raccompagne à la maison ! soupira Mme Winters. Je vous ferai faire une bonne sieste pour avoir la paix.

— Maman nous autorisera-t-elle à la faire dans le même lit ? ironisa Damon.

— Certainement, capitaine, une fois ligotés, bâillonnés et attachés chacun de son côté, rétorqua Jane Winters avec un sourire mi-figue, mi-raisin.

A quelque temps de là, les dames Winters eurent à pâtir personnellement du naturel superstitieux des marins.

L'intrusion impromptue d'un adorable chaton noir, découvert par Stella dans l'étable, en fut la cause. A sa vue, la jeune femme eut la surprise de voir ces deux armoires à glace se pétrifier, soudain pâles comme des suaires.

— Fiche… fiche-moi cet énergumène dehors ! bredouilla Damon d'un ton saccadé, les yeux emplis de terreur.

Nathaniel acquiesça frénétiquement du menton.

— Allons donc ! Ce n'est qu'un petit chat totalement inoffensif ! s'esclaffa Stella.

Pointant un doigt accusateur sur la bête, Damon cracha :

— Rien de pire qu'un chat noir pour porter malheur. Je ne tolérerai pas sa présence sur mon chemin.

S'il n'avait pas tendu le doigt avec autant d'autorité, le calme se serait peut-être rétabli. Hélas, Zeus, l'invisible, perché sur le dossier de la chaise de son maître, prit le geste pour un ordre d'attaque. Avec un glapissement strident, un battement d'ailes frénétique, il fondit sur le chaton, arrachant la lanière qui le retenait.

Une course-poursuite effrénée s'ensuivit entre les deux bêtes, que les interventions des quatre humains ne firent qu'intensifier. Bientôt, la pièce dévastée ressembla à un champ de bataille.

Le chat ayant réussi à s'enfuir, Damon était parti à la recherche de son oiseau, tandis que Nathaniel, penaud, s'était réfugié sur la frégate.

— Quand je pense qu'ils surnomment Finster la poule mouillée ! soupira Stella en s'effondrant dans un fauteuil. Ah, pauvres de nous ! Quelle idée de nous éprendre de deux fripons aussi fantasques !

17

Jane boudait, incapable de pardonner à Damon le saccage de sa sacro-sainte salle à manger. Stella, méfiante, gardait ses distances. Si bien que, pour donner un peu de piquant à son existence et se venger des calomnies de Finster, Damon s'ingénia à le discréditer publiquement.

Il le filait en ville, épiait ses moindres mouvements, l'espionnait durant ses transactions, s'acharnait sur lui en multipliant les accidents inexplicables, si bien que peu à peu, on se mit à l'éviter comme la peste.

Lors d'une visite de fonctionnaires anglais chargés d'inspecter certaines des entreprises de Charleston, Damon acheva de le discréditer, sous les yeux mêmes de son père. Les Finster avaient organisé en l'honneur de lord Chamberlain, qui dirigeait la délégation, et de son épouse la baronne, une réception au cours de laquelle Dudley devait remettre à celle-ci un énorme bouquet. Bouffi d'orgueil, il entama un discours pompeux, que Damon interrompait en tranchant net les boutons du pantalon du comptable, qui lui tomba d'un coup sur les pieds. Les pans de sa chemise restant coincés autour de sa taille, tout le monde put admirer le moindre détail de son anatomie, tout particulièrement Lady Chamberlain.

L'horreur fut générale et le baron, outré, exigea réparation sous forme de duel. Ce ne fut que parce que son épouse lui rappela qu'il lui avait donné sa parole d'honneur de ne plus se lancer dans pareille entreprise et insista sur la médiocrité de son adversaire potentiel que Finster y échappa.

Damon l'aurait étranglée ! Juste au moment où il avait coincé tout de bon cette fouine de Finster, celui-ci allait encore réussir à s'en sortir sans une égratignure !

Pas si sûr…

Ecœurés, tous ceux qui avaient assisté à l'incident refusèrent de traiter avec les Finster tant que Dudley demeurerait dans l'affaire, le considérant désormais comme un grave déséquilibré.

M. Finster père étant connu pour son âpreté au gain, il semblait certain qu'il éloignerait son fils de Charleston jusqu'à ce que le scandale soit oublié — ce qui prendrait un certain temps.

Au cours des jours qui suivirent la bataille entre le chat et le faucon, Damon, désireux de se racheter, fit montre d'un étonnant talent de menuisier. Armoire branlante, corniche écornée d'un placard d'angle, barreaux de chaises cassés, dessus de la table de la cuisine hérissé d'échardes, il retapa sans relâche. Sans oublier le fauteuil du père de Stella qu'il rafistola tant bien que mal, lui évitant de finir en bois de chauffage.

Ce labeur acharné lui valut la reconnaissance émue de Mme Winters et de sa fille, ravies de voir leur intérieur remis à neuf.

— D'où tenez-vous de telles compétences en menuiserie, Damon ? s'exclama Stella.

— De mon père, avoua-t-il, la mine soudain triste. Il était menuisier et m'a enseigné le métier.

— Où vit-il, à l'heure actuelle ?

— Il se trouve en Angleterre… où il repose dans sa tombe, au côté de ma mère.

— Pardonnez mon indélicatesse. Je suis désolée d'avoir ravivé votre peine.

La curiosité prit néanmoins le dessus, poussant la jeune fille à demander :

— Il y a longtemps qu'il a disparu ?

Damon s'accroupit à côté de la fenêtre dont il réparait le cadre et se perdit dans ses souvenirs, si bien que le coin en bois qu'il tenait tomba sur le plancher. Au moment où Stella désespérait de l'entendre se confier, il répondit, avec grande émotion :

— Onze ans. Nous projetions d'émigrer aux colonies d'Amérique pour rejoindre mon oncle, qui y avait déjà installé son atelier de menuiserie, quand une épidémie de choléra s'est déclarée à Londres. Nous n'avions vendu ni la maison ni la menuiserie de mon père, ni fini les bagages, mais mes parents, craignant pour ma santé, insistèrent pour que je parte avant eux. Déjà, les administrateurs du port n'autorisaient qu'avec réticence les navires à quitter Londres, de crainte qu'ils n'exportent la maladie.

— Et vous êtes parti tout seul ?

— Oui. A seize ans, j'étais capable de me débrouiller seul. Mes parents ne m'ont jamais rejoint, et ce n'est qu'au bout de six interminables années que j'ai appris qu'ils avaient succombé au choléra.

— Six ans ! Damon, pourquoi un pareil délai ?

— Le destin, ma douce... fit-il avec un rire sans joie. Un certain Swift a attaqué le navire qui me transportait aux colonies et m'a enlevé, avec d'autres passagers. Je n'ai dû d'avoir la vie sauve qu'à ma jeunesse, à ma taille, et surtout à mes talents de menuisier, dont la *Reine des Mers* avait bien besoin. Mais mon savoir-faire ne m'aurait pas sauvé de la mort si je n'avais pas accepté, contraint et forcé, de signer le pacte des pirates et de jurer solennellement de rallier leur fraternité.

— Puisque la *Reine des Mers* vous appartient, qu'est-il advenu de Swift ?

— Six ans après notre capture, Nathaniel et moi avons organisé une mutinerie, si bien que le navire lui appartient autant qu'à moi. Quant à Swift, qui m'a fait vivre un interminable enfer, nous l'avons abandonné avec ses hommes sur une île déserte. Mais alors que je le croyais mort, j'ai appris fortuitement par l'équipage de Barbe-Noire qu'il était toujours en vie. Ce qui me permettra peut-être de parachever ma vengeance.

Stella fit la grimace.

— Que s'est-il passé ensuite ?

— Nathaniel, les marins qui s'étaient ralliés à

nous et moi-même avons fait voile vers l'Angleterre. J'ai enfin appris la mort de mes parents et je suis allé m'incliner sur leur tombe. Ma seule consolation, c'est qu'ils n'ont jamais su que leur fils bien-aimé menait une vie aussi répréhensible.

— Pourquoi n'avez-vous pas renoncé à la flibuste pour rejoindre votre oncle, comme c'était initialement prévu ? demanda Stella, bouleversée.

Damon braqua sur elle un regard empli de mépris de soi et railla :

— J'avais eu le temps de prendre goût à une vie bien plus cossue que celle que m'aurait procurée la menuiserie. La piraterie a ses charmes, tout autant que la mer. Et puis, quel régal d'être maître à bord d'une frégate !

— Et votre oncle ? Etes-vous jamais allé le voir ? Sait-il ce que vous êtes devenu ?

— Il se peut qu'il ait entendu parler de moi, mais non, je ne suis jamais allé le voir. Il n'est pas du genre à tolérer les pirates, et je ne voudrais pas leur faire honte, à sa famille et à lui, en frappant à sa porte.

— Mais vous, Damon, le soutien de votre famille ne vous manque-t-il pas ? Ne vous arrive-t-il jamais de souhaiter avoir un foyer, de renoncer à vos errances de hors-la-loi pour vous fixer quelque part ?

Il la sonda du regard et découvrit le désir ardent et nostalgique qu'elle s'efforçait de lui dissimuler.

— Stella, ma douce amie, si quelqu'un devait me tenter, ce serait toi. Hélas, j'ai la mer dans le sang, et je ne pourrais renoncer à voguer bien longtemps.

Elle baissa la tête pour cacher sa déconvenue et insista :

— Pourquoi ne pas continuer à sillonner les mers,

en toute légalité cette fois ? Pourquoi vous obstiner à demeurer pirate ?

— Parce qu'un fantôme est condamné à mener une existence marginale, et puis mon invisibilité ne me rendra-t-elle pas invincible ? Sans oublier que, de toute façon, j'ai trop la bougeotte pour jamais faire un bon mari.

Elle s'enhardit à relever la tête pour avouer dans un souffle :

— Et moi, j'ai peur pour votre vie, si vous vous obstinez dans cette voie de meurtre et de violence, et aussi pour votre âme.

Stella s'éloigna vers la porte et, comme alourdie par le fardeau de ses réflexions, elle lâcha avant de disparaître :

— Quant à ne pouvoir faire un bon mari, n'est-ce pas surtout la peur de vous engager envers une seule femme qui vous le fait croire ? Dans ce cas, vous vous condamnez à la solitude à vie. Remarquez, si vous persistez dans votre choix, cette dernière risque d'être fort brève.

Depuis cette conversation, Damon et Stella se regardaient en chiens de faïence. Même quand elle l'accompagnait en ville, où il continuait à vendre les marchandises stockées dans les Entrepôts Winters, elle gardait un silence, une distance assez inhabituels.

Un beau jour, Damon fit une chose étrange, qui la tira brutalement de ses rêveries moroses ; il ordonna à Nathaniel de faire entrer la frégate au port pour la mettre en cale sèche sur l'étroite plage de sable qui jouxtait le bassin. Aurait-il décidé de renoncer à la vie de marin ?

— Puisqu'on a le temps, je pense qu'il faut en

profiter pour radouber, dit-il, quand elle lui posa la question qui lui brûlait les lèvres. Et puis l'équipage piaffe d'impatience. Ils ont besoin d'occupation quand le navire est à l'ancre, sinon ils risquent d'aller chercher de l'action sous les ordres d'un autre capitaine.

« Nous allons caréner les œuvres vives, c'est-à-dire racler la coque pour en décoller les algues et mollusques qui y adhèrent avant de la calfater, précisa-t-il. La *Reine des Mers* a navigué trop longtemps sans qu'on y prenne garde ; elle en a bien besoin.

— Ce qui signifie que vous vous préparez à reprendre la mer, conclut Stella, la voix soudain enrouée.

Damon haussa les épaules, apparemment indifférent à l'angoisse de la jeune femme.

— Je n'ai encore rien décidé de ferme, d'autant qu'il me reste à régler définitivement leur sort à Tilton et à Finster. De toute façon, le carénage prendra un certain temps.

— Combien de temps ?

— Environ deux semaines.

Stella retint un cri de douleur. Quinze jours seulement, et il sortirait pour toujours de sa vie ! Comment supporter de le perdre si vite ? Etait-ce la hâte de repartir qui l'avait incité à écouler aussi prestement la cargaison stockée aux entrepôts ?

— Et votre invisibilité ? Je croyais que vous resteriez à Charleston tant que vous ne seriez pas redevenu normal.

— Et si je ne le redeviens jamais ? Je ne peux tout de même pas m'enraciner ici ! Je te répète que l'équipage montre des signes d'impatience. Quoi qu'il en soit, je resterai le plus longtemps que je pourrai, en espérant qu'un miracle se produise.

« Moi aussi, j'espère en un miracle, songea Stella. Un miracle qui te fasse rester, qui rende ton amour pour moi si fort que tu ne souhaites plus me quitter... »

18

Une semaine après le déculottage de Finster, la baronne, offensée, avait repris le premier bateau en partance pour l'Angleterre, et les affaires battaient de l'aile, à la banque. Dudley ne se décidait pourtant pas à quitter Charleston.

— Il fait le mort en attendant que la ville oublie le scandale. M'est avis qu'il aurait besoin d'un autre coup de semonce, commenta Nathaniel.

— Possible. Jamais je ne l'aurais cru si tenace. Barbe-Noire, lui, s'est laissé convaincre tout de suite.

— Parce que seul son orgueil a souffert, tandis que ce sont son avenir et sa fortune que Dudley risque de perdre, commenta Stella.

— Ce qui le rend plus dangereux que jamais. Méfiance ! avertit Jane.

— Je patiente encore deux jours et, s'il n'a toujours pas décampé, je trouverai le moyen de lui faire accélérer l'allure, promit Damon.

Ce soir-là, Stella se déshabillait tranquillement, debout devant son miroir, quand une voix monta d'un coin de la chambre plongé dans les ténèbres.

— Veux-tu que je t'aide, ma douce ? Je suis particulièrement adroit quand il s'agit de dénouer les rubans qui lacent la chemise et le corset d'une dame.

— Damon ! s'écria la jeune femme, suffoquée, cachant ses seins. Je me doute bien que vous en avez une grande habitude... avec les personnes à la cuisse légère. Pour ma part, je n'ai pas besoin de vous. Depuis près de vingt ans, je me débrouille très bien toute seule.

— Ce serait tellement plus agréable si je t'aidais, ma douce.

— Voudriez-vous avoir la gentillesse de quitter ma chambre ?

— Pas avant de te montrer mes cadeaux, belle amie.

Il abandonna le fauteuil caché dans l'ombre, près de la fenêtre, et dans ses mains tendues Stella découvrit une brosse et un peigne à manche d'argent ciselé.

— Je rêve de te brosser les cheveux, quand tu les auras dénoués.

— Depuis quand jouez-vous les soubrettes, Damon Kane ?

— Ah, ma douce, la nature m'a doté d'une foule de talents, comme tu le saurais si tu m'autorisais à te les dévoiler.

Stella approcha de la lampe de sa coiffeuse la brosse et le peigne afin de les admirer. Elle n'avait pas plus tôt tourné le dos qu'elle sentit les doigts de Damon plonger dans sa chevelure pour en retirer les épingles avant de s'écarter vivement. Relevant la tête avec brusquerie et prête à le tancer vertement, elle chercha son regard dans le miroir.

Les paroles moururent sur ses lèvres. Elle sentait le souffle de Damon sur sa nuque, la chaleur de son corps dans son dos. Si elle se retournait vers lui, elle savait qu'elle apercevrait son sourire taquin, ses prunelles pétillantes de malice. Mais dans le miroir, rien! Le reflet de Damon lui demeurait invisible...

Affolée, elle se retourna... et poussa un soupir de soulagement en le retrouvant, bien palpable. Nichant son visage soudain glacé contre le torse du pirate, elle s'écria:

— J'ai eu si peur en ne vous voyant pas dans le miroir! Je comprends enfin quel choc cela a été pour vos matelots de vous voir disparaître — et pour vous de perdre votre image!

A ces mots, le visage de Damon s'éclaira et il gloussa, la serrant passionnément dans l'étau de ses bras:

— On a eu peur, pas vrai, ma douce? C'est surtout au début que c'est effrayant. Mais, habitué comme je le suis à ce que tu me voies, je ne me doutais pas que mon reflet te demeurerait invisible à toi aussi. Tu en as été surprise, n'est-ce pas?

Elle acquiesça, ajoutant:

— Le plus étonnant, c'est que je ne l'aie pas remarqué quand nous passions devant des vitrines ou des miroirs.

— Parce que nous nous touchions. Quand ton contact me rend visible à tout le monde, je récupère également mon reflet.

Il la fit pivoter face au miroir avant de se détacher d'elle. Son image s'estompa peu à peu. Il lui suffit ensuite de reposer une main sur l'épaule de Stella pour que sa silhouette reparaisse en vacillant, comme si elle sortait d'une eau troublée.

Stella pouffa, émerveillée:

— C'est de la magie, Damon! Refaites-moi ce tour d'illusionniste.

Il s'amusa à disparaître puis à reparaître.

— Un rien l'amuse! Quelle délicieuse enfant,

quelle enchanteresse tu fais parfois... lui murmura-t-il au creux de l'oreille.

Leurs regards se croisèrent dans la glace, et aussitôt ils furent embrasés par un violent désir. Stella ne put que contempler, le souffle court, la main qui glissait de son épaule pour s'insinuer sous la bretelle de sa chemise. La tête fauve de Damon s'inclina jusqu'à ce que sa bouche brûlante, humide, se referme sur son cou, qu'il mordit. Une décharge la traversa tout entière, jusqu'au bout des seins. Sous la brûlure du désir, ses jambes flageolèrent, et elle ferma les yeux, étouffant une longue plainte.

— Ouvre les yeux. Regarde ton corps répondre à mes caresses. Sens-le s'éveiller. Abandonne-toi à ton désir.

Ses paupières se soulevèrent, obéissantes. Hypnotisée par Damon, dans le miroir elle le regarda dénouer les rubans de sa chemise, de son bustier et se vit offerte, nue.

Il lui plaqua le dos contre son torse et emprisonna ses seins, dont il titilla du pouce les aréoles. Stella se mordit la lèvre, submergée par le feu liquide qui se propageait en elle. Fascinée par les doigts si bruns sur sa chair nacrée, elle le vit glisser une main vers son ventre, sentit celle-ci s'insinuer tout près de son intimité. Un petit cri lui échappa.

Damon glissa un genou entre ses cuisses, la contraignant à s'affaisser, à s'accrocher à ses bras pour conserver son équilibre. La tête renversée sur la poitrine de Damon, elle le sentit l'entrouvrir plus encore, glisser un doigt ferme au cœur de sa féminité. Cette foudroyante caresse déclencha en elle un spasme violent, et elle gémit de plus belle quand il accorda la titillation de ses seins à ce va-et-vient érotique.

Un cri de bonheur fusa de ses lèvres alors qu'il s'insinuait plus profondément en elle, déclenchant une passion si torride qu'elle se tordit et se tendit pour mieux le recevoir.

Incapable de détacher les yeux du miroir, elle se laissait envahir en ondulant entre ses bras. Le doigt remontait, s'enfonçant peu à peu, laissant la paume frotter le mont de Vénus, l'excitant, l'affolant d'une passion et d'un désir insatiables.

Puis soudain ce fut le déferlement, l'explosion du plaisir trop longtemps attisé, l'éblouissement total. Stella ferma les yeux, laissant déferler son émotion contre la paume de Damon qui retenait contre le sien son corps agité d'ondulations frénétiques, la soutenant pour mieux la combler.

— Tu m'appartiens, désormais.

— Oui, s'entendit-elle répondre avec docilité.

Damon la retourna entre ses bras pour la serrer contre son cœur qui cognait follement et la porter jusqu'au lit. Il la coucha avec des gestes tendres et commençait à défaire sa chemise quand des coups redoublés retentirent à la porte du rez-de-chaussée.

— Au feu ! hurla une voix. Un incendie aux entrepôts ! Dépêchez-vous, cap'taine Kane !

Tant bien que mal, Stella enfila sa chemise de nuit avant de sortir en chancelant dans le couloir. Elle n'avait pas fait deux pas qu'elle se heurtait à Nathaniel qui sortait de la chambre de Mme Winters en reboutonnant son pantalon !

Bien qu'elle ait eu des doutes depuis un certain temps, le couple prenait de telles précautions que Stella n'avait jamais eu la preuve que le marin passait la nuit dans le lit de sa mère. Arrêtés net dans leur élan, ils se firent face, et Stella, médusée, pria pour que Damon reste tout aussi invisible que son propre sentiment de culpabilité. Finalement, ce fut tout de même lui qui les tira de leur transe en leur lançant :

— En avant, Stella et Nathaniel ! Vos problèmes attendront un moment plus approprié. Au cas où vous l'auriez oublié, nous avons un incendie à éteindre.

Il gratifia Nathaniel d'une bourrade et, toujours invisible, le poussa vers l'escalier.

— Seigneur ! J'en oubliais les entrepôts ! s'écria Stella.

Elle partait comme une flèche, quand sa mère s'exclama :

— Mais tu es en chemise de nuit, ma fille ! Va t'habiller. Nous rejoindrons Damon et Nathaniel dès que possible.

En un temps record, Stella enfila ses jupons, corset et chemise, puis une vieille robe marron qu'elle réservait au ménage et au jardinage. Elle passa ses bas et attendit d'être installée dans le buggy pour lacer ses bottines. Elle constata alors qu'elle avait oublié sa cape. Bah ! Au diable les bienséances et ceux qui s'offusqueraient de ses bras nus, alors que le bien de famille partait en fumée !

L'attelage fonçait à bride abattue dans les ruelles obscures quand Mme Winters demanda :

— Est-ce de ta chambre qu'est sorti Damon quand on a donné l'alerte ?

Profitant de l'obscurité qui dissimulait sa rougeur subite, Stella lui retourna la question :

— Nathaniel sortait-il de ta chambre à toi, maman ?

— Oui, admit Jane avec franchise. Mais moi je suis une veuve et toi, une jeune fille… Parce qu'il ne s'est encore rien produit d'irréparable, n'est-ce pas, Stella ?

— Non, rien, concéda Stella avec raideur. Cela dit, tes distinguos subtils ne me convainquent guère. Après tout, pourquoi n'aurais-je pas le droit de me choisir un amant ? J'en ai l'âge, et me sens suffisamment adulte pour décider moi-même de mon sort.

— Et faire ainsi ton malheur... Te sens-tu la maturité de supporter les conséquences d'un tel acte ? Que feras-tu quand il repartira, Stella ? Et si tu te retrouves enceinte après son départ ? As-tu songé que tu sabotais tes possibilités de faire un mariage décent ? Un tel gâchis pour une passade ?

— Ce n'est pas une passade, maman. J'agis ainsi par amour. Qu'il reste ou qu'il parte, mon cœur lui appartient. Je ne veux personne d'autre ; je ne désirerai jamais que Damon, et lui seul. Je n'y peux rien, et ne souhaite même pas que cela change. Quant à demander pardon d'être tombée amoureuse de lui, c'est hors de question !

— Je ne me sens pas plus que toi obligée de justifier mon amour pour Nathaniel, fit Jane avec hauteur. Ni devant toi ni devant personne. Essaie de le comprendre et de l'accepter si tu peux.

Stella acquiesça, ajoutant avec mélancolie :

— J'aimerais que tu puisses me comprendre également, maman, et m'aimer, en dépit de mon choix. Je ne veux pas que cela nous sépare.

— Ma chérie, je ne cesserai jamais de t'aimer, quoi qu'il advienne. Simplement, je tiens à ce que tu te montres prudente. Dieu sait qu'ils sont séduisants, ces loups de mer, mais je ne souhaite pas te voir le cœur brisé, ni rongée de remords jusqu'à la fin de tes jours à cause d'une liaison un peu hâtive.

— Espérons-le ensemble, car j'ai terriblement peur que toutes deux ne nous retrouvions bientôt seules et éplorées.

La ville entière semblait avoir accouru sur les lieux du sinistre, où presque tous les hommes faisaient la chaîne pour se passer les seaux. Quelle ne fut pas la stupeur de Stella lorsqu'elle y découvrit Finster.

— Tu vois ce que je vois ? Le répugnant personnage ! Crois-tu qu'il soit sincère ?

— Certainement pas. Je le soupçonne plutôt de s'être faufilé parmi les sauveteurs juste après avoir mis le feu aux hangars ! répliqua Jane. Dommage que nos sentinelles ne l'aient pas surpris la torche enflammée à la main.

Damon et son équipage concentraient leurs efforts sur le hangar le plus éloigné du bassin, brasier particulièrement actif.

Faute de pouvoir intervenir, Jane et Stella, emplies d'angoisse, suivaient depuis le buggy le déroulement des opérations des sauveteurs. Au bout d'un quart d'heure environ, l'attention de Stella fut attirée par une silhouette rôdant entre les hangars.

— Maman, regarde, Tilton ! chuchota-t-elle, sautant à terre.

— Où cours-tu ? Tu ne vas quand même pas te lancer à sa poursuite ! C'est un dangereux malfaiteur, qu'il faut te garder d'attaquer seule.

— Qui peut m'aider pour le moment ? Les hommes sont débordés, avec tous ces foyers d'incendie, objecta Stella en fouillant du regard la zone d'ombre qui avait avalé Tilton. On ne peut le laisser nous échapper alors que nous sommes près de le prendre sur le fait.

Sur ce, ramassant ses jupons, elle partit comme une flèche.

— Attends-moi, Stella ! hurla Jane.

Aussi vite que le lui permettaient ses robes, elle descendit elle aussi de voiture et se lança à la poursuite de sa fille, qui s'était déjà volatilisée.

Tilton avait disparu dans le passage obscur, que Stella parcourut à fond de train. Arrivée à l'arrière des bâtiments, elle stoppa pour reprendre haleine, attentive au moindre bruit suspect. Puis, tournant le coin, elle regarda dans toutes les directions. Sur la droite, à faible distance, elle discerna un mouvement furtif. Silencieuse comme une ombre, elle rasa le mur, osant à peine respirer. L'homme s'arrêta devant une petite fenêtre, jeta un coup d'œil alentour avant de s'envelopper le bras d'un chiffon pour briser un carreau. Stella n'eut pas le temps de prévenir son geste. Déjà, il alluma un brandon, qu'il jeta en hâte par l'ouverture, déclenchant un nouveau foyer. Sans plus réfléchir, Stella bondit sur le pyromane qu'elle saisit par le bras.

— Sale brute de voleur ! Comment osez-vous ?

Tilton pivota et, brusquement, Stella se retrouva prisonnière de sa poigne de fer. A la flamme du brasier qu'il venait d'allumer, elle lut la folie dans ses prunelles.

— Vous ! glapit-il, partant d'un rire cruel. Quelle veine ! Justement, je voulais vous parler, mam'zelle !

— Lâchez-moi !

Ses coups de pied et ses ruades ne servirent à rien ; Tilton, mille fois plus fort, la secouait comme un prunier.

— La ferme ! ordonna-t-il avec rudesse. Il faut

que je retrouve un coffre en fer que j'ai caché dans le coin. J'étais déjà venu le chercher, mais ton pirate et toi vous êtes mis en tête de déménager toutes les marchandises. Maintenant, ça urge !

— Je... De quel coffre parlez-vous ? Il pourrait se trouver n'importe où parmi ces milliers de caisses. Peut-être a-t-il déjà brûlé.

— T'aurais pas intérêt, ma jolie ! la menaça-t-il. Il est rouge, avec des attaches noires ; un cube de cinquante centimètres rempli de livres.

— Des livres ? ricana Stella. Je parie que vous n'avez jamais ouvert que des livres comptables pour nous voler ! Et encore, avec l'aide de Dudley Finster pour vous les déchiffrer !

Un sourire démoniaque lui tordit le visage.

— T'as trouvé ça toute seule, poulette ? T'as mis le temps, remarque ! Quand on pense que ce vieux Dudley croyait pouvoir te marier et te coller dans son lit sans que tu t'aperçoives de rien ! Pas de chance, le pauvre ! Moi, je veux simplement récupérer mon argent, et tu vas me dire où tu l'as caché, ou je te démolis le portrait.

Il referma une main massive autour du cou de Stella, laquelle, tout en maudissant sa couardise, ne put s'empêcher de s'écrier :

— Non, pitié ! Je ne sais pas où il se trouve !

Les doigts se resserrèrent sur sa gorge.

— Sale menteuse ! Je te laisse deux minutes pour retrouver la mémoire !

— Vraiment, je ne sais pas où les hommes l'ont rangé, insista-t-elle, les yeux noyés de larmes. Ils ont inventorié les marchandises hangar par hangar, les rangeant par propriétaire. Ce qui ne portait pas de nom, ils l'ont remisé à l'étage, au-dessus du bureau. Votre coffre s'y trouve peut-être.

Tilton blêmit. C'était précisément dans ce bâtiment que l'incendie était le plus fort. Eructant un juron, il la projeta contre le mur avec tant de brutalité qu'elle le percuta de la tête et s'effondra, assommée, dangereusement près de la fenêtre d'où montait le rugissement des flammes.

Elle n'entendit ni le coup de feu qui partit quelques secondes après, ni les cris d'épouvante de sa mère qui, se débarrassant en hâte de son fusil fumant, s'agenouilla auprès d'elle pour se rendre compte de l'étendue de ses blessures. Incapable de la ranimer, consciente du danger qu'elles couraient toutes deux, Jane souleva sa fille par les aisselles et, avec l'énergie du désespoir, hala le corps inerte le plus loin possible du feu, puis s'écroula enfin à ses côtés et fondit en larmes.

Le bruit de ses sanglots réveilla Stella, qui, malgré la douleur qui lui martelait le crâne, se contraignit à ouvrir les yeux.

— Maman ?

— Oh, ma petite fille ! Tu aurais pu y laisser la vie ! s'exclama Jane, bouleversée.

— Il a réussi à filer ?

— Pas sans récolter une balle du tromblon de ton père que j'avais emporté, affirma Jane. J'ai dû l'atteindre à la jambe.

— Tu lui as tiré dessus ? s'extasia Stella, ravivant ainsi sa douleur.

— Et comment ! Mais ne te mets pas dans tous tes états pour si peu. Tu as besoin de soins, ma chérie. Garde-toi de bouger tant que nous ne savons pas si ta blessure est grave. Où souffres-tu, exactement ?

— A la tête. Cette crapule m'a expédiée contre le mur.

— As-tu mal au dos… aux jambes ? Non. Bon. Pourras-tu marcher, avec mon aide ? Je n'ai vraiment pas envie de t'abandonner seule ici le temps d'aller chercher du secours.

Ensemble, elles se relevèrent. Stella crut que sa tête explosait et elle dut attendre quelques instants que ses éblouissements se dissipent. Elle réussit malgré tout à rester debout et, appuyée sur sa mère, reprit le chemin du buggy. C'est là que Damon la retrouva, adossée à la roue avant de la voiture contre laquelle Jane la maintenait.

— Qu'est-il arrivé ? s'inquiéta-t-il.

— Tilton. Je lui ai tiré dessus, mais il a réussi à s'échapper.

— Je crois savoir où le retrouver, souffla Stella avec peine. Essayez la grande pièce, au-dessus du bureau. Il est allé y récupérer un coffre rouge rempli d'argent — le nôtre !

La perspective d'une si prompte vengeance fit luire les yeux noirs de Damon.

— J'aurai sa peau ! grommela-t-il.

Stella n'eut pas le temps de lui interdire la violence ; il était déjà reparti. Mais cette colère n'était-elle pas une preuve d'amour ?

Damon bondit vers le bureau en feu. A l'instant où il atteignait le pied de l'escalier extérieur, Tilton ressortait par la porte du premier étage. Sans se rendre compte de la proximité de son ennemi, il descendit les marches en boitant, serrant entre ses bras le précieux coffre enveloppé d'une couverture carbonisée.

Damon avait grimpé trois marches, Tilton en avait descendu trois, quand une violente secousse ébranla l'escalier. Dans un craquement assourdissant, il s'arracha du mur rongé par les flammes et resta, l'espace d'un instant, comme suspendu dans les airs, en équilibre instable. Damon eut à peine le temps d'en redescendre avant qu'il ne se désintègre, ensevelissant Tilton.

Le fracas ameuta plusieurs hommes, parmi lesquels Finster et Nathaniel. Celui-ci retrouva le premier ses esprits et se fraya précautionneusement un passage entre les décombres, sous lesquels il découvrit le cadavre.

— Il est mort, mon vieux, annonça Damon, le faisant sursauter.

— Tu pourrais prévenir, bon sang! souffla Nathaniel.

Finster les rejoignit et claironna à la ronde:

— C'est ce malheureux Tilton! Quelle bravoure! Une loyauté à toute épreuve, vraiment!

Tandis que les badauds retournaient à l'incendie en secouant la tête, Nathaniel, Damon et Finster s'attardèrent. Quand le regard de ce dernier tomba sur le coffre rouge, il décréta, les yeux luisants:

— Je le prends pour le mettre à l'abri avec ce qu'on a déjà récupéré.

Alors qu'il se penchait pour l'extraire des gravats, Damon souffla à Nathaniel:

— Prends-le-lui! C'est l'argent volé par Tilton qu'il est en train de s'approprier.

Nathaniel sortit son sabre et en menaça le comptable.

— A votre place, monsieur Finster, je n'accaparerais pas le bien de Mlle Winters. Allez, filez! Je me charge du coffre.

La fureur tordit les traits de Finster, mais il jugea plus prudent de lâcher prise, ne pouvant s'empêcher de cracher:

— Tu oses me menacer, bon à rien de pirate? Attends que je te lâche la maréchaussée aux trousses!

— Pourquoi tu ne vas pas la chercher tout de

suite, comme ça ils feront le constat et on l'enterrera plus vite, ce pauvre vieux Tilton ?

Finster décampa, vomissant des menaces terribles. Nathaniel ramassa le coffre, qu'il dissimula dans le buggy des Winters.

Le bilan de l'incendie s'avéra moins catastrophique que prévu, puisque seul le hangar abritant le bureau avait été totalement démoli. Par chance, à la suite des deux cambriolages, Stella avait emporté tous les documents importants et, les marchandises qui avaient été détruites carbonisées n'appartenant à personne, nul ne viendrait en exiger remboursement. Les pyromanes, certainement commandités par Tilton, avaient jeté les brûlots au hasard, sans savoir que les marchandises de valeur avaient été déménagées.

La seule victime du brasier était l'ex-contremaître. Malheureusement, sa disparition semblait rendre impossible, faute d'accusations directes, l'arrestation de Finster, que tout désignait comme le véritable coupable. Mais Damon coupa court aux lamentations de Nathaniel à ce propos.

— Ne t'inquiète pas ; je réserve à ce misérable un sort bien pire que la prison. Mais avant de l'achever, je compte bien lui faire payer cher ses méfaits.

Et il acheva, avec un sourire démoniaque :

— Je pense que l'heure des fantômes a de nouveau sonné.

19

Après cette nuit blanche, il parut légitime de ne faire travailler les employés ce jour-là que quatre heures, par roulement. Seuls les veilleurs de nuit reprendraient leur service comme à l'accoutumée, Finster étant plus dangereux que jamais. Stella et sa mère regagnèrent leur domicile avec soulagement, tandis que Damon et Nathaniel devaient chercher refuge ailleurs pour échapper à Dora, de service durant le jour.

L'ouverture du coffre n'eut lieu qu'en fin d'après-midi, dans le salon des Winters. Maintenant que les deux couples n'avaient plus rien à se cacher, un climat de gêne alourdissait l'atmosphère.

Ce fut Damon qui creva l'abcès :

— Que diable se passe-t-il dans cette maison ? explosa-t-il.

Lorsque Jane et Stella furent convenues de se montrer réciproquement plus neutres et tolérantes quant à leurs amours respectives, Damon, qui avait eu peine à comprendre les sous-entendus de Jane, s'empressa de procéder à l'opération qui les avait réunis.

Le cadenas, en sautant, révéla une cargaison de livres évidés, dont l'intérieur contenait une fortune en pièces de monnaie.

— Quel trésor ! s'exclama Stella. Tilton ne peut l'avoir amassé uniquement à mes dépens !

— Certainement, approuva Jane, il y a là des centaines de livres sterling ! Je parie qu'il n'avait pas encore partagé le butin avec Finster !

Nathaniel renifla de dégoût, tandis que Damon les détrompait :

— Quelle naïveté de votre part ! Chaque fois que j'ai assisté aux transactions, Tilton vous volait la majeure partie de ce qu'il faisait payer aux capitaines de navire. Et croyez-moi, Finster n'attendait pas pour rafler sa part — la part du lion. N'oubliez pas que leur petit jeu a duré trois longues années.

A genoux devant le coffre, Stella plongeait les mains dans les pièces, qu'elle laissait ruisseler entre ses doigts.

— Incroyable ! Cette fortune suffirait à rebâtir le bureau incendié, effectuer les réparations depuis longtemps nécessaires ainsi que les modernisations devant lesquelles on reculait. Sans oublier le remboursement aux propriétaires de la marchandise endommagée.

— A quoi il faut ajouter la constitution d'une garde-robe à la mode de New York pour toutes les deux, mesdames Winters ! Des cohortes de galants ne vont pas tarder à se bousculer à votre porte, maintenant que vous voilà riches ! plaisanta Damon.

Trois visages renfrognés se tournèrent vers lui, mais seul Nathaniel protesta à haute voix :

— Merci bien, Damon, mais je n'accepterai pas que qui que ce soit prenne ma place dans la vie de Jane ! Alors, capitaine Kane, garde tes idées farfelues pour toi !

A minuit, Damon enjambait le rebord de la fenêtre de la chambre de Dudley Finster, que le comptable avait laissée ouverte. La pendule de la cheminée du rez-de-chaussée égrenait les douze coups fatidiques quand il empoigna les frêles épaules du dormeur pour le réveiller sans ménagement.

— Finster ! fit-il d'une voix sifflante.

L'autre se dressa d'un coup sur son séant, repliant convulsivement les bras sur son torse osseux, si bien que Damon le crut frappé d'apoplexie, mort bien trop rapide et bien trop douce pour ce gredin.

S'accotant à l'un des montants du lit à colonnes, retardant sa vengeance pour mieux la savourer, le pirate se régala de voir Finster écarquiller les yeux pour sonder la pénombre, en quête de l'invisible présence. Lorsqu'il tendit précautionneusement la main vers sa table de chevet pour y prendre ses lunettes, un frénétique raclement troua le silence, agitant ses doigts de tremblements irrépressibles.

Damon éclata d'un rire sonore, provoquant chez sa victime un glapissement de terreur et lui faisant lâcher les lunettes.

— Mon pauvre vieux, railla Damon, quel désagrément ! Mais ne t'affole pas : là où tu vas, tu n'as pas besoin de voir plus loin que le bout de ton nez.

— Kane ! Que faites-vous dans ma chambre ? Que voulez-vous ?

— Justice, mon petit bonhomme, rétorqua Damon avec une violence à peine rentrée. Je t'allume la chandelle, pour que tu te rendes compte que tu perdrais ton temps à jouer au plus fin avec moi.

Les verres crissèrent sous les bottes de Damon quand il se dirigea vers la table de nuit pour y prélever bougeoir et briquet à amadou. Une fois la mèche allumée, il se présenta de face à Dudley, dont le cri étranglé le récompensa au-delà de toute mesure.

— Une chandelle qui flotte dans l'air. Pas exactement ce à quoi tu t'attendais, hein ?

— Que… Qui êtes-vous ? fit-il, sa respiration d'asthmatique soulevant faiblement sa chemise de nuit.

— Un spectre ? Un fantôme ? Ton cauchemar le plus épouvantable ? Qui sait ? plaisanta Damon. Tu as immédiatement trouvé mon nom, sans pour autant deviner ce qu'il dissimulait réellement. Lourde erreur, Finster… tout aussi fatale que tes manigances pour ruiner Mlle Winters. Mais l'heure des réparations a sonné. Tu vas rembourser, à présent, et rembourser encore. Je vais t'expliquer comment, et un conseil : ne t'avise pas de tenter la moindre entourloupe, parce que tu ne m'échapperas pas, alors que moi je pourrais t'assassiner séance tenante sans que nul ne sache jamais qui aura commis le crime.

— Je vous en supplie, laissez-moi la vie sauve, et je vous jure de ne jamais plus importuner Stella.

— Voilà un bon début, mais qui ne me suffit pas.

— Que voulez-vous d'autre ? Dites. Je ferai tout ce que vous m'ordonnerez.

Avec un ricanement diabolique, Damon laissa à Finster le temps de trembler d'effroi avant de lui faire connaître ses exigences :

— J'entends que tu restitues l'argent que tu as volé aux Entrepôts Winters, et ce jusqu'au dernier sou — sache pour ta gouverne que je connais le montant exact de ton détournement de fonds.

— Je… je… Je peux aller vous le chercher demain. A la première heure, fit-il, suppliant. Dès l'ouverture de la banque.

— Non, mon vieux. Je le veux tout de suite. Ne me prends pas pour un imbécile. A la banque, ton père n'aurait pas manqué de le découvrir, grinçat-il, fondant sur le comptable pour l'arracher du lit et le précipiter à genoux sur le plancher. Sors-le de sa cachette et arrête ton baratin, sinon il ne te restera plus qu'à faire ta prière.

Dudley tituba jusqu'à la cheminée, devant laquelle il se laissa tomber et, agrippant l'une des pierres du mur, il tira dessus, révélant un trou. Il en sortit successivement trois sacs qu'il empila sur le plancher, puis il s'écarta fébrilement de l'ouverture, se pensant quitte. Mais une main jaillie de nulle part, le harponna par le dos de sa chemise de nuit pour le secouer énergiquement, tandis que la voix de Damon tonnait :

— Je t'ai dit jusqu'au dernier sou, Finster. Tu tiens si peu à la vie que cela ?

Avec un sanglot, ce dernier renfonça la main dans le trou, d'où il retira deux autres sacs, pleurnichant :

— C'est... c'est tout. Vous pouvez vérifier si vous ne me croyez pas.

— Parfait. Ramasse les sacs et sortons d'ici.

— Où allons-nous ? Où m'emmenez-vous ? gémit-il, les larmes ruisselant le long de ses joues flasques. Vous allez me tuer, maintenant, n'est-ce pas ?

— Non, serpent. Pas tant que tu exécuteras les ordres. Allez, prends-les, ces sacs ! Pour sortir, tu as le choix entre la porte et la fenêtre, mais je t'avertis : au moindre couinement tu seras bon pour le cercueil.

Peu après, Damon soulageait le comptable de son lourd butin et le remettait aux bons soins de Nathaniel.

— Tu me l'amènes en chemise de nuit ? s'esclaffa celui-ci, tout content d'une telle prise. Je veux bien être damné si ce bon vieux cap'taine

Grumble ne se frotte pas les mains devant une pareille recrue ! Son nouveau mignon qui arrive presque nu dans son lit ! Ha ! ha !

— Cap'taine Grumble ? répéta Finster comme un perroquet.

— Eh, oui. Il va être ton patron pendant un certain temps... un temps assez long, à vrai dire, pouffa Damon. Oui, Finster, je t'ai vendu à Grumble. Il adore les petits pleurnichards de ton espèce. Il leur réserve un traitement très spécial — tu saisis l'allusion ? Tu auras bien des jours pour méditer tes péchés, et te repentir, des jours et des nuits interminables pour demander merci... à moins que tu ne supplies qu'on t'accorde cette mort que tu m'implorais de t'épargner...

La disparition de Finster ne bouleversa que sa famille. Et uniquement parce qu'il avait filé au beau milieu de la nuit sans un mot d'adieu. Le soulagement qu'en ressentit Stella se tempéra d'angoisse car, le radoub de la *Reine des Mers* étant presque terminé, Damon risquait à tout moment de repartir. Si bien que toutes les nuits, incapable de dormir, elle tendait l'oreille, se délectant des moindres bruits qui montaient du lit placé de l'autre côté de la cloison. Tous les matins, elle redoutait qu'il n'ait profité de la marée montante pour faire voile, et ces craintes sans trêve constituaient un supplice tellement insupportable qu'elle en venait parfois à souhaiter qu'il disparaisse tout de bon, puisque son départ était inéluctable.

Cependant, Nathaniel et Damon, en plus du radoub de la frégate, supervisaient les réparations, aux entrepôts.

Cela faisait quinze jours que son cœur allait ainsi

de souffrance en répit, quand une nouvelle étonnante rendit espoir à Stella. Le roi d'Angleterre accordait sa grâce à tout pirate qui la demanderait. On donnait aux repentis jusqu'au 5 septembre pour gagner à la voile l'île de Nouvelle-Providence, dans les Bahamas, où ils devraient renoncer à leur métier de hors-la-loi devant le gouverneur Woody Rogers. On leur pardonnerait leurs péchés contre la Couronne s'ils promettaient de mener une vie de paisibles citoyens, sans plus jamais retourner à la flibuste.

— Oh, Damon, quelle nouvelle extraordinaire ! s'exclama Stella.

— Tu trouves ? fit-il d'un ton acide. Ça dépend de quel côté de la barrière on se trouve. A mon avis, cette histoire d'amnistie sent le piège.

Effondrée, elle se fit véhémente :

— Mais, Damon, réfléchissez ! L'amnistie totale de vos méfaits... La chance de repartir de zéro sans qu'on vous tienne rigueur de rien !

Il la toisa comme on regarde un enfant qui refuse de comprendre et décréta :

— Si j'avais voulu me repentir, tu ne crois pas que je l'aurais déjà fait ? Et sans avoir besoin du consentement du roi ? Or, il se trouve que la flibuste me plaît et me convient, Stella. C'est mon métier ; j'y excelle, et j'y renoncerai d'autant moins que c'est la Couronne qui le demande. N'oublions pas qu'il y a des siècles qu'ils cherchent un moyen de débarrasser les mers des pirates, sans grand succès. Une tentative de plus...

— Peut-être, s'obstina Stella avec douceur. Mais ce qu'ils offrent en échange, ça, c'est une nouveauté. L'amnistie. Pas la moindre représaille ; la possibilité de commencer une nouvelle vie dans la légalité.

— Certes, mais ils nous demandent pour cela de renoncer à des fortunes qui passent les rêves les plus fous. En échange de quoi ? D'un petit travail sans intérêt, d'une vie terne, où nous passerons notre temps à regretter cette existence aventureuse, nous aigrissant au fil des ans.

— Mais non ! Vous n'avez pas besoin de renoncer à naviguer. Il vous suffirait de le faire dans la légalité. Serait-ce si terrible ?

— Ce sont surtout les gains qui subiraient une baisse terrible. La moindre allusion à cette reconversion, et je me retrouve avec une mutinerie sur les bras.

Indignée, Stella frappa le sol du talon, explosant :

— Par les jarretières de sainte Gertrude ! Vous êtes tout simplement trop paresseux et trop avide de richesses ! Vous ressemblez bien à Finster, tiens, à préférer vous accaparer le bien d'autrui plutôt que de travailler honnêtement.

Toute autre que Stella aurait fui, épouvantée par la rage qui fit écumer Damon.

— Espèce de sans-cœur ! Oser m'insulter de la sorte, après ce que j'ai fait pour toi !

— Je l'ose, oui ! J'oubliais simplement de mentionner la couardise qui vous empêche d'essayer de mener une vie normale parce que vous auriez trop peur d'échouer.

Cette dernière critique tombait bien plus près de la vérité que les précédentes. Damon, en reprenant une activité légale, craignait par-dessus tout de n'être jamais capable d'atteindre l'idéal auquel ses défunts parents aspiraient pour lui. Oui, par-delà leur mort, il avait encore peur de les décevoir — et de se décevoir lui-même. Pourtant, il n'avait rien perdu de ses merveilleux talents de menuisier, et la vie à terre, depuis plusieurs semaines qu'il y était condamné, ne lui pesait pas outre mesure. Mieux : il aimait son travail aux entrepôts.

Mais pour rien au monde il n'aurait avoué tout cela à Stella. Aussi resta-t-il planté en face d'elle, furibond et muet. Peu à peu, cependant, il sentit sa rage fondre et retomba sous le charme. Quelle séduction la colère ajoutait à sa beauté ! Teint coloré, regard étincelant, elle le défiait de son menton relevé avec arrogance. Il tendit les mains pour l'attraper, la serra contre lui et souffla tout contre sa bouche :

— Même quand tu m'insultes, tu parviens à m'enjôler, petite magicienne ! Je te donnerais volontiers un baiser pour te sortir la méchanceté du corps.

Ses lèvres pulpeuses mollirent sous celles de Damon, qui savoura leur goût sucré et, de sa langue, attisa sa passion. Grisée, Stella se cambra pour mieux répondre à son mouvement lorsque, allongeant les jambes, il la serra étroitement contre ses cuisses. Au contact de son torse, les pointes de ses seins se dressèrent. D'une main, Damon lui caressa les fesses, tandis que de l'autre il lui pétrissait le dos. Puis ses effleurements se généralisèrent, mettant Stella au supplice. Répondant au désir que ses réactions lui faisaient nettement comprendre, il lui prit un sein qui réagit aussitôt. Embrasé, il frotta doucement son sexe contre le ventre de la jeune femme, et tous deux gémirent de plaisir.

Soudain, quelque part dans les profondeurs du bâtiment, une porte claqua. Nathaniel appela Damon. Des pas résonnèrent dans le couloir. Alors seulement Damon retrouva la raison et se rendit compte qu'ils se trouvaient dans le bureau, où n'importe qui aurait pu les surprendre. Ecartant à regret Stella de son corps enflammé, ce ne lui fut qu'un piètre réconfort de sentir celle-ci vaciller, l'agrippant encore, de remarquer ses lèvres mouillées, son regard embué de désir. Il lui ébouriffa les cheveux avec tendresse, secoué d'un long frisson, et murmura d'une voix enrouée :

— Oh, ma douce, nous ne tarderons plus à achever ce qui a si bien commencé. Je te le promets.

— Votre reddition me procurerait un plaisir encore plus grand, dit-elle d'une voix étranglée.

Un sourire ironique étira les lèvres frémissantes.

— Cette scène de séduction aurait-elle eu pour but de m'inciter à changer d'avis ? Eh bien, ma beauté, je te garantis qu'il y faudra plus qu'une étreinte pour y parvenir ! Et puis, tu oublies un facteur crucial : pour me présenter devant le gouverneur, encore faudrait-il que je fusse visible.

— Je n'aurais qu'à vous accompagner, à bord de la *Reine des Mers*... Quoi ? Encore à vos superstitions ! N'avez-vous donc pas le moindre sortilège, la moindre formule magique pour déjouer les enchantements ?

— Oublie tout ça, grommela-t-il. Pas question de mettre en jeu la vie de l'équipage et la frégate pour satisfaire un de tes caprices ! C'est toi qui tiens à cette amnistie, pas moi.

Le cœur transpercé de douleur, elle chancela. Puis, se redressant avec fierté, elle trouva la force d'articuler, les larmes aux yeux :

— Je tâcherai de m'en souvenir, à l'avenir, capitaine. Mais si d'aventure je l'oubliais, je suis certaine que vous ne manqueriez pas de me le rappeler avec votre rudesse coutumière. La tendresse, vous la réservez aux instants où vous vous apprêtez à me déflorer... pour endormir ma raison, pauvre idiote que je suis ! Sachez que désormais, je ferai tout pour ne plus me laisser abuser de la sorte.

— Comme tu voudras, ma douce, cela ne m'empêchera pas de continuer. Je serai curieux de savoir lequel de nous deux l'emportera !

20

Nathaniel montra une attitude opposée à celle de son capitaine vis-à-vis de l'offre du roi.

— Moi je la veux, mon amnistie, quoi que tu décides pour toi. J'ai envie de me ranger, et je ne laisserai pas passer pareille occasion, d'autant qu'elle me permettra de demeurer auprès de ma chère Jane.

— Bon sang, Nathaniel ! J'ai besoin de toi à bord. Tu m'as l'air d'oublier que la frégate t'appartient également pour moitié. On ne peut tout de même pas la couper en deux !

— Si toi aussi tu demandais l'amnistie, nous pourrions continuer à naviguer ensemble. Des voyages plus courts... pour que je puisse passer le plus de temps possible avec ma femme.

— Tu te maries ?

— Oui, la dame a accepté de m'épouser dès que je serai revenu avec la grâce royale. Tu imagines ? Je vais épouser une vraie dame ? Et en plus, je n'aurai même pas à chercher de travail. Je continuerai à m'occuper des entrepôts !

Damon accueillit la nouvelle avec un rire amer.

— Je parie que ce mariage enchante Stella...

— Euh... à vrai dire, elle ne sait encore rien. Jane doit le lui annoncer aujourd'hui. Ça ne lui fera peut-être pas plaisir, mais qu'est-ce que tu veux... Après tout, les entrepôts appartiennent à sa mère.

— Tous mes vœux t'accompagnent, mon vieux. Mais il est hors de question que je t'imite.

— J'aimerais bien que tu te ranges, toi aussi, Damon. De plus en plus de pays se lancent dans le commerce maritime. Les couloirs de navigation vont se trouver protégés par une masse croissante de navires militaires, qui nous interdiront bientôt l'accès à la plupart des ports. Crois-moi, Damon, pour nous, pirates, le glas a sonné. Fini le bon temps ! La seule issue, c'est de saisir l'opportunité qui nous est offerte de changer de métier sans perdre la face.

— Tes propos me stupéfient. Jamais je n'aurais imaginé pareille déclaration de ta part !

— Eh bien, c'est comme ça. Et sache que je ne suis pas le seul ! Beaucoup de nos compagnons souhaitent profiter de l'amnistie.

— Quoi ? Combien ? s'affola Damon.

— La moitié, au moins. Et n'oublie pas que, tout cap'taine que tu es, la règle veut que l'avenir de l'équipage soit mis aux voix. Tu ne seras pas seul à décider.

— Je n'ai pas oublié les lois du métier, Nathaniel. On votera.

Le partage égalitaire du butin et la démocratie directe faisaient partie des avantages de la vie de pirate.

— Et s'ils votent majoritairement pour l'amnistie et te mettent en minorité, renonceras-tu ?

— Non. Je prendrai ceux qui veulent continuer et je recruterai d'autres marins pour remplacer les démissionnaires et reconstituer un équipage.

Du moins si tu acceptes de me revendre ta moitié de la frégate.

— Supposons que je veuille la garder…

— Dans ce cas, tu pourras me racheter ma part, et je me débrouillerai pour trouver un autre navire !

Damon poussa un soupir exaspéré et, se passant nerveusement les doigts dans les cheveux, il ajouta en bougonnant :

— Quelle guigne ! Juste au moment où l'avenir se décidait à me sourire, il a fallu que je devienne transparent, et voilà maintenant que mon meilleur ami me plaque pour s'établir avec une riche veuve !

— Tout doux, Damon ! Je t'interdis d'insulter Jane de la sorte ! Je me fiche de ce qu'elle possède. Je l'aime, un point c'est tout.

— Je sais, Nathaniel. Désolé de m'être si mal exprimé, mais je suis tellement contrarié que tu ne veuilles plus reprendre la mer avec moi.

— Moi aussi, ça me chagrine, après tant d'années, avoua Nathaniel. Mais, Damon, tous ces événements plus ou moins étranges que nous venons de vivre, tu ne crois pas que ce serait un signe du destin, destiné à te faire comprendre quelque chose ?

— Et comment ! Certainement à me conseiller de faire attention à ne pas tomber dans le même piège que mon copain, à me souffler à l'oreille qu'il est grand temps de demander justice à Swift.

— Admettons. De toute façon, il faut d'abord terminer le radoub et faire le compte des marins qui souhaitent m'accompagner à Nouvelle-Providence. Et si tu es mis en minorité, n'oublie pas que c'est en toute légitimité que nous prendrons la frégate pour nous rendre aux Bahamas. En outre, une fois que les matelots auront juré au gouverneur de renoncer à la flibuste, il leur faudra éviter les pirates non repentis. En clair, il ne faudra pas qu'on les surprenne en ta compagnie. Alors, si ça ne te chiffonne pas trop, les gars et moi, on sortira le bateau tout seuls et, en attendant notre retour, si tu veux bien, tu me remplaceras aux entrepôts.

— Bon sang ! Qu'as-tu d'autre dans ta besace ?

— Rien pour le moment. Ça me reviendra, remarque, sourit Nathaniel, gratifiant d'une bourrade l'épaule invisible de son ami. Allez, Damon, du cran ! Ce n'est pas la fin du monde. Et si c'est trop dur, tu pourras toujours changer d'avis et rallier notre groupe.

— Alors là, sûrement pas ! bougonna le capitaine.

— A ta guise, tête de mule. En attendant, ça te tenterait d'aller faire un tour à la taverne pour t'en jeter quelques-uns derrière la cravate, en souvenir du bon vieux temps ? Profitons de la liberté qu'il me reste. Bientôt, je serai obligé de rendre des comptes !

Tout comme Nathaniel, Jane s'évertua à raisonner Damon. Il ne se laissait fléchir par aucun argument. La perte de deux tiers de ses hommes d'équipage n'y fit rien. Il se borna à répéter, l'air sinistre, qu'il trouverait toujours des marins prêts à les remplacer.

Faute de réussir individuellement, les dames Winters unirent leurs forces à celles de Nathaniel pour élaborer une stratégie — et ce dans le plus grand secret. Si Damon n'avait toujours pas cédé quand la frégate serait radoubée, ils décidèrent de l'emmener de force à Nouvelle-Providence. Stella jura qu'elle parviendrait à lui faire abjurer la piraterie, dût-elle lui en arracher le serment en lui collant le canon du fusil dans le dos !

Cela impliquait que la jeune femme montât à bord. Tout aussi secrètement, le trio entreprit donc toutes les démarches propres à conjurer la malédiction.

— Pour commencer, mesdames, il nous faut dénicher un prêtre catholique, déclara Nathaniel.

— Un vrai prêtre ? Un pasteur protestant ne ferait pas l'affaire ? Le révérend Johnston...

Charleston était possession de la Couronne britannique, et donc fief protestant. Le catholicisme en était banni avec d'autant plus de rigueur que c'était la religion de l'ennemi espagnol. Par conséquent, les rares prêtres qui pouvaient y résider devaient vivre dans la clandestinité.

— Il faut impérativement un prêtre papiste.

— Il n'y en a certainement pas dans notre ville. Ou alors ils se terrent si bien que jamais nous ne parviendrons à en dénicher un, soupira Stella.

Jane tapota l'épaule de sa fille et lui adressa un clin d'œil entendu :

— Je me charge de ce point-là. Il se trouve que je connais des gens... qui connaissent certaines personnes... qui ont ouï dire qu'un prêtre catholique romain se cacherait dans un bois, aux environs de la ville.

— Bon, alors tu le tires de son bois vite fait, Jane, ma belle, déclara Nathaniel, parce qu'on va avoir besoin de lui et de son eau bénite. Serait-il possible, Stella, de nous trouver un fer à cheval et une ou deux coiffes ?

— Des coiffes ? De quoi s'agit-il ? fit Stella, interloquée.

Ce fut Jane qui lui fournit l'explication :

— On appelle ainsi la membrane graisseuse qui

couvre la tête d'un animal nouveau-né. Ce sera difficile à trouver, en plein été, puisque les animaux mettent généralement bas au printemps, mais en cherchant bien…

— Moi, je me charge de trouver des osselets de morue. D'ailleurs, la plupart de l'équipage en a déjà. Nous autres, marins, on les porte autour du cou, dans un sachet, pour se protéger de la noyade. Ces osselets, qui proviennent des ouïes de la morue, les empêchent de couler… Au cas où nous en manquerions, j'irai en acheter à ce navire qui arrive de Plymouth avec une cargaison de ces poissons.

— Comptez-en beaucoup pour moi ; je ne sais pas nager ! s'écria Stella.

Les ingrédients indispensables à la conjuration furent bientôt réunis, et le prêtre qu'ils tirèrent de sa clandestinité accepta aimablement de renoncer au port de la soutane noire, couleur considérée comme maléfique à bord d'un navire, particulièrement quand elle était portée par une veuve ou un prêtre.

Au jour choisi pour l'exorcisme, Jane eut pour tâche de retenir Damon chez elle. Quant aux matelots, on leur avait fait jurer silence, les menaçant d'être exclus des bénédictions.

Jane confina Damon au grenier, avec pour tâche de réparer un cadre de lit, Dora se voyant assignée à la cuisine.

L'absence de Nathaniel, habituellement aux entrepôts, ne soulèverait aucune question. Quant à Stella, censée faire des emplettes, sa mère lui recommanda de ne pas oublier de revenir chargée de paquets.

La cérémonie se déroula pour le mieux. Le prêtre commença par bénir la coiffe, les osselets de morue dans leurs sachets, trois pièces en argent, le fer à cheval, ainsi que le vin qui servirait à l'aspersion du navire. Il exécuta ensuite le rituel de purification de la frégate, de l'équipage, et tout particulièrement de Stella, puisqu'elle était la cause de ces mesures préventives.

— Je me sens d'un ridicule... se plaignit-elle en s'agenouillant pour se soumettre au rituel.

— Si tu ne veux pas subir le sort de Jonas... tais-toi, et laisse faire le prêtre, lui recommanda Nathaniel.

Elle s'abstint donc de tout commentaire, acceptant de jouer le jeu si cela devait éviter une mutinerie et permettre à Damon d'obtenir sa grâce. Le prêtre quitta la frégate dès la fin de l'exorcisme, et Stella regarda avec fascination les marins pendre au grand mât, au-dessous du fer à cheval cloué à l'envers pour attirer la chance, la coiffe renfermant trois précieux osselets de morue. Tous les gros bras de l'équipage descendirent ensuite dans la soute et, unissant leurs forces, soulevèrent l'un après l'autre les trois mâts — artimon, misaine et grand mât — pour glisser une pièce d'argent sous leur base.

— Voici ton sachet d'osselets, Stella, lui dit Nathaniel. Il faut impérativement que tu l'aies sur toi quand on prendra la mer, sinon tout ce qu'on vient de faire n'aura servi à rien.

Et voilà ! La *Reine des Mers* était parée contre le mauvais œil — et presque prête à faire voile. Avec un peu de chance, quelques jours plus tard, elle voguerait vers les Bahamas avec Damon à son bord.

Le lendemain soir, les quatre amis allèrent dîner dans une auberge locale pour fêter les fiançailles de Jane et Nathaniel, événement exceptionnel pour les deux dames, qui ne sortaient que pour se rendre chez des amis.

Aussi Stella soigna-t-elle tout particulièrement sa toilette. Après mainte hésitation, elle arrêta enfin son choix sur une robe en soie damassée d'un brun cuivré et un jupon en satin paille avec gants et escarpins en chevreau assortis. Un ruban paille ornait son cou et elle avait relevé ses cheveux en un chignon qu'elle retint avec les deux peignes en écaille offerts par Damon.

Stella poussa la coquetterie jusqu'à se parfumer — ce qui était pour elle suprêmement osé — puis, empruntant les pots de fard de sa mère, elle se colora les pommettes et les lèvres, avant de souligner d'un trait noir ses magnifiques iris turquoise. Une mouche en forme de papillon doré sur la joue droite compléta le tout. Elle était quelque peu inquiète de sa hardiesse, mais aussitôt qu'elle pénétra dans le petit salon, elle put lire l'admiration et le désir dans les yeux de Damon.

— Je t'appelais déjà « ma beauté », Stella, mais ce soir, ce terme est bien faible ! s'extasia-t-il.

— Saperlipopette, petite ! renchérit Nathaniel. Une maigrelette comme toi ! Si j'avais deviné que tu pouvais être aussi magnifique ! Ah, ta mère ne se l'est pas gardée pour elle, sa beauté !

Cette exaltation dura une bonne partie du repas, composé de cailles succulentes, de faisan rôti, de petits légumes, et de plum-pudding, agrémentés du récit coloré d'une vie de flibuste.

La seule note discordante fut apportée par la servante, incapable de quitter Damon des yeux et qui lui prodiguait mille avances. Il faut dire qu'il était irrésistible, dans sa chemise immaculée au jabot orné d'un ruché de dentelle, avec sa cravate artistiquement nouée, son pourpoint de brocart bleu nuit à parements dorés et son pantalon bleu assorti, ceinturé d'un lourd baudrier frangé d'or dans lequel il avait glissé son épée.

Cependant, Stella ne put bientôt plus contenir la jalousie que l'attitude de la jeune femme et l'accueil flatté qu'elle rencontrait auprès de Damon avaient éveillée.

A bout de nerfs, elle le lui signifia, ce qui offrit à Damon, amusé, le prétexte rêvé pour lui reprocher de ne pas céder à ses avances. Avances auxquelles, se hâta-t-il d'ajouter, il serait toujours prêt à répondre.

Stella, outrée, fit intervenir sa mère, laquelle rappela à Damon que ses propos étaient d'autant plus inconvenants qu'il ne tarderait pas à reprendre la mer.

Reconnaissant le bien-fondé de ces accusations et se sentant un tantinet coupable, Damon se reprit en main... jusqu'à l'heure de regagner la maison. Les regards lascifs qu'il décocha dans la rue à une prostituée remirent le feu aux poudres et Stella, indignée, alla rejoindre sa mère et Nathaniel, qui les précédaient de quelques pas, rendant Damon à son invisibilité sous les regards abasourdis d'un clochard aviné.

21

Le jour arriva enfin où la frégate retrouva l'eau. Elle dansait dans la baie, tandis qu'on la chargeait de tonneaux de vivres et d'eau douce, quand Nathaniel annonça qu'il levait l'ancre le lendemain au petit jour, à marée montante. Jane eut du mal à cacher son désarroi. Cette séparation ne la priverait pas seulement, durant de longues semaines, de son bien-aimé mais aussi de sa fille.

— Courage, ma belle, plus vite je pars, plus vite je serai de retour, et plus vite nous nous marierons !

— Qui sait ce qui pourrait survenir entre-temps ? Toi comme moi sommes à la merci du hasard.

Damon assistant à la conversation, Mme Winters n'osa pas ajouter à la liste le nom de sa fille.

— Aucun danger, ma toute belle. On aura une mer d'huile jusqu'à Nouvelle-Providence, et je serai rentré avant que tu n'aies eu le temps de te retourner. Et puis, ne t'inquiète pas, ajouta-t-il avec un clin d'œil discret, Damon reste pour veiller sur toi et sur les entrepôts.

Ceux des matelots qui ne souhaitaient pas être graciés avaient accepté, contre une prime substantielle, de travailler pour Mme Winters en attendant le retour de Nathaniel. L'activité ne serait donc pas interrompue.

Jane annonça alors :

— En l'honneur de notre dernière soirée, je vais chercher le tonnelet d'excellent cognac que je gardais au cellier pour une occasion spéciale. Nous le boirons ensemble.

Il était prévu dans le complot que Jane, dans la cuisine, ajouterait à l'alcool une bonne dose de poudre somnifère. Malheureusement, dans sa précipitation, Mme Winters ne remua pas suffisamment le liquide, et la machination fit long feu.

Tous les hauts cris que poussèrent ses amis ne purent rétablir la confiance de Damon, qui monta se coucher en pestant. La consternation fut générale. Après avoir envisagé plusieurs autres solutions pour faire ingurgiter la drogue à Damon, Stella proposa d'user de son pouvoir de séduction.

Elle parvint à vaincre les réticences de sa mère, très chatouilleuse sur la question.

— Nous luttons pour une juste cause, maman ! s'exclama Stella. L'homme que j'aime s'apprête à gâcher irrémédiablement son avenir, et le mien par la même occasion. Je suis prête à tout pour l'en empêcher.

— Et si tu perds ton innocence pour rien ? répliqua Jane avec gravité. Ta vie en serait brisée.

— Nous étions convenues que je serais seule à diriger ma vie privée. Si tout se passe bien, le problème ne se posera pas ; Damon sera endormi avant d'avoir pu passer à l'acte ; dans le cas contraire, je m'engage à en assumer les conséquences sans regrets. La vieille fille prude que j'étais il y a peu encore n'existe plus. Mes valeurs, mon idéal ont changé. J'aspire au bonheur de passer au moins une nuit avec l'homme que j'aime, et préfère perdre mon honneur que la chance de me bâtir une vie heureuse.

Le trio mit donc au point le nouveau piège. C'est ainsi que, le lendemain, Damon eut la surprise de voir Nathaniel prendre la mer comme prévu. Il ignorait toutefois que le chef de timonerie ne s'éloignerait que de quelques encablures pour revenir au port à la faveur de la nuit. Ce départ ne suffit cependant pas à vaincre la méfiance de Damon, qui refusa de prendre ses repas avec les dames Winters ou de boire ce qu'elles lui proposaient. Pour le duper, il ne restait plus qu'à s'en remettre au pouvoir de séduction de Stella et aux caprices du sort.

Tout était prêt. Un quart d'heure auparavant, Damon s'était retiré pour la nuit. Stella avait alors gagné sa chambre avec un carafon de vin. Une fois enfilée sa chemise de nuit la plus transparente, elle commença par arpenter la pièce à pas lourds, claquant bruyamment les tiroirs de sa commode et la porte de l'armoire. Elle se laissa ensuite tomber sur le lit, le faisant grincer tant et plus, puis lâcha l'une après l'autre sur le parquet ses chaussures à semelles de bois, consciente que Damon ne perdait rien de ce tintamarre.

Avec un soupir sonore, elle gagna la fenêtre et la referma avec fracas, pour la rouvrir brutalement quelques minutes plus tard, riant sous cape au grincement qu'émit le cadre que sa mère et elle avaient copieusement imbibé d'eau pour faire gonfler le bois.

Elle s'attaqua ensuite au fauteuil à bascule placé à hauteur de la tête du lit de Damon, d'où sortit bientôt un insupportable concert de couinements et de grincements.

Au moment où elle perdait espoir, trois coups ébranlèrent la cloison. Triomphante, Stella répondit par trois coups, cessa de se balancer, accorda à sa victime deux minutes de répit, puis repartit vers l'armoire. Avec une maladresse calculée, elle y fourragea, le temps d'en exhumer une paire de mules grâce auxquelles elle régala son voisin de clappements interrompus seulement de temps à autre pour entrechoquer flacons et pots sur sa coiffeuse, laisser choir un objet, choquer le carafon de vin contre le gobelet en argent.

Au bout d'un quart d'heure de ce manège, elle revint se balancer sur la chaise à bascule, entrecoupant les lancinants couinements de coups de talon secs et, pour parachever la torture, elle se mit à siffloter — faux. Aucune réaction. Damon ne sortirait-il donc plus jamais de ses gonds ? Enfin, le lit craqua, puis la porte voisine s'ouvrit et se referma. On frappa à sa porte.

Stella se précipita vers le carafon, le secoua fébrilement pour s'assurer que la poudre s'était bien dissoute et s'en versa une bonne rasade. Timbale au poing, elle alla enfin répondre.

Elle entrouvrit le temps de lui offrir la vision d'une jeune femme en chemise de nuit affriolante, drapée dans sa superbe chevelure. A la lueur de sa lampe, elle constata que Damon n'avait passé que son pantalon. Le spectacle de son torse nu magnifique faillit lui donner des vapeurs... Elle était loin de se douter que cette même lumière rendait sa chemise de nuit transparente, offrant à Damon de fort séduisantes ombres chinoises.

— Oui ? fit-elle d'une voix innocente.

La mine renfrognée, les cheveux ébouriffés, il demanda, sans cesser de la dévorer du regard :

— Tu n'es pas bien ?

— Pourquoi venez-vous me demander une chose pareille ?

— Pourquoi ? Mais parce que tu fais un boucan à réveiller les morts !

Elle se contenta de hausser les épaules avec désinvolture.

— Je ne sais pas ce que j'ai. Je ne tiens pas en place.

— J'ai entendu.

— J'ai comme des vapeurs, ajouta-t-elle, jouant les naïves. J'ai d'abord l'impression qu'il n'y a pas assez d'air dans la chambre, puis tout à coup j'en ai trop. J'ai les nerfs à fleur de peau, ce soir.

— Serait-ce la fièvre ? Veux-tu que j'aille réveiller ta mère ou appeler le médecin ?

— Non, ce n'est pas la peine.

— Un lait chaud te calmerait.

— J'essaie un doigt de vin, en espérant que l'alcool m'aidera à me détendre suffisamment pour m'endormir.

Elle lui mit sous le nez la timbale pleine à ras bord.

— Il y en a plus qu'un doigt, ma belle ! Suffisamment pour te donner un sacré coup de fouet !

— Ah bon ?... J'en suis à mon deuxième verre.

Un éclair d'espoir passa dans son regard et il suggéra :

— Je pourrais venir te tenir compagnie un moment dans ta chambre. Ce serait mieux que de te laisser t'enivrer seule dans ton coin. S'il t'arrivait un accident... si tu faisais une mauvaise chute et te blessais ?...

Elle feignit de peser le pour et le contre avant de s'indigner :

— Entrer dans ma chambre ? Il n'en est pas question ! En revanche, je ne vous refuserai pas un verre de vin.

Il repoussa doucement le gobelet qu'elle lui tendit.

— Non, ma douce. Je souhaitais simplement te tenir compagnie.

Elle le foudroya du regard et, rejetant sa chevelure dans son dos, s'apprêta à lui refermer la porte au nez.

— Pour mieux abuser de moi quand le vin m'aura brouillé la raison ? Retournez au lit, capitaine.

— Avec plaisir, si ce lit, c'est le tien !

— Vous pouvez toujours attendre !

Elle tendit la main pour le repousser et, dans la manœuvre, glissa les doigts le long de son torse, attouchement qui lui troubla le regard. Damon retint son souffle avant de la presser :

— Laisse-moi entrer, Stella...

— Non.

La jeune femme vacilla légèrement vers lui, lèvres entrouvertes, puis se reprit et recula d'un pas hésitant.

— Partez, Damon, s'il vous plaît, tant que j'ai encore la force de résister à votre charme.

Ce refus le fit hésiter. Stella en profita pour refermer lentement la porte, guettant en frémissant ses pas qui s'éloignaient tranquillement. Se jetant alors à l'eau, elle rouvrit et le vit dans l'ombre, près de rentrer dans sa propre chambre.

— Est-ce vraiment un gros péché d'avoir autant envie de vous, Damon ?

En un éclair il fut près d'elle, la serra contre lui et, la poussant vers son lit, lui prit la bouche pour un baiser dévorant. Ses mains, se glissant sous sa chevelure, lui pétrirent le dos avec fièvre. Reprenant son souffle, il détacha ses lèvres des siennes pour gémir :

— Si tu savais dans quel état tu me mets, Stella...

— Si je te trouble autant que tu me bouleverses, nous sommes en grand danger, haleta-t-elle, s'enhardissant enfin à le tutoyer. Non, attends, dit-elle, repoussant sa bouche qui cherchait à nouveau la sienne. Mon vin est en train de se renverser.

Il s'écarta légèrement et, avec un rire de gorge, lui prit le gobelet des mains, cherchant un meuble sur lequel le poser. N'en trouvant pas à portée, il se débarrassa le plus vite possible de cette gêne en lampant le vin, avant de laisser tomber le gobelet par terre et d'enlacer la jeune femme avec fougue.

— Voilà un problème réglé. Et maintenant, ma petite séductrice, réglons-en un autre, qui me tourmente depuis notre rencontre !

— Damon, je t'en prie, aime-moi... l'encouragea Stella, enhardie par le désir.

L'audace de ses avances eut sur Damon l'effet d'un aphrodisiaque. Refrénant l'ardeur qui le saisit aussitôt, il se mit à caresser sa compagne, à la couvrir d'une pluie de doux baisers, lui arrachant de longues plaintes. Longtemps il l'étreignit, chuchotant contre sa bouche, l'encourageant à répondre à ses démonstrations de tendresse. Lorsqu'elle trembla si fort que ses jambes la trahirent, il l'enleva dans ses bras pour la porter sur son lit.

— Quand tu me regardes avec ces yeux-là, mon amour, je te donnerais le monde entier.

— Prends-moi, serre-moi... murmura-t-elle.

Elle eut tout juste la force de se demander si le somnifère l'endormirait à temps pour préserver sa vertu — et si c'était bien là ce qu'elle souhaitait — avant de succomber à la passion, s'arquant avec délices contre lui lorsqu'il la rejoignit sur le lit.

Ses mains semblaient être partout à la fois, l'enflammant, tandis que sa bouche achevait de la mettre au supplice. La serrer ainsi contre lui, nicher son visage au creux de cette chair si douce pour se repaître de son odeur lui procurait un plaisir divin. Le bout durci des seins de Stella effleurait la toison qui lui veloutait le torse, ses cheveux l'enveloppaient de leurs mèches soyeuses. Son corps ferme, doux comme du satin, épousait le sien avec une merveilleuse souplesse.

Stella s'abandonnait au flot de sensations inconnues que Damon faisait jaillir en elle. Ses seins, soudain hypersensibles, lui démangeaient délicieusement quand il en caressait le bout de sa toison. Où qu'il la caressât, elle réagissait immédiatement. Soudain, il glissa une jambe musclée entre ses cuisses et, avec un mélange de peur et d'excitation, elle sentit vibrer contre son ventre ce sexe qu'elle avait si souvent senti à travers ses jupes.

Damon lui lécha le sein, se frayant en même temps parmi la masse douce de sa toison un chemin vers les portes de sa féminité. Soudain éblouie par la passion, Stella sentit les pulsations de son cœur s'accélérer au rythme de ses caresses expertes. Sous ses doigts, elle s'ouvrait à une exploration encore plus audacieuse qui la préparait à l'amour.

Quand il sentit la violence de son désir, il se glissa en elle puis s'arrêta, bridant sa fougue. Enfin, il lui noua les jambes autour de sa taille et la fit sienne, sans brusquerie, s'interrompant parfois pour attendre qu'elle exprime son désir.

Détachant sa bouche de la sienne, il contempla son visage rosi de plaisir pour chuchoter, avec un rire espiègle :

— Madame, je suis votre serviteur.

Puis, à longs coups de reins, il déclencha à nouveau en elle un brasier de passion, dans lequel Stella crut bien qu'elle allait périr. Mais il parvint encore à lui en faire franchir plusieurs degrés, avant que tous deux ne fussent engloutis dans une explosion de lumière, qui se transforma bientôt en un ruissellement éblouissant de jouissance. Ils planèrent longtemps sur le nuage doré de la béatitude.

Quand Stella revint à elle, sa tête nichée au creux de l'épaule musclée de Damon, elle le laissa écarter de son front moite les mèches qui lui tombaient dans les yeux.

— Endors-toi, ma toute belle, murmura-t-il d'une voix ensommeillée. Et rêve à tout le bonheur qu'il nous reste encore à partager.

Il étouffa un bâillement pour ajouter :

— Demain matin, quand je n'aurai plus la tête qui tourne, nous irons encore plus loin au pays de la volupté.

Stella cherchait la réplique appropriée, quand un ronflement sonore s'éleva à ses côtés. La poudre somnifère agissait enfin.

22

Damon fut long à émerger d'un sommeil dont il sortit la tête lourde et la bouche pâteuse. Le sang lui battait violemment aux tempes. Il devina qu'ouvrir les yeux lui serait atrocement pénible, tant la pièce lui paraissait éblouissante de lumière. Tout tanguait encore plus que la veille, quand il s'était endormi.

S'il n'avait eu pareille migraine, il aurait souri aux souvenirs de la nuit qui venait de s'écouler. Enfin, il avait fait l'amour avec Stella ! La jeune femme s'était révélée d'une sensualité ravageuse, une fois ses derniers scrupules envolés. Peut-être, ce matin, pourrait-il continuer à se gorger de ses charmes.

Lorsqu'il voulut tendre la main vers la délicieuse chaleur de son corps, il sentit une résistance et découvrit qu'il avait les mains ligotées au-dessus de la tête. Ecarquillant les yeux et les promenant autour de lui, il constata qu'il gisait sur sa couchette, dans sa cabine, à bord de la *Reine des Mers* ! Et ce n'était pas seulement la nausée qui faisait tout tanguer, mais le roulis. Ils faisaient voile en pleine mer, ainsi que le confirmaient les craquements de la lisse, le clapotement des vagues et le grincement du gréement !

Ils avaient osé le ficeler comme un saucisson, et sur son propre bateau ! Quel imbécile il avait été. Son équipage, en qui il avait toute confiance, l'avait enlevé avec la complicité de la délicieuse Mme Winters et de cette petite garce de Stella !

La frégate voguait certainement vers Nouvelle-Providence avec, à la barre, ce cher Nathaniel. Mais comment, dans leurs machinations, avaient-ils pu négliger cette donnée capitale : privé du contact de Stella, Damon demeurait invisible ! Rirait bien qui rirait le dernier ! Mais d'abord, si son second ne le libérait pas sur-le-champ, il allait lui en coûter ! Quant à ses hommes, ils auraient de la chance s'ils ne se retrouvaient pas tous à se balancer au bout d'une corde suspendue au grand mât !

Comme personne ne se décidait à venir le délivrer, Damon mugit de son ton le plus autoritaire :

— Nathaniel ! Amène-toi, espèce de faux loup de mer, si tu ne veux pas que je te fouette à mort ! Tu m'entends, sale traître ?

La porte s'ouvrit, et Damon faillit s'évanouir en voyant Stella, tranquille comme Baptiste, pénétrer dans la cabine. Une femme à bord ! Grand Dieu, ils allaient couler !

— Cesse de brailler ainsi, Damon, c'est insupportable ! Veux-tu que l'on te bâillonne, comme le conseillait Nathaniel ?

Elle posa sur le bureau le plateau qu'elle lui avait descendu et, les poings sur les hanches, le toisa avec un sourire supérieur :

— Ma foi, je crois bien que ça va me plaire, de te tenir à ma merci !

Damon crut mourir de rage. Il remua les lèvres,

incapable d'émettre un son. Puis sa gorge se dénoua et il beugla :

— Descends de mon bateau, immédiatement !

Stella le gratifia d'un nouveau sourire condescendant.

— Tiens donc, capitaine ? Et je regagnerai Charleston à la nage ? Nous avons levé l'ancre depuis plusieurs heures.

— Je me fiche de savoir comment tu rentreras. Simplement, descends, et vite, avant de nous avoir fait tous couler ! Tu sais parfaitement que je préférerais avoir le diable à bord plutôt qu'une femme ! rugit-il, cherchant en vain à se libérer.

— Nous avons résolu ce problème, n'aie crainte. Crois-tu que Nathaniel et tes matelots m'auraient prise à bord, sans cela ?

— Avec Nathaniel, il faut s'attendre à tout, depuis que l'amour lui a ramolli la cervelle ! Zut ! Et zut à toi aussi, misérable !

Loin de se laisser déconcerter par le regard venimeux qu'il braqua sur elle, Stella saisit la serviette de table sur le plateau, la roula en boule et la lui fourra sans pitié dans la bouche !

— Je repasserai un peu plus tard, au cas où tu serais disposé à écouter ce que j'ai à te dire. Et je te ferai aussi avaler le repas que tu serais déjà en train de digérer si tu t'étais montré un tantinet plus coopératif !

Nathaniel descendit enfin dans la cabine où il promena un regard goguenard du lit — auquel les liens du prisonnier tenaient toujours bon — aux vêtements sans tête allongés sur la courtepointe.

— Ah, fiston, si t'avais écouté ce qu'on te disait, tu ne serais pas dans le pétrin. Et nous non plus !

Damon ne put que maugréer des propos incompréhensibles dans son chiffon.

— Economise ta salive. Et puis, c'est pas pour entendre tes menaces que je passais, mais pour m'occuper de tes petits besoins. On peut quand même pas demander à Stella de te faire ta toilette, hein ? D'ailleurs, la demoiselle a suffisamment profité de ton anatomie, si tu vois ce que je veux dire. T'as eu de la chance de pouvoir filer à temps de Charleston ! Jane était tellement hors d'elle qu'elle t'aurait volontiers écorché vif avant de te clouer à la porte de son étable pour appâter les charognards.

Damon répondit par un grondement menaçant.

Nathaniel détacha les jambes du prisonnier, à qui il présenta un pot de chambre en faïence.

— Je te libère une main. Comme ça tu pourras te déboutonner. Mais n'essaie pas de défaire tes liens, parce que je verrais remuer tes habits ! Ça ne te vaudrait qu'un bon coup sur la caboche et une couche pour la prochaine fois !

Damon constata qu'on lui avait enfilé ses vêtements visibles et que des fils de couleur passés autour de ses poignets et de ses doigts permettaient à ses geôliers de suivre ses moindres mouvements. En outre, un bandeau lui enserrait le front. Bien que rien n'eût apparemment été laissé au hasard, Damon décida de découvrir le détail qui leur avait échappé et dont il pourrait tirer parti au moment où ses ravisseurs s'y attendraient le moins.

En attendant, malgré la folle envie qui lui prit de jeter le pot de chambre à la figure de Nathaniel, Damon se refréna, jugeant préférable de laisser croire qu'il se résignait. Aussi Stella le trouva-t-elle d'une humeur plus soumise quand elle descendit relayer son ami, qui l'avait dûment reficelé.

— Tu es disposé à manger ?

Damon hocha la tête. Quand elle lui ôta le bâillon d'entre les dents, il eut la sensation qu'elle lui arrachait la bouche, tant le chiffon la lui avait desséchée. Oubliant ses résolutions, il éructa :

— La peste soit des bonnes femmes ! Fallait-il vraiment que tu me pèles la langue dans la manœuvre ?

— Toujours d'humeur aussi charmante, à ce que je vois, fit-elle, nullement repentante.

Elle lui tendit pourtant un verre d'eau, qu'il n'eut pas la force de refuser. Il se plaignit ensuite de ce que la nourriture était froide.

— A qui la faute ? Tu n'avais qu'à te comporter correctement la première fois. Maintenant, tu vas ouvrir la bouche bien gentiment comme un grand garçon !

Il esquissa une grimace narquoise, mais la faim le poussa à obéir. Trois grosses bouchées d'œufs au jambon plus tard, il referma les mâchoires sur les doigts de Stella.

— Aïe ! Lâche-moi, sale brute ! protesta-t-elle, lui assenant un bon coup sur la tête, sans égard pour sa migraine. On ne mord pas la main qui vous nourrit ! Recommence, et je te laisse jeûner, pour t'apprendre la politesse !

— Alors, laisse-moi au moins le temps de mâcher — à moins que tu ne cherches à m'étouffer... pesta-t-il, tordant le buste pour frotter son crâne douloureux contre l'oreiller.

Quand elle eut terminé sa tâche, Stella s'installa dans le fauteuil avec son ouvrage.

— Comment se fait-il que tu n'aies pas le mal de mer, pour ta première sortie en bateau ? Je t'aurais imaginée penchée par-dessus le bastingage à vomir pendant une semaine !

— Je regrette de te décevoir sur ce point. Et toi, comment as-tu supporté le somnifère ?

— Tu as cru m'avoir, hein ? Mais tu y as laissé des plumes — si je peux m'exprimer ainsi. Est-ce pour que je t'épouse que tu m'as enlevé ?

Elle lui éclata de rire au nez.

— Epouser un gredin de ton acabit qui resterait collé à moi des années, non par amour mais parce que sans moi il ne peut fonctionner comme un être normal ? C'est le rêve de toute jeune fille, bien sûr !

Vexé, il bredouilla :

— Mille excuses si je t'ai offensée. Mais alors, quel est le but de toutes ces manœuvres ?

— Ça me paraissait évident, même pour un être aussi borné que toi. Je veux que tu demandes l'amnistie, évidemment !

— Et tu en as payé le prix en m'offrant ton charmant petit corps ? Ma douce, ne t'a-t-on jamais dit qu'il ne faut jamais rien payer d'avance ? On est toujours perdant.

Stella bouillonnait intérieurement.

— Si je t'avais proposé un pareil marché avant de succomber, aurais-tu accepté de demander l'amnistie ?

— Non, fit-il en riant. Simplement, ça m'aurait amusé de savoir jusqu'où tu aurais poussé le bouchon.

— Vraiment ? Veux-tu le savoir, maintenant ?

Il la contempla, terrorisé à l'avance par ce qu'elle allait encore inventer. Sa perplexité ne connut plus de bornes quand il la vit pousser le verrou de la porte puis revenir vers lui en dénouant les lacets de son bustier.

— A quoi joues-tu, perverse ?

— Que crois-tu ? Je pousse le bouchon un peu

plus loin, pardi ! Vérifions si je suis encore capable de te distraire !

Au ralenti pour mieux l'affrioler, Stella défit le haut de sa robe, avant de se pencher au-dessus de lui.

— Tu joues avec le feu, la prévint-il d'une voix enrouée.

— Et alors ? Comment comptes-tu m'en empêcher, fringant pirate ? se moqua-t-elle.

Elle dégrafa alors sa jupe à paniers retenue sur les hanches par de larges rubans, dévoilant des dessous en dentelle, et, d'une secousse, la fit glisser à ses pieds.

Puis Stella se débarrassa de ses quatre jupons avec un art consommé, enfiévrant à chaque coup de hanches Damon, qui ne pouvait plus contenir son désir. Observant son entrejambe gonflé, Stella railla :

— Eh bien, content du spectacle ?

Ployant le buste pour délacer ses bottines, elle lui offrit une vue plongeante sur ses seins nichés dans l'échancrure de sa chemise. Damon gémit, alléché par ces fruits auxquels il ne pouvait porter la bouche.

— Ça suffit, mégère !

— Oh, non ! ce n'est qu'un début, repartit-elle.

Huit nœuds minuscules fermaient le devant de sa chemise. Il la vit les dénouer un par un en prenant son temps, livrant peu à peu à son regard sa poitrine d'albâtre. Des gouttelettes de transpiration perlaient à ses seins, auxquels le fin tissu restait accroché, seul signe de nervosité de sa part, à moins que ce ne fût l'effet de la chaleur, malgré le hublot grand ouvert.

Quand le vêtement tomba comme une corolle à ses pieds, elle resta devant lui en bas et jarretières et prit son temps pour retirer les épingles de ses cheveux, dont la masse soyeuse ruissela sur ses épaules.

Du bout de la langue, elle s'humecta les lèvres, puis elle se caressa lascivement les flancs, avant de prendre ses seins dans ses mains pour les lui présenter.

— Tu les veux, Damon ? Que dirais-tu d'y goûter ? fit-elle en se penchant au-dessus de lui. Attends que je te déleste de tes vêtements, tu seras plus à l'aise...

Damon ne put que gémir, quand elle lui sortit la chemise du pantalon, la lui remontant derrière la tête, où elle pendit comme un drapeau blanc, au-dessus de ses poignets entravés. Alors, Stella déboutonna son pantalon, libérant son sexe gorgé de désir. Pour mieux le tourmenter, elle le caressa de ses seins, commençant par se frotter à ses jambes pour remonter le long des cuisses jusqu'au gourdin de chair vibrante qu'elle venait de dégager.

— Alors, c'est bon ?

— Tu le sais bien, petite sorcière.

Pour le récompenser de sa franchise, elle sema sur son ventre une pluie de baisers, l'effleurant au passage du bout de ses cheveux. Passant enfin la jambe par-dessus les siennes, elle agaça du genou le bout engorgé de son sexe palpitant. Au moment où il crut exploser de désir, Stella se déroba et lâcha d'une voix mielleuse :

— Tu as envie de moi, avoue, Damon.

— Oui, diablesse !

— Que donnerais-tu pour m'avoir tout de suite ?

— Par pitié, ma douce, on ne pourrait pas reporter les discours à plus tard ?

— Non. Tu viens juste de me recommander de ne rien payer d'avance.

— Soit. Sache que je refuse de demander la grâce du roi, fit-il, épuisé par la tension de son corps tremblant d'un désir qu'elle refusait de satisfaire.

— Si, tu la demanderas, dit-elle en s'écartant de lui, les joues enflammées par ses jeux érotiques. Les rapports de forces se sont inversés, et j'entends bien en tirer parti. Réfléchis, mon chéri. Réfléchis dur, conclut-elle avec un long coup d'œil à son sexe.

23

Jamais Damon n'avait enduré plus délicieux supplice. Comment se pouvait-il qu'une si brève initiation aux plaisirs de la chair ait suffi à Stella pour jeter sa pruderie aux orties et manier la séduction avec l'art d'une courtisane rouée ? se demandait-il. Ce talent existait-il à l'état latent chez certaines femmes ? Et maintenant qu'il avait su l'éveiller, il s'en trouvait l'esclave...

Impitoyable, Stella le tourmenta jour et nuit. Ses gestes les plus innocents exacerbaient le désir qu'il avait d'elle, comme pour le briser jusqu'à ce qu'il consente à demander l'amnistie.

Combien de temps tiendrait-il face à ces tortures érotiques, lui qui était déterminé à ne pas capituler ?

Chaque nuit elle se glissait dans son lit et s'endormait, l'empêchant de fermer l'œil. Elle le tenait réellement à sa merci et, loin de prendre ses souffrances en pitié, s'ingéniait à raffiner ses méthodes. Plus d'une fois, Damon crut devenir fou.

Ils bavardaient également et, tout en le tourmentant, Stella avait fini par lui expliquer en détail les mesures prises par Nathaniel pour protéger la frégate du mauvais œil. Damon en éprouva un soulagement relatif, peu convaincu de l'efficacité de l'exorcisme.

— Explique-moi... lui demanda-t-il un jour. Puisque ce n'est pas m'épouser que tu souhaites, pourquoi te donner tant de mal pour me pousser à demander la grâce du roi ?

— Parce que j'aimerais te savoir en sécurité, et non en train de voguer au-devant de la mort, traqué par tous les navires corsaires du roi qui ont juré de te capturer. Si j'apprenais un jour qu'on t'avait pendu, je n'y survivrais pas.

— Sache, ma douce, que dans la vie, tout est danger. On peut se rompre le cou en glissant sur le pont d'un navire, mourir étouffé par un os de poulet qui vous reste en travers de la gorge ou mourir d'une maladie inexplicable au fond de son lit.

— Certes, mais tous ces accidents sont incontrôlables, tandis qu'en flibustant, c'est toi qui cours au-devant de la mort. Et dans quel but ? Pour t'approprier un coffre de bijoux, une poignée d'or, quelques années de grande aventure ? Nathaniel a compris, lui.

— Quel enquiquineur il est devenu, celui-là ! Mais n'oublions pas qu'il a dix ans de plus que moi. A vingt-sept ans, je ne suis pas encore prêt pour une vie rangée.

— L'âge n'entre pas en ligne de compte, ni le désir de fonder une famille. Regarde donc la vérité en face : tes jours d'écumeur des mers sont comptés, face au nombre croissant de pays qui travaillent de concert pour enrayer une bonne fois pour toutes la piraterie. Et moi, je ne veux pas que tu meures avec elle.

Damon dut s'avouer, à son corps défendant, que Stella avait raison. La traque, la vigilance redoublée des autorités portuaires et la difficulté croissante à vendre les biens volés un bon prix sonnaient le glas de ses activités de pirate.

L'heure n'avait-elle pas sonné de réfléchir à l'avenir ? Mais il voulait prendre son temps, et que la décision vienne de lui.

Par ailleurs, il avait pris goût aux manœuvres très spéciales de Stella, et était curieux de voir jusqu'où elle pousserait ses extravagances pour l'amener à résipiscence.

A force de le harceler, de le menacer, au bout de trois jours de mer, Damon obtint du mousse qui s'occupait de lui qu'il lui desserre ses liens. Conditionné à une obéissance aveugle vis-à-vis du capitaine, celui-ci ne put résister longtemps, un peu gêné tout de même.

— J'ai promis à M. Hancock qu'je vous délivrerais pas, cap'taine ! protesta-t-il tout en dénouant les cordes. Mlle Winters et lui, y devineront que c'est moi et y me chaufferont les oreilles.

— Il suffit que tu tiennes ta langue, fit Damon en fléchissant ses poignets douloureux. Tu te borneras à desserrer les liens pour que je puisse m'y glisser à nouveau chaque fois que quelqu'un redescendra dans ma cabine. Souviens-toi seulement que Nathaniel, qui vient tous les jours en vérifier la solidité, les resserrera. Il te faudra donc revenir les desserrer après son passage. Si tu oublies, je te garantis qu'il t'en cuira.

Damon eut à peine le temps de se dégourdir les muscles que, entendant des pas, il se glissa prestement dans ses entraves. Stella poussa la porte de la cabine.

— Il est temps de faire ta grande toilette, Damon ! annonça-t-elle d'un ton sans réplique, posant sur le bureau un broc d'eau bouillante.

— Je ne crois pas le moment bien choisi, répliqua-t-il, désarçonné.

Sa liberté de mouvement retrouvée, il redoutait de ne pouvoir se contrôler, alors même qu'il devait continuer à jouer son rôle de prisonnier.

Ce ne fut pas nécessaire. Stella, à sa grande stupéfaction, prit la direction des opérations et leur permit à tous deux d'assouvir leur désir sans qu'il eût à se détacher, le laissant pantelant et intrigué à la fois.

— Mais enfin, Stella, je n'y comprends plus rien ! Pourquoi t'es-tu donnée maintenant, alors que je n'ai toujours pas cédé ? demanda-t-il, haletant, tandis que la jeune femme reposait, la tête contre son cœur.

Elle se souleva légèrement et, lui souriant à travers le voile de ses cheveux emmêlés, elle avoua :

— Cette fois, j'ai agi par pur égoïsme, capitaine Kane.

— Eh bien, cultive-le, cet égoïsme, je t'en supplie !

Damon se trouvait seul dans sa cabine, libéré de ses liens, quand retentit l'alerte. La cloche de la frégate sonnait à toute volée. Sans plus se soucier de donner le change, Damon fonça vers son coffre, d'où il retira son sabre et ses pistolets qu'il se glissa sous la ceinture après les avoir chargés.

A l'exception de Stella, nul ne fut surpris de le voir surgir sur le pont. Seuls quelques-uns des marins se signèrent en voyant ces vêtements sans corps courir vers la barre.

— Qui va là ? demanda-t-il, reprenant son rôle de capitaine.

D'un coup de menton, Nathaniel lui désigna l'horizon, à tribord, et lui passa la lorgnette.

— On a de la compagnie, Damon : deux bâtiments font voile droit sur nous. Ils gagnent du terrain.

— Ils n'arborent pas le moindre pavillon, commenta Damon. Des pirates, sûrement.

— Ouais. Sauf que notre ligne de flottaison est si haute qu'ils ont forcément deviné que la cale est vide et qu'on n'a rien à voler. Tu comprends pourquoi ils cherchent à nous arraisonner ?

— Bonne question, l'ami ! Que dirais-tu de découvrir la réponse en les prenant à l'abordage ? Donnes-en l'ordre. S'ils veulent la bagarre, ils l'auront ! Même avec les deux tiers seulement de l'équipage, on leur flanquera une volée dont ils se souviendront.

Nathaniel se tourna vers lui et le considéra avec perplexité.

— Je vais pas me casser la tête à deviner comment tu t'es détaché. Seulement, je me demande comment, étant donné ton état, tu comptes t'y prendre, si ce n'est en leur fichant la frousse de leur vie.

— Sacrebleu ! Ce que j'aimerais entrer dans la mêlée en homme normal ! Malgré les avantages de l'invisibilité, je ne trouve ni très amusant ni très loyal de brandir l'épée contre un ennemi qui ne peut me voir.

Cependant, faute d'autre solution, Damon tournait les talons pour aller enfiler ses vêtements invisibles quand il buta sur Stella, qui lui barrait le passage, furibonde.

— Quel est celui de tes hommes qui a osé te détacher ?

— Je n'ai pas de temps à perdre en querelles mesquines, grommela-t-il, lui empoignant le bras. Deux navires nous foncent dessus. Le combat promet d'être acharné.

Il la poussa dans la cabine.

— Je veux que tu t'enfermes ici. Tu ne déverrouilleras la porte qu'une fois le danger écarté, ordonna-t-il en s'habillant. Tiens, prends un pistolet, et le premier qui enfonce la porte, tire-lui dessus. Tu sais te servir d'une arme, au moins ?

Elle acquiesça et, notant son air survolté, accusa :

— Tu te régales à la perspective de te battre, n'est-ce pas ?

Il sourit.

— Et comment ! J'adore mon métier — presque autant que j'ai adoré ces quelques jours passés à ta merci, mon enjôleuse. Quand nous aurons gagné, je te rendrai la pareille. A toi de deviner comment. Voilà un bon sujet de réflexion pour noyer ta peur.

— Damon… j'ai entendu ce que tu disais à Nathaniel. As-tu tant de réticences que cela à affronter l'ennemi dans l'état où tu es ?

— Bien sûr. Je trouve déloyal de profiter d'un pareil avantage.

— Il me semble que je comprends, approuva Stella. Si j'étais un homme, je ressentirais la même chose.

Se dirigeant vers sa boîte à ouvrage, elle y préleva une grande pochette de tissu noir.

— Renfile la tenue visible que tu viens d'ôter. Je crois que j'ai une solution. Avec deux trous, cela fera une cagoule parfaite, monsieur le pirate. Tu y ajouteras ton chapeau pour la maintenir en place et un foulard pour situer le cou.

— Ajoutons-y des gants, et me voilà entièrement visible. Extraordinaire, Stella !

Damon se changea en vitesse, et fut satisfait de l'image que lui renvoya son miroir. Il se tourna vers la jeune femme, rayonnant.

— J'adorerais t'embrasser, mais mes lèvres emmaillotées me l'interdisent ! Nous nous offrirons ce plaisir après la victoire. Maintenant, Stella, ne crains rien. Enferme-toi simplement à double tour, lui enjoignit-il, effleurant sa joue d'une main gantée de cuir.

24

Pour tromper son angoisse, Stella, d'abord assise sur la couchette, se mit à arpenter la cabine, avant de risquer un regard par le large hublot, sans rien voir que l'étendue sans fin de l'océan. Ne pouvant plus y tenir, elle alla coller l'oreille à la porte, guettant les bruits de bataille.

Pendant une éternité, elle ne perçut qu'un effrayant silence. Puis les canons tonnèrent ; des vivats se firent entendre. Un instant plus tard, le navire tangua dangereusement, tandis que des éperons en raclaient la coque. Stella regretta le silence qui avait précédé, effrayant, certes, mais ô combien moins que les braillements et le cliquetis des sabres qui s'entrechoquaient soudain, signalant que l'ennemi avait pris pied sur la *Reine des Mers*. A chaque coup de feu, elle défaillait. Pour mettre un terme aux images terribles qu'elle se figurait, elle décida de prier.

Sur le pont supérieur, Damon et Nathaniel, sabre au clair, combattaient dos à dos pour se garder mutuellement d'un ennemi qui eût surgi à l'improviste pour les attaquer par-derrière. Autour d'eux, leurs compagnons avaient adopté la même tactique. Alliant une détermination implacable à son agilité extraordinaire, Damon éliminait les adversaires les uns après les autres, sachant que chaque coup d'épée le rapprochait de son vrai rival, le capitaine Swift, qui avait lancé l'attaque.

Si changé que fût Swift depuis qu'il l'avait laissé pour mort sur cette île déserte, et malgré les longues années qui s'étaient écoulées depuis, Damon l'avait immédiatement reconnu, à la proue du premier navire. Ce nez camard, le rictus sarcastique de ces lèvres épaisses qui ne l'avaient que trop longtemps raillé, les fentes grises de ces petits yeux enfoncés pareils à des vers visqueux sortis d'une tombe… cet homme incarnait le mal. Il se complaisait dans les forfaits les plus ignobles. Il capturait des innocents et, par le fouet, par les chaînes, les affamant et les menaçant de noyade, il les tenait à sa merci. Damon savait que le jour ne s'achèverait pas sans un duel à mort entre lui et son tortionnaire, et cette perspective le réjouissait. Enfin, il allait mettre fin aux agissements de cette crapule sans nom !

Mais voilà que, profitant de ce que Nathaniel ferraillait avec un adversaire, Swift se faufilait vers lui afin de l'attaquer par le flanc. Damon eut tôt fait de liquider l'adversaire de son ami, juste à temps pour lui permettre de retrouver sa position défensive. Maintenant, Swift et lui se faisaient face.

— Approche, mollusque, rugit Damon, si c'est un combat avec le démon que tu souhaites, tu vas être satisfait !

Les yeux de Swift s'écarquillèrent de surprise, lorsqu'il reconnut la voix émanant de la cagoule qui lui faisait face.

— Tu croyais t'être définitivement débarrassé de moi, railla Damon. Tu as toujours été un peu trop pressé ! Maintenant, tu vas payer pour tout ce que tu m'as fait endurer !

Swift dégagea sa lame, mais son assaut suivant fut paré avec plus de force encore. Vexé, il essaya le sarcasme :

— Tu sais que j'ai festoyé pendant une semaine avec le cadavre de Dobbs ! J'lui ai sucé les os jusqu'à la moelle, comme je compte le faire avec les tiens.

Refusant de céder au dégoût, Damon lutta pour garder la tête froide. Il canalisa dans son bras la force que lui insufflait la rage et se lança dans une série ininterrompue d'assauts déchaînés sans laisser à son adversaire le temps de reprendre son souffle. Swift réussit tant bien que mal à parer un certain nombre de coups mais ne tarda pas à donner des signes de faiblesse. Après avoir reçu plusieurs estafilades, il fléchit totalement lorsque le sabre de Damon lui traversa l'épaule droite. Lâchant son épée, vaincu, Swift tomba à genoux, la main gauche compressant sa blessure.

Damon tenait enfin sa vengeance ! Il allait faire payer à son ravisseur sa jeunesse perdue, ses espoirs détruits, les supplices qu'il lui avait fait endurer. Il leva son sabre pour assener le coup de grâce qui transpercerait le cœur haineux de Swift et enverrait son âme sinistre à la damnation éternelle… A l'instant précis où la lame allait s'abattre, il perçut nettement les hurlements de terreur de Stella, qui couvraient le tumulte de la bataille. Oubliant toute prudence, il lâcha son adversaire des yeux pour chercher la jeune femme dans la mêlée.

— Là-bas ! lui hurla Nathaniel, agitant son sabre en direction du pont inférieur.

Un des assaillants poussait Stella devant lui, le fil de son coutelas pressé contre sa gorge, secondé par deux complices, chargés de refouler tous ceux qui tenteraient de la délivrer.

Damon se retourna vers Swift qu'il entendait bien envoyer en enfer avant de se lancer au secours de Stella, mais son ex-bourreau avait profité de l'aubaine pour lui échapper. Aidé par deux de ses hommes, il était en train d'enjamber le bastingage.

— On se reverra, Kane ! lui cria-t-il. Je te pourchasserai jusqu'à la mort !

Poussant un juron étouffé, Damon brandit son sabre, menaçant :

— Si tu survis à ta blessure, Swift ! Puisse-t-elle s'infecter et te faire pourrir à petit feu.

Dans son dos, Nathaniel, qui ferraillait avec un nouvel adversaire, lui enjoignit de sauver Stella sans plus tarder.

Constatant que ses jambes ne lui permettraient pas d'atteindre assez vite le pont inférieur, Damon se saisit d'un cordage qui pendait jusqu'au pied du grand mât devant lequel Stella se débattait, et s'y pendit. S'élançant les pieds en avant, il fondit sur le groupe tel un ange exterminateur, assommant au passage plusieurs pirates ennemis, dont les deux brutes qui protégeaient le ravisseur de Stella, auxquels les matelots de Damon s'empressèrent de régler leur sort.

Damon atterrit à moins d'un mètre de Stella, qui se débattait de son mieux malgré son effroi. Quand elle le vit apparaître, dans ses yeux agrandis d'horreur brilla un fol espoir qui le bouleversa. Damon comprit alors qu'il l'aimait éperdument, qu'il était prêt à donner sa vie pour la sauver.

La lame du coutelas était si proche de la gorge de la jeune femme que si son bourreau dérapait, s'il bougeait tant soit peu le bras, c'en était fait d'elle. Tandis que la brute le défiait du regard, Damon arracha son chapeau à plume, l'envoya voler sur le pont puis ôta sa cagoule. Le rictus du pirate se résorba aussitôt. Un cri d'épouvante lui échappa. Profitant de ce que la peur le paralysait, Damon lui empoigna l'avant-bras, écartant de la gorge de la jeune femme la lame effilée. Stella s'échappa d'un bond en avant mais se prit les pieds dans ses jupes et s'écroula sur le pont. Damon n'eut pas le loisir de la relever : deux combattants qui s'empoignaient le bousculèrent dans le dos et, projeté en avant, il retomba sur l'agresseur de Stella, qui n'avait pas lâché son coutelas. Le rugissement de douleur de l'homme déchira les tympans de Damon et, quand il se releva, celui-ci gisait, inerte, embroché sur sa propre lame.

Stella était maintenant secouée de spasmes et se mit à vomir. Avant de lui porter secours, il jeta un coup d'œil circulaire sur les ponts et constata qu'ils avaient gagné la bataille. Avec ce qui restait de son équipage, Swift prenait la fuite dans un canot, poursuivant son navire qui, grappins sectionnés, s'éloignait à chaque coup de houle ; le second de ses bâtiments, bien endommagé par la canonnade, restait aux mains des vainqueurs. On y transférerait une partie de l'équipage de la *Reine des Mers*, et il les suivrait jusqu'à Nouvelle-Providence, où l'on déciderait si l'équité ne commandait pas de le vendre pour répartir entre tous les matelots la valeur du navire et de sa cargaison.

Nathaniel se chargeait de faire évacuer les morts et mettre aux fers les prisonniers, confiant les rares blessés de la *Reine des Mers* aux bons soins des matelots. Par chance, aucun n'avait subi de dommages irréversibles, et bientôt ils seraient sur pied pour livrer d'autres batailles et — qui sait ? — peut-être anéantir Swift une bonne fois pour toutes.

Avec beaucoup de ménagement, Damon releva Stella qu'il conduisit au bastingage. Puis, soulevant dans ses bras son corps agité de tremblements, il la redescendit vers sa cabine, dont il parvint tant bien que mal à refermer la porte.

— Le supplice est terminé, ma chérie, la rassura-t-il en l'allongeant sur sa couchette.

Couchée en chien de fusil, Stella sanglotait sans trêve. Il lui caressa les cheveux.

— Oublie ta peur, ma douce, tu es en sécurité, ici.

— Je... je sais bien, dit-elle dans un hoquet. Tu m'as sauvé la vie. Simplement, je n'arrive pas à maîtriser ces tremblements.

La prenant contre lui pour la bercer, il s'aperçut qu'elle avait les mains glacées, contrairement à ses joues que la fièvre empourprait. Lui enlaçant la taille, éperdue, elle blottit son visage contre la solide épaule.

— Oh, Damon... quel abominable carnage ! Jamais je n'avais eu si peur, même quand Tilton a essayé de m'étrangler.

— Parle, Stella. Il faut que tu évacues ces horreurs une bonne fois pour toutes de ton esprit.

— Les barbares ! s'écria-t-elle alors, ouvrant les vannes à sa détresse. Ils ont défoncé la porte. Je me croyais en sécurité à l'intérieur… J'ai bien tiré, mais j'ai manqué ma cible… Ils m'ont sauté dessus… pour me… ils n'en avaient pas le temps alors ils ont décidé de me transférer sur leur bateau… Ils voulaient me… me…

— Je devine, ma chérie. Rassure-moi, simplement : ils ne t'ont fait aucun mal ? Jamais je ne me le pardonnerais.

— Non, bredouilla-t-elle, pour se frotter aussitôt la bouche avec une frénésie qui démentait en partie cette affirmation. Ha ! Je les sens encore, ces lèvres répugnantes ! Et leurs mains qui se glissaient sous mes vêtements…

Damon eut un haut-le-corps.

— La vérité, Stella. Ces hommes t'ont-ils violentée ?

— Non, mais cela a suffi pour me laisser une impression de souillure.

— Je te promets de t'en laver, Stella, d'effacer à jamais ces traces, si tu m'autorises à y substituer mes caresses.

Il la déshabilla lentement, tendrement, en lui chuchotant des mots d'amour.

Quand elle fut nue, il alla chercher de l'eau et du savon et, avec des gestes apaisants, il la lava, la purifiant ainsi, tout en l'enveloppant d'amour. Sur un sein, il aperçut une vilaine marque bleue, ce qui lui donna des envies de meurtre. Mais le bourreau était déjà mort, et il repoussa ces pensées de vengeance pour ne plus songer qu'à la femme qu'il aimait.

Avec la tendresse d'une mère, il posa délicatement les lèvres sur ce bleu et ceux qu'il découvrit sur son bras, sa gorge et sa mâchoire. Aucun centimètre carré de son corps n'échappa à son attention.

Les paupières de Stella se fermaient toutes seules. Damon remontait sur elle la mince couverture et s'apprêtait à la laisser se reposer quand, lui jetant les bras au cou, elle protesta :

— Non, reste. Allonge-toi à mes côtés, aime-moi.

Damon comprit qu'elle avait besoin d'être sûre qu'il la désirait toujours. Là encore, il décida que la délicatesse s'imposait. Il se coucha contre elle et lui offrit le réconfort de ses bras. Longuement, il la caressa, lui chuchotant des paroles tendres entre deux baisers langoureux. Qui sait ? Cela lui permettrait peut-être de se détendre et de s'assoupir.

Mais Stella avait d'autres choses en tête.

Elle lui prit la bouche en un baiser délicieusement profond, frotta ses cuisses tendres contre celles de Damon avant d'offrir ses seins à sa bouche. Puis elle le dévêtit et, sans la moindre gêne, le caressa de manière on ne peut plus suggestive.

Les bonnes intentions de Damon s'évanouirent aussitôt. Sa bouche, ses mains se firent plus exigeantes, en réponse aux attentes de sa partenaire, chez qui la peur de ses agresseurs avait fait long feu, consumée dans le brasier de son désir. Lorsque Damon vint en elle, elle l'accueillit de tout son corps. A l'unisson, ils franchirent les étapes qui devaient les mener à un plaisir tel qu'ils n'en avaient jamais éprouvé. Ils demeurèrent un instant immobiles, aux portes de l'extase absolue, avant d'en franchir le seuil, étroitement enlacés, et, criant de bonheur, s'abandonnèrent enfin sur les flots lumineux d'un océan de béatitude.

Gorgée de plaisir, Stella s'endormit comme un bébé. Et c'est à regret que Damon s'échappa du cercle de ses bras graciles. Mais il avait à faire. Les matelots attendaient ses ordres, les blessés, ses encouragements. Sans compter les prisonniers qu'il fallait interroger, avant de les punir. Ce n'est qu'après avoir accompli ces tâches qu'il pourrait légitimement retrouver Stella.

Sa relation amoureuse mise à part, Stella ne savait plus quelle attitude adopter vis-à-vis de Damon, l'attaque des pirates ayant bouleversé ses projets.

Avec sa liberté, Damon avait retrouvé le commandement de la *Reine des Mers*. Que comptait-il faire ?

Un beau jour, elle s'en enquit auprès de Nathaniel :

— Damon a-t-il changé de cap pour poursuivre Swift ou fait-on toujours voile vers Nouvelle-Providence ?

Le capitaine passait sur le pont à ce moment précis. Avant que Nathaniel ait eu le temps de répondre, il se glissa dans le dos de Stella à pas de loup pour lui souffler au creux de l'oreille :

— J'aurai amplement le temps de rattraper Swift, ma jolie. Pour l'instant, Nathaniel ne pense qu'à obtenir sa grâce pour pouvoir rentrer épouser ta mère.

Stella accueillit l'information avec une expression de soulagement qui arracha un rire à Damon.

— Tu espères toujours me convertir avant d'arriver là-bas, hein ? Malheureusement, tu n'as plus de récompense alléchante à me faire miroiter pour m'arracher mon consentement. Que pourrais-je bien désirer, maintenant que j'ai obtenu la satisfaction de mes désirs les plus chers ?

Le discret Nathaniel s'était par bonheur éclipsé, leur laissant une intimité dont Stella lui fut reconnaissante. Se plantant devant Damon, elle le toisa avec détermination.

— As-tu jamais eu une maîtresse? demanda-t-elle calmement.

— Une maîtresse? répéta-t-il en écho, abasourdi.

C'était bien la dernière des choses qu'il s'attendait à l'entendre dire!

— Tu sais quand même de quoi je parle, non? insista-t-elle, d'un ton mielleux. Une amante, une amie, une concubine, une compagne… les appellations ne manquent pas. Alors, as-tu jamais eu une liaison prolongée?

— Non, dit-il, sur ses gardes. Pourquoi une telle question?

— Aimerais-tu en avoir une?

— Cesse de tourner autour du pot, Stella! Dois-je comprendre que tu suggères entre nous une relation de ce type?

— Si tu le souhaites, oui. Nous sommes intimes, désormais, et ma vertu ne constitue plus un obstacle, pas plus que ma présence à bord ne constitue une malédiction. Par conséquent, si tu décidais de rester marin, rien ne m'empêcherait plus de t'accompagner.

— Pour prix de tes faveurs, tu exigeras que je demande l'amnistie, je suppose.

— Certes.

— Et si je décline ton offre?

— Eh bien, dans ce cas, c'est moi qui me refuserai.

— Bien trouvé. Cela dit, que se passerait-il si je décidais de te garder prisonnière à bord… Ta nature éminemment voluptueuse résisterait-elle longtemps à mes avances ? Après tout ce que tu m'as donné à voir, permets-moi d'en douter.

— C'est bien mal me connaître. Je peux être têtue, quand je le veux. Quel plaisir trouverais-tu à me forcer, après les moments que nous avons connus, et que je serais heureuse de t'offrir à nouveau si tu acceptais mes conditions ?

— Combien de temps resterais-tu avec moi ?

— Aussi longtemps que tu me désireras.

— Ma foi... Te rends-tu compte que cela t'engage jusqu'à un âge avancé ?

— Et toi, tu auras le temps de mourir dix fois si tu refuses.

Retrouvant son sérieux, Damon l'interrogea, intrigué :

— Pourquoi accepterais-tu d'être ma maîtresse à long terme alors que tu refuses de devenir ma femme ? Ton raisonnement m'échappe, Stella.

— Malheureusement, je ne crois pas que le mariage nous convienne tant que tu demeures invisible — même si tu décides de renoncer à tes activités frauduleuses. La vie quotidienne serait trop compliquée. Si je me marie, je compte bien avoir des enfants.

— N'as-tu pas songé que tu pourrais très bien porter mon enfant en ce moment précis ? Non ? Allons, ma douce, ne me raconte pas que tu ne sais pas comment on fait les enfants !

Stella rougit.

— Tu es un fantôme, un spectre... du moins à temps partiel. Comment serait-ce possible ?

— Comment diable veux-tu que je le sache, moi qui croyais impossible de se transformer en fantôme ? s'emporta-t-il. Ecoute, nous finirons bien par découvrir ce qu'il en est. Surtout si nous continuons à nous aimer avec autant de passion.

— Mon Dieu, cela pourrait remettre bien des choses en question…

— Ne t'avise pas de revenir sur ta proposition pour autant. Pour le moment, je la considère comme toujours valable. Tu auras ma réponse lorsque nous aurons atteint Nouvelle-Providence.

25

Quand Damon se rendit compte, d'après l'impact de la balle sur la paroi de la cabine, que Stella avait tiré droit dans la direction où perchait habituellement son faucon, son sang ne fit qu'un tour.

— Si Zeus avait été là, tu le décapitais, malheureuse !

— Je l'ai encore raté ? Zut ! Avec un peu d'entraînement, je mettrai dans le mille, la prochaine fois. Après tout, c'est mon baptême du feu, aujourd'hui !

Damon n'était pas d'humeur à plaisanter.

— Quand je t'ai prêté mon pistolet, tu m'as assuré que tu savais t'en servir, je m'en souviens parfaitement.

— Reconnais quand même que j'ai réussi à le faire marcher. Tu ne t'es pas soucié de ma cible.

Il lui décocha une œillade moqueuse.

— D'accord, je suis seul responsable, tu as raison. Et je vais réparer mon erreur sans tar-der. Si tu tiens à être ma compagne, tu as intérêt à te montrer plus efficace dans le maniement des armes. Nous allons nous y mettre immédiatement.

Il commença par lui montrer comment nettoyer

l'arme, la charger, la bourrer de poudre et vérifier l'amorce. Puis il lui installa des cibles et se posta — prudemment — dans son dos pour lui indiquer la position à adopter pour viser en tenant à deux mains l'arme pesante.

— Attention où tu tires ! Mes hommes ont suffisamment de cicatrices comme ça. Et puis, essaie de ne transformer en passoires ni ma frégate ni la *Dame Anise*, prise au capitaine Swift, qui nous suit à bâbord, ironisa-t-il.

Le pistolet à bout de bras, ricanant, elle lui lança par-dessus son épaule :

— As-tu réfléchi aux risques que tu cours à me donner une arme à feu ? Et si, une fois à Nouvelle-Providence, je te forçais sous la menace à signer ta demande de grâce ?

— Tu oserais tirer sur l'homme que tu aimes, Stella ? Car, tu as beau jouer les ahuries, tu m'aimes, avoue-le.

Retrouvant l'usage de la parole, après un instant de panique, elle lâcha dans un souffle :

— Tu me croirais si je le disais ?

— Bien sûr que non, ma chérie !

Il ne lui resta que deux jours pour s'entraîner au tir, avant que le navire n'atteigne l'archipel des Bahamas. Enfin ils louvoyèrent entre les îles, cap droit sur celle où résidait le nouveau gouverneur. La végétation luxuriante des tropiques poussait sur ces terres couvertes de fleurs multicolores, peuplées d'oiseaux bariolés, et pour la plupart inhabitées.

— A l'instant où je t'ai vue, je suis tombé amoureux de tes yeux parce qu'ils sont de la couleur de ces eaux turquoise, Stella, ma chérie. Emplis de mystère et tout aussi changeants…

— Regarde ! l'interrompit l'intéressée. Des cigognes roses !

Damon pouffa de rire.

— Ce sont des *flamants* roses, ma chérie.

— Fais jeter l'ancre tout de suite, j'en veux absolument un !

— Inutile de nous arrêter ici : tu en verras tant et plus à Nouvelle-Providence. Et puis, ils ne se laisseront pas capturer si facilement !

— Pour sûr ! confirma Nathaniel, qui barrait, à quelques pas d'eux. Mais si ça te démange tant que ça d'essayer d'en piéger un, ce ne sera pas sur cette île. Il paraît qu'elle est hantée par d'étranges créatures nichant dans les pins.

— Merveilleux ! Raison supplémentaire pour jeter l'ancre ! s'écria Stella, qui se heurta à un refus ferme et obstiné des deux hommes.

Les deux navires mouillèrent au nord de Nouvelle-Providence, à l'abri dans une anse. Jamais Stella n'avait vu autant de navires qu'autour de cette île, pourtant assez exiguë, et si l'agglomération n'était guère plus qu'un gros bourg, elle grouillait de marins. Constatant sa déception, Damon expliqua :

— Les Français et les Anglais l'ont attaquée il y a dix ans, pour recommencer cinq ans plus tard, sans laisser à la ville le temps de prospérer. Depuis, c'est surtout un paradis pour les pirates, qui viennent s'y refaire entre deux expéditions. Ce qui s'explique puisque les Bahamas se trouvent non loin des routes de navigation empruntées par la marine marchande.

— C'est bien pour ça que les autorités ont choisi

Nouvelle-Providence. Les personnes concernées étaient déjà toutes sur place, ajouta Nathaniel.

— Certes, renchérit Damon dont le regard sombre, méfiant, surveillait sans relâche les alentours. Ça explique aussi qu'ils aient nommé gouverneur Woody Rogers, qui était encore pirate il y a quelques années — même s'il se prétendait corsaire, c'est-à-dire, en gros, pirate officiel. Quand on pense que le roi nous l'envoie comme modèle à imiter ! Enfin, espérons que cette histoire de grâce n'est pas un vaste piège.

A peine leur canot eut-il accosté que Damon fut rassuré : l'offre d'amnistie était des plus honnêtes. Le gouverneur Rogers ne chômait pas. Sur le chemin de son bureau, Nathaniel et Damon croisèrent un boucanier de leurs amis.

— Z'allez demander l'amnistie du roi ?

— Exactement, répondit Damon. Tu penses bien qu'une offre pareille ne se refuse pas, ajouta-t-il, avec un clin d'œil à Stella qui défaillit à son bras.

Quant à Nathaniel, il se mit à danser en pleine rue, criant d'allégresse.

— J'savais bien que tu finirais par voir où était ton intérêt ! fit-il, ignorant des arguments employés par Stella. Tu ne le regretteras pas, mon vieux !

— A Stella de continuer à me le prouver, puisque ma conversion lui tient tant à cœur. Ne criez quand même pas victoire trop vite : consentir à me ranger ne signifie pas renoncer à pourchasser Swift ! Ma vengeance est une affaire privée.

Devant le bureau du gouverneur, la file d'attente était si longue que Stella redouta que Damon ne se décourage. A tort. Ils finirent par se retrouver devant le gratte-papier surmené qui attribuait les rendez-vous avec Rogers.

— Tout est complet jusque dans trois jours, dit-il d'un air revêche en tendant un document à Damon. Dix heures du matin. Tenez, notez le nom de votre bateau et ceux de vos matelots et rapportez la liste au gouverneur, qui vous recevra, vous et vos hommes.

— En attendant, qu'est-ce qu'on est censés faire ? s'enquit Nathaniel, contrarié.

— Ça, c'est votre problème, répliqua le rond-de-cuir. Si vous la voulez, votre amnistie, il vous faudra patienter.

D'un coup de pouce, Damon expédia une pièce d'or sur le sous-main de l'employé.

— Cela vous aiderait-il à nous trouver un rendez-vous plus proche ?

— Non. Mais ajoutez-en quatre de plus, et on pourra s'arranger.

Damon obtempéra.

— Même heure, demain. Je ne peux pas faire mieux.

— On s'en accommodera.

— Quand je pense que c'est nous qu'ils traitent de voleurs ! grommela Nathaniel en quittant les lieux.

Tandis qu'il regagnait la frégate pour annoncer la nouvelle à l'équipage, poster les sentinelles et donner quartier libre aux autres, Damon et Stella explorèrent les ruelles. Leur humeur était au beau fixe, lorsqu'ils atteignirent le marché. Damon, la tirant vers un étal, s'écria :

— Il te faut un chapeau de paille, ma douce, le soleil tape dur, sous ces latitudes.

Puis ils continuèrent de flâner parmi d'énormes conques rosées en forme de spirales, des montagnes d'éponges, des bijoux en corail et autres peignes en écaille... Après avoir acheté en cadeau de mariage pour sa mère une parure de corail, Stella demanda :

— C'est ici que tu as trouvé mes peignes ?

— Tu croyais que je les avais volés ?

— Oui, au début, tout comme je me suis interrogée sur la provenance du contenu de ta cale. Tu imagines mon soulagement quand je ne t'ai vu proposer aux commerçants de Charleston que d'innocentes marchandises !

— Qu'es-tu allée imaginer ?

— Je redoutais de tomber sur les ossements de tes victimes. De la part d'un pirate notoire...

Ils déjeunèrent d'une soupe à la langouste si épicée qu'elle fit monter les larmes aux yeux de Stella, et conclurent le repas, largement arrosé de rhum parfumé à la banane, par des tartes à la noix de coco juste sorties du four. Stella était donc encore passablement éméchée lorsqu'ils atteignirent l'étal du marchand de perroquets. Les lèvres boudeuses, elle s'avança :

— Vous n'auriez pas des flamants ?

— Les flamants, c'est joli à regarder, mais en cage ça meurt tout de suite. Si c'est leurs plumes qui vous amusent, ma p'tite dame, j'ai un copain qui les ramasse.

— Ce ne sont pas des plumes que je veux, mais un oiseau vivant. Monsieur a son faucon, je veux mon oiseau apprivoisé moi aussi !

Le bonhomme lui fit un clin d'œil entendu.

— Un faucon, ça tient pas la route à côté de ce que je vous propose, moi ! dit-il en sortant de ses caisses un grand perroquet vert et bleu. Bichonnez-le un peu, c't'oiseau-là, et il apprendra même à parler. Ça parle, un faucon ?

— C'est bon, je le prends. Paie monsieur, Damon ! ordonna-t-elle.

— Non mais... qu'est-ce... attends une minute! protesta son compagnon, outré. Tu m'as fait une comédie infernale parce que tu ne voulais pas de Zeus, et maintenant tu exiges que je t'offre cette espèce de perroquet miteux? Plutôt mourir que de laisser monter à mon bord ce tas de plumes mangé aux mites!

Mais Stella eut tôt fait de le réduire à quia. Et Damon fut longtemps à se demander quelle diablerie l'avait conduit à remonter sur la *Reine des Mers* un flamboyant perroquet au poing.

— Saperlipopette! Pincez-moi, quelqu'un! s'exclama Rogers qui se laissa retomber contre le dossier de son fauteuil. Damon Kane en chair et en os! J'avoue que je ne pensais pas vous voir ici, capitaine!

Agacé par ce ton triomphant, Damon rétorqua:

— Je peux repartir tout de suite, si vous voulez!

— Ose faire une chose pareille, et je t'abats avec ta propre pétoire! siffla Stella entre ses dents.

— Qui est cette charmante jeune personne? s'enquit le souriant gouverneur avec une affabilité exaspérante. La responsable de votre brutal revirement, j'imagine...

— C'est moi, et moi seul, qui décide de mon destin, et vous le savez pertinemment, Rogers. Je vous présente Mlle Winters, de Charleston. Stella, je te présente Woody Rogers, personnage d'une honorabilité aussi récente que douteuse.

Rogers partit d'un gros rire.

— Enchanté, mademoiselle... Winters... Ce nom me dit quelque chose. Seriez-vous parente avec les Winters propriétaires des entrepôts, sur les docks de Charleston?

Stella resta un instant saisie avant de pouvoir répondre.

— En effet. Il s'agit de l'entreprise fondée par mon père, dont ma mère et moi avons pris la succession. J'en viens, précisément. Le capitaine et M. Hancock nous ont aidées à nous débarrasser d'escrocs acharnés à nous ruiner.

— Mademoiselle dit-elle bien la vérité ?

Nathaniel fit un pas en avant et affirma :

— La pure vérité. Et c'est pas parce que sa mère et moi on a décidé de se marier quand je rentrerai avec ma grâce que je vous dis ça...

— Ainsi on s'apprête à se lancer dans les affaires honnêtes, monsieur Hancock ? commenta Rogers avec un hochement de tête approbateur. Ça me soulage de savoir que vous aurez un emploi convenable pour vous ancrer au port. Et vous, Damon, des projets ?

— Rien de ferme. Il se peut que je continue à naviguer.

— Avec quoi ? Nous comptons réquisitionner la frégate. Ce gage nous assurera que vous vous pliez bien aux conditions exigées pour obtenir l'amnistie.

Il se tapotait le menton d'un air supérieur. Outré, Damon marcha droit sur lui, tirant sur le bras de Stella pour demeurer visible, et vociféra :

— On ne m'a jamais parlé de réquisition !

Rogers conserva une remarquable impassibilité pour expliquer avec calme :

— Je dispose de pouvoirs discrétionnaires. Vous ne resterez en possession de la frégate que si vous parvenez à me convaincre de votre bonne foi. Pour cela, il vous faudra l'enregistrer comme navire de la couronne britannique, la rebaptiser et changer de pavillon.

Damon eut l'impression d'être foudroyé pour la seconde fois. Son séduisant visage tordu par la colère, il tonna :

— Ça porte malheur de débaptiser un navire, vous le savez aussi bien que moi, et vous êtes complètement fou de l'exiger ! Les recrues seront rares, si vous imposez ce genre de mesures ! Je me doutais qu'on me demanderait de naviguer pour la Couronne, et j'accepte de changer de drapeau, mais la *Reine des Mers* ne changera pas de nom.

« Ni la *Dame Anise* non plus, bougre d'imbécile », ajouta mentalement Damon, qui jubilait d'avoir caché aux autorités la capture du vaisseau de Swift.

— Dans ce cas, et à mon grand regret, je serai contraint de rejeter votre demande de grâce. Si le reste de vos hommes la souhaite encore — et à condition qu'ils s'engagent à ne plus faire voile sous votre commandement — on la leur accordera cependant. Ainsi qu'à M. Hancock s'il renonce à sa part du navire.

Au désespoir et pour gagner du temps, Stella s'insurgea :

— Attendez ! Il y a forcément une solution satisfaisante pour tout le monde. Il suffit de la chercher.

— Je n'en vois pas. La *Reine des Mers* gardera son nom.

— La *Reine des Mers*, c'est un nom français que l'on pourrait traduire ou adapter.

— Pas question.

— Damon Kane, tu n'es qu'une tête de pioche ! Pourquoi veux-tu un miracle absolu alors que tu en aurais déjà un demi en traduisant le nom du navire ?

Un nouvel éclat de rire secoua Rogers.

— Elle vous connaît bien, la demoiselle ! Et qui sait si elle n'a pas trouvé une solution ? Pourquoi ne pas rebaptiser la frégate d'un nom anglais qui ait la même valeur symbolique à vos yeux ?

Damon prit le temps de réfléchir, puis acquiesça avec réticence. Après quelques minutes de recherche, il lâcha :

— *Margie.*

— Qui est Margie ? demanda Stella, soudain méfiante. Le nom t'est venu bien facilement, comme s'il te rappelait quelqu'un.

— A Lisbonne, il y avait une servante d'auberge qui portait un nom comme ça... Margo... Marlie... Tu t'en souviens, Nathaniel ?

— Décris-la-moi, pour voir... peut-être que je m'en souviendrai.

— Peu importe, Nathaniel, fit Stella avec fermeté. On trouvera autre chose. Je refuse de monter sur un bateau qui porte le nom d'une gourgandine !

— Si je suis entêté, toi, tu es sacrément jalouse ! Allez, trouve un nom, puisque tu tiens à ce que j'obtienne ma grâce.

— Je ne suis pas jalouse, s'emporta-t-elle, cherchant malgré tout un nom. *Mirage !* Je te défie de trouver plus adapté aux circonstances !

— Quelles circonstances ? intervint Rogers, incapable de saisir le sens des grimaces entendues qu'échangeait le couple.

— Bah, il ne s'agit que d'une allusion humoristique aux talents que déploie Damon pour m'échapper.

— Ce nom vous convient, capitaine ?

— Mouais... Peut-on considérer que l'affaire est classée ?

— Pas tout à fait... Connaissant votre réputation de pirate et le plaisir que vous prenez au brigandage, je crains de ne pouvoir vous consentir qu'une grâce conditionnelle, à vous et à M. Hancock. Si d'ici la fin de l'année prochaine il me venait aux oreilles que vous aviez repris vos activités, on annulerait tout et on vous déclarerait ennemi de la Couronne. En revanche, si vous restez dans la légalité, le roi vous décorera pour avoir mérité la confiance qu'il vous accorde. En bref, si vous retourniez avec madame à Charleston, ça nous simplifierait grandement la tâche.

Tiré de sa transe par un coup de coude de Stella, Damon signa les documents en grommelant. On réenregistra la frégate sous le nom de *Mirage*, et Rogers remit au capitaine un drapeau britannique, lui recommandant de l'adjoindre au nouveau pavillon qu'il se choisirait en remplacement de celui à tête de mort des pirates.

Au moment où ils sortaient, Rogers retint Stella :

— J'aimerais vous présenter mes condoléances à retardement pour le décès de votre grand-père. Je ne l'ai rencontré qu'une seule fois, mais il m'a fait une forte impression. Pour être flibustier, il n'en était pas moins généreux et avait la réputation de traiter avec une extrême équanimité ses amis et ses matelots.

Stella aurait voulu rentrer dans un trou de souris quand Damon stoppa dans un claquement de talons pour braquer sur elle ses prunelles noires. Elle bredouilla un « merci » inaudible et tenta de filer du bureau de Rogers avant qu'il n'en ait révélé davantage sur son aïeul. Mais Damon refusa de bouger.

— Alors, petite cachottière ! souffla-t-il entre ses dents, avant de lancer à Rogers : Stella avait fait allusion à un grand-père marin, sans toutefois préciser la nature exacte de ses activités.

Rogers s'esclaffa une fois de plus.

— Le nom de Black Jack ne vous évoque-t-il

rien ? C'était un peu avant votre époque, Damon, mais quel homme ! Il a échappé de justesse à la potence, s'est retiré de la flibuste et a marié sa fille au père de mademoiselle pour finir ses jours à Charleston.

— Très intéressant, jubila Damon avec un sourire gourmand. Merci d'avoir éclairé d'un jour nouveau l'arbre généalogique de Mlle Winters. Je vous souhaite bien le bonsoir, Rogers.

26

Durant tout le trajet du bureau du gouverneur à la frégate, que la présence de Nathaniel l'en dissuadât le moins du monde, Damon harcela Stella :

— Espèce de petite hypocrite ! Oser me reprocher d'exercer un métier que tu réprouves alors que fortune et entreprise familiales viennent, je parie, des coffres de ton grand-père pirate !

— Ce genre de secret, on ne le crie pas sur les toits, se défendit Stella. Et cette parenté ne fait pas de moi un pirate, alors ne confonds pas tout, je te prie. Pour le peu que je me souvienne de lui, j'adorais mon grand-père, et ma mère aussi l'aimait tendrement. Mais cela ne signifie nullement que nous ayons approuvé ses activités.

— Comme dit le proverbe : « Bon sang ne saurait mentir », ma chère... Je suis furieux de m'être laissé pareillement bluffer !

— Ma mère et moi ne t'avons pas menti !

— Par omission, si.

— Quelle différence cela fait-il que j'aie des ancêtres missionnaires ou bien pirates ? Cela changera-t-il quoi que ce soit à ma personnalité ? La seule chose que j'en ai tirée, c'est une leçon, et je me suis juré de ne jamais commettre la même erreur que ma grand-mère.

— Quelle est cette leçon ?

— J'ai appris combien était disproportionné le prix de la cupidité. Pendant que mon grand-père sillonnait les mers, ma grand-mère mourait à petit feu à se ronger d'angoisse. Lui aussi, il a frôlé plus d'une fois la mort. Il a même failli être pendu pour ses crimes et n'a échappé à la potence qu'à la dernière minute, parce qu'un officiel de la prison s'est laissé corrompre par un pot-de-vin substantiel. Il a heureusement renoncé à jouer avec la mort, après cet épisode dramatique. C'était malheureusement trop tard pour sauver ma grand-mère : son cœur a lâché peu de temps après. Cette vie de hors-la-loi a volé à grand-mère jeunesse et santé, à grand-père une épouse qu'il aimait, à ma mère deux parents bien-aimés.

Ce récit éclaira Damon sur les raisons qu'avait eues Stella d'aller jusqu'à lui sacrifier sa vertu et à s'offrir comme maîtresse pour le convaincre de renoncer à la vie de pirate.

— Tu étais au courant, toi, Nathaniel ? demanda-t-il, un peu plus calme.

— Oui. Jane m'a raconté tout ça quand je lui ai demandé sa main. Elle m'a fait promettre de ne rien dire, et j'ai pensé que, si elle voulait que tu le saches, elle te le dirait elle-même... ou laisserait Stella te le raconter.

— Eh bien, Stella, tu aurais pu faire montre à mon égard de la même franchise que ta mère envers Nathaniel !

— La situation est différente puisque Nathaniel et maman vont se marier.

— Nous aussi, on devrait le faire, répliqua-t-il d'un ton bourru.

— Excuse-moi, je n'ai pas bien entendu! s'écria Stella, figée.

— Si, tu as bien entendu: on devrait se marier.

— Et pourquoi?

— Pourquoi pas? Bon sang, Stella, si je suis assez bon pour être ton amant, pourquoi ne te conviendrais-je pas comme mari?

Nathaniel ne put contenir son hilarité et commenta:

— Vous faites bien la paire, tous les deux! En général, c'est la femme qui débite ces fadaises en pleurnichant. Là, Damon, ton orgueil en prend un coup: mademoiselle joue les dédaigneuses et se fait prier.

— C'est seulement parce que tu sais que je vais refuser que tu me le proposes! persista Stella. Si j'acceptais, tu partirais au grand galop.

— Dis oui, et tu pourras vérifier!

C'était tentant. Terriblement tentant. Mais le bon sens sortit vainqueur de son débat intérieur:

— Je m'obstine à croire que tu me demandes ma main parce que je suis la seule femme susceptible de t'accepter dans ton état. Mais si j'acceptais? Imagine qu'on se marie et que d'ici quelques mois tu retrouves ton corps. Ne regretterais-tu pas ton choix? Ne reprendrais-tu pas la mer pour ne jamais revenir? Ne te mordrais-tu pas les doigts d'avoir agi trop vite et n'irais-tu pas te consoler dans les bras d'autres femmes? Si je me marie, je veux un époux fidèle, qui n'aime et ne désire que moi, et ce pour toujours.

— C'est bien ainsi que je l'entends, Stella, murmura-t-il, bouleversé. Tu m'as totalement enjôlé, je suis fou amoureux de toi. Tu es la seule que je désire pour épouse et pour amante. Je t'aime, dans le rire, dans l'amour, dans la rage. Tu m'as ensorcelé, et ma vie sans toi n'aurait plus de sens.

Stella leva vers lui un regard noyé de larmes.

— Oh, Damon, si tu savais combien j'ai attendu ces paroles ! Mais tant d'obstacles jalonnent encore notre route que la raison me déconseille de céder à l'amour.

— Ecoute ton cœur, ma chérie. Ensemble, nous viendrons à bout de toutes les difficultés.

— Comment y parviendrons-nous ? dit-elle, hésitante. Pour commencer, dans cette ville infestée de pirates, je doute que nous trouvions un pasteur ou même un capitaine assermenté pour nous marier.

— Et Rogers ? Il est gouverneur. C'est lui qui représente la loi ici.

— Certes. Mais les amnisties doivent lui prendre tout son temps — à supposer qu'il accepte de nous marier.

— Il trouvera l'idée extrêmement amusante, rassure-toi. Il nous marierait pour le seul plaisir de me faire renoncer à ma liberté.

— Moi qui espérais me marier au temple, entourée de ma mère et de mes amis... soupira Stella, d'un ton de regret.

Mais en relevant la tête, elle lut dans le regard de Damon une telle adoration, tant d'espoir et tant de promesses que soucis et déception s'en trouvèrent balayés. Damon avait raison : ils étaient faits l'un pour l'autre, et ensemble ils vaincraient les obstacles. Et puis, si elle attendait qu'il retrouve sa forme normale, elle risquait de le perdre...

— Je me rends, et avec joie, murmura-t-elle, le cœur débordant d'amour.

A cet aveu, Damon la souleva de terre et la fit tourner jusqu'au vertige. Nathaniel se mit à danser, poussant des vivats qui ameutèrent les passants. Quand ils recouvrèrent leurs esprits, Damon prit Stella par la main et l'entraîna au bureau de Rogers pour mettre immédiatement leur projet à exécution.

A l'énoncé de leur requête, Rogers, goguenard, ne put s'empêcher de s'écrier :

— Dire que c'est moi qui vais présider à votre retour dans le droit chemin et à votre entrée dans la vie d'homme marié ! Par ma foi, Kane, grâce à votre belle et à vous, ma mission s'avère beaucoup plus amusante que prévu.

— Quand vous aurez fini de pavoiser, on pourra peut-être enfin se marier, intervint Damon avec impatience.

Sur un dernier gloussement, Rogers farfouilla dans les papiers éparpillés sur son bureau jusqu'à ce qu'il ait retrouvé le manuel qu'il cherchait. Il l'ouvrit à une page marquée d'un signet et prévint les fiancés :

— Veuillez me pardonner, mais vous êtes les premiers que je marie et vous comme moi tenons à respecter la loi à la lettre, n'est-ce pas ?

— Mon Dieu, nous avons oublié les bans ! s'écria Stella.

— Par chance, en plus du pouvoir de vous marier, je possède également celui de dispenser de la publication des bans si je le juge bon. Eh bien, allons-y ! Mademoiselle Winters, capitaine Kane, veuillez vous placer devant moi en vous tenant les mains.

Au rituel dont il ne leur épargna pas une virgule, la voix grave et vibrante de Rogers ajouta par bonheur la touche de dignité et de solennité adéquate. Et quand le moment vint de prononcer ses vœux, Stella sentit son angoisse s'évaporer et dit oui, avec le sentiment qu'elle et cet homme si séduisant formaient maintenant un tout.

Quand elle sonda le regard de Damon, elle n'y lut qu'amour et adoration... auxquels s'ajouta une lueur d'amusement quand elle s'engagea à l'aimer dans la richesse et dans la pauvreté, pour le meilleur et pour le pire.

C'est en admirant le visage radieux de sa jeune épouse auréolé de boucles brunes qu'il lui passa au doigt l'anneau d'or que lui remit Nathaniel. L'alliance avait visiblement déjà été portée. Percevant son étonnement, Damon la rassura :

— C'est ta mère qui l'a remise à Nathaniel, comme si elle avait deviné que nous en aurions besoin. Il s'agit de l'alliance que ton père lui a passée au doigt.

Les larmes aux yeux, Stella reçut donc la bénédiction symbolique de sa mère et échangea avec son mari un baiser empli d'amour.

Après ce mariage précipité, sans fanfare ni falbalas, quels ne furent pas la surprise et le ravissement de Stella lorsque Damon lui offrit un voyage de noces des plus originaux.

L'encre avait tout juste eu le temps de sécher au bas du certificat de mariage qu'avec un équipage réduit, le *Mirage* faisait voile jusqu'à une île minuscule de l'archipel où les nouveaux époux devaient rester trois jours, avec pour consigne à Nathaniel de ne les déranger qu'en cas d'extrême urgence.

Dès ses premiers pas sur la plage, Stella ne put retenir son ravissement :

— Regarde, Damon, le sable est tout rose ! Comment cela se fait-il ?

— C'est moi qui l'ai fait peindre avant ton arrivée ! plaisanta-t-il. Non, la vérité, c'est que la houle charrie des coquillages roses qui, à force d'être pilonnés, sont réduits à l'état de sable.

Tout autour d'eux se déployait un paysage enchanteur. Les palmiers bercés par la brise ondulaient doucement, au milieu d'une profusion de fleurs tropicales. Des oiseaux exotiques dont le plumage éclatant n'avait rien à envier aux vives couleurs des fleurs chantaient dans les frondaisons, mariant leur gazouillis au clapotis des vagues. Stella en avait le souffle coupé.

— Mais c'est le paradis ! s'extasia-t-elle.

— Un paradis dont tu es l'étoile, Stella, fit Damon en l'enlaçant. Tu ne trouves pas que ce cadre invite au péché ?

— Aurais-tu oublié que nous venons de nous marier ? Si c'était pécher que tu voulais, il fallait me garder pour maîtresse, au lieu de m'épouser ! repartit-elle avec une grimace mutine.

— Non, mon amour. Tu aurais certes fait une maîtresse délicieuse, mais ce n'est pas le rôle idéal pour toi. Tu es faite pour être ma femme.

— J'en suis heureuse… tellement heureuse…

— Moi aussi, ma chérie, dit-il avec une gravité qui eut tôt fait de se dissiper. Mais, le mariage n'interdisant pas le péché, il faut que je me hâte de satisfaire la faim que j'ai de toi, madame Kane. Je compte abuser de tes charmes jusqu'à n'en plus pouvoir, t'emmener au septième ciel.

Des heures durant il mit en pratique ses bonnes résolutions, déployant toute son imagination pour la satisfaire. Enfin, épuisés et repus, ils s'endormirent, enlacés.

Quand Stella se réveilla, le soleil couchant embrasait la mer à l'horizon.

Damon, la relevant sur ses jambes flageolantes, l'invita à le suivre vers ce qu'il nomma un peu pompeusement un logis.

— Un logis ? s'étonna-t-elle, scrutant la plage. Je ne vois que du sable, des buissons et des arbres. Nous aurais-tu bâti un château de sable ?

Quittant la plage, il l'entraîna à travers les fourrés jusqu'à une clairière au centre de laquelle murmurait une source. A l'autre bout de celle-ci, un éboulis de roches et de terre avait formé une petite grotte où, pendant que Stella dormait, Damon avait transporté les vivres et fait du feu. Il avait recouvert le sol de couvertures et d'oreillers et suspendu un hamac à des crochets fixés dans les anfractuosités de la roche.

— Tu n'en as installé qu'un seul ?

Damon se serait-il déjà lassé d'elle, après avoir assouvi ses désirs comme il venait de le faire ?

— Evidemment ! Un seul est largement suffisant pour nous deux.

Ce pluriel combla Stella de joie, mais les dimensions réduites du hamac la préoccupaient.

— C'est impossible de dormir à deux là-dedans !

— C'est parfaitement possible d'y dormir et d'y faire bien d'autres choses encore, ma Stella ! Je t'en ferai la démonstration dès le repas terminé, lui assura-t-il avec un clin d'œil.

Malgré les longues heures de volupté de l'après-midi, Stella se sentit rougir sous son regard lourd de désir possessif. Seule la faim retarda leurs nouveaux ébats.

— Eh bien, voyons comment la jeune mariée se débrouille en cuisine, plaisanta-t-il en la menant vers le foyer.

— Ce n'est pas de jeu. Les conditions sont dignes des hommes des cavernes !

Ils dînèrent de riz et de poisson que Damon avait acheté à la halle, avant de lever l'ancre, se désaltérant du lait de noix de coco dans lesquelles il versa ensuite un doigt de rhum avant d'en déguster la chair savoureuse. Entre deux bouchées et deux baisers, Damon finit par avouer qu'il n'avait pas choisi l'île au hasard. Son équipage et lui y avaient déjà fait escale.

— Je savais aussi qu'elle était inhabitée et qu'on y trouvait de l'eau douce. Le bain de ma tendre épouse est avancé.

D'un même pas, ils gagnèrent la source dont la surface limpide réfléchissait les flammes dansantes du feu et la pleine lune. Des étoiles clignotaient sur le velours noir du ciel et les senteurs entêtantes des fleurs tropicales embaumaient la nuit.

Pendant que Damon ôtait son pantalon, Stella lorgnait le bassin en tremblant, hésitant à se dévêtir.

— Que se passe-t-il ? Du mal à dégrafer ta robe ?

— Damon, ces eaux ne dissimuleraient-elles pas des créatures dangereuses qu'il vaudrait mieux ne pas déranger ? s'inquiéta-t-elle.

— Tu n'y trouveras rien d'autre que quelques poissons inoffensifs. La source n'est pas reliée à la mer. Allons, quitte ta robe et nous jouerons au dragon envoûté par une sirène !

— Ris si tu veux, mais je ne sais pas nager.

— C'est ça qui t'angoisse ? Ma douce, jamais je ne te laisserais te noyer ! De plus, tu auras toujours pied : l'eau n'arrive qu'à la taille.

A force de paroles rassurantes, tout en la déshabillant avec tendresse, Damon réussit à la convaincre. Mais c'est en tremblant que Stella avança jusqu'au centre du bassin, cramponnée aux mains de Damon. Quand elle constata qu'elle avait toujours pied, elle se relaxa enfin, blottie contre la poitrine de son mari.

— Quelle sensation de bien-être... Surtout, ne me lâche pas !

— Jamais, lui promit-il au creux de l'oreille, resserrant son étreinte.

Tout en la maintenant d'un bras ferme, il se mit à pétrir son buste satiné, faisant se dresser le bout de ses seins et suscitant un frémissement au plus secret de sa féminité. Ses mains caressèrent alors toutes ses courbes généreusement offertes, avant de se glisser entre les cuisses de Stella. Quand elle gémit, près de s'offrir totalement, il murmura :

— Pas encore, ma chérie. Abandonne-toi à la caresse de l'eau, laisse-toi aller... Nous avons tout le temps du monde.

Stella adopta le rythme nonchalant de Damon qui, avec une savante lenteur, exacerba encore sa passion, la faisant trembler de désir. Alors seulement il la souleva et l'assit sur son sexe gorgé de passion. Et, emportés dans l'explosion d'un plaisir foudroyant, ils vibrèrent à l'unisson.

Stella retomba entre ses bras, alanguie, les paupières closes, exténuée par cette explosion merveilleuse. Elle n'eût pas trouvé une once d'énergie pour se défendre si sa vie avait été en danger.

Damon la porta dans ses bras jusqu'à la caverne, où il la coucha dans le hamac avant de l'y rejoindre, l'abreuvant de caresses et de mots tendres avant de lui démontrer comment s'adonner aux jeux de l'amour au creux de ce nid mouvant.

27

Ils passèrent le plus clair de leur temps à explorer le minuscule îlot inondé de soleil, arpentant la grève, ramassant des coquillages. Ils se nourrissaient de bananes, de noix de coco et, dans cette nature magnifique, ils se délectaient de cette solitude à deux.

Au matin du premier jour, quand ils regagnèrent leur clairière, ils eurent la surprise de tomber sur un groupe de flamants roses qui se désaltéraient à la source. Plus que jamais décidée à en attraper un, Stella s'avança le plus discrètement qu'elle put vers le bassin.

— Viens m'aider, au lieu de rire, intima-t-elle tout bas à Damon.

Affalé à l'entrée de la caverne, celui-ci mâchonnait un brin d'herbe en l'observant nonchalamment. Il fit non de la tête en l'encourageant d'un geste à continuer. Pestant intérieurement contre les maris paresseux, elle progressa pouce par pouce vers le plan d'eau et parvint à s'approcher des flamants à les toucher. Mais les échassiers eurent tôt fait de s'affoler et de s'envoler. Stella, bondissant sur le plus proche, ne réussit qu'à lui arracher une plume avant de s'étaler dans le bassin, d'où Damon la tira obligeamment. Découragée, Stella ne renouvela pas sa tentative.

Le lendemain, entre deux étreintes passionnées, Damon lui apprit à faire la planche et parvint même à lui faire nager quelques brasses. Si ces leçons ne l'avaient pas menée infailliblement dans les bras de son maître nageur préféré, nul doute qu'elle eût accompli davantage de progrès.

Le dernier jour, ils se réveillèrent sous un soleil éclatant et avec la nette impression qu'ils n'étaient plus seuls sur l'île. Ils crurent à une intuition injustifiée jusqu'au moment où, charriées par la brise marine et dominant le froissement léger des palmes, des voix se firent entendre. Alors seulement ils constatèrent que le caquetage des oiseaux avait cédé la place à un silence irréel.

— Nathaniel? murmura Stella, l'air sceptique.

— Ça m'étonnerait, lâcha Damon en se glissant à bas du hamac avant de l'en sortir à son tour. Habille-toi. Vite! Et surtout, pas un bruit.

— Et toi? s'inquiéta-t-elle.

Pour ce bref retour à la nature, Damon n'avait pas jugé nécessaire d'emporter ses vêtements invisibles, qui, lavés de frais, devaient être en train de sécher dans sa cabine.

— J'ai l'avantage sur les intrus, dit-il, saisissant son sabre et son coutelas, invisibles eux aussi. Pour éviter d'être repérée, cache-toi dans les fourrés pendant que je pars en reconnaissance.

Il l'aida à rassembler ustensiles et sacs de provisions qu'il dissimula au milieu des buissons avant de cacher Stella à l'abri d'un gros palmier.

— Ne bronche pas, même si tu entends des bruits. Ne bouge pas de là avant que je t'aie signalé que la voie est libre.

Il posa un baiser sur ses lèvres douces et frémissantes puis s'éloigna, silencieux comme un spectre.

Les voix venaient de la plage, non loin du bouquet de palmiers où Damon avait caché le canot. En s'en rapprochant, il eut le soulagement de constater que la mer et le vent avaient effacé leurs empreintes.

A la lisière des arbres, sur la plage, il finit par distinguer deux hommes — des pirates, et pas n'importe lesquels ! A sa grande stupeur, il reconnut Barbe-Noire et l'un de ses comparses. A leurs pieds se trouvait un large coffre de marin, apparemment fort lourd puisqu'il s'enfonçait dans le sable.

« Ha, ha ! le rusé renard vient enterrer une partie de son fameux trésor ! Et juste sous mes yeux ! Quel coup de chance ! jubila Damon. »

Il riait toujours en silence quand les deux compères traînèrent le coffre au pied d'un gros palmier. Ce fut le matelot qui prit la pelle et creusa le sable jusqu'à ce que Barbe-Noire, satisfait de sa profondeur, lui donne un coup de main pour y descendre le coffre.

Le matelot reprit alors la pelle pour remblayer la fosse. Cassé en deux pour exécuter la besogne, il ne vit pas Barbe-Noire élever son sabre au-dessus de lui pour le lui enfoncer jusqu'à la garde entre les omoplates. Il mourut sans un cri. Et la fosse servit de tombe en même temps que de coffre-fort.

Profondément choqué, Damon ne se retint de venger l'infortuné matelot que pour ne pas mettre en danger la vie de Stella.

On savait que Barbe-Noire gardait jalousement le secret des cachettes où il dissimulait ses richesses volées. Son homme d'équipage, sûrement au fait de cette habitude, venait de payer sa cupidité de sa vie.

Le gredin eut tôt fait de tasser le sable pour effacer toute trace de la fosse. Au bout d'une heure, la brise marine aurait nivelé le terrain. Les poings sur les hanches, Barbe-Noire, riant à gorge déployée, beugla :

— Repose en paix, Stimmons. Garde bien mon trésor, espèce d'abruti !

Puis, s'étant assuré par un coup d'œil circulaire que rien ne bougeait dans les parages, il repartit d'un pas décidé vers son canot et s'éloigna à la rame pour rejoindre le navire qui mouillait certainement aux abords d'une autre île, la plus lointaine possible.

Damon eût donné cher pour voir le visage du pirate se décomposer quand, revenant déterrer son butin volé, il ne retrouverait que les ossements de Stimmons… et, qui sait ? un mot de remerciement de l'impitoyable démon invisible qui le persécutait sans relâche !

Damon retourna à la clairière annoncer à Stella qu'elle pouvait quitter sa cachette, les intrus étant repartis. L'air de mystère qu'il arborait en la rassurant ne lui échappa guère et, intriguée, elle tenta par maintes câlineries de lui soutirer des explications.

— Qui vivra verra, se borna-t-il à répondre.

Bien qu'il n'y eût plus rien à redouter, Damon jugea préférable qu'ils demeurassent dans la grotte en attendant le retour du *Mirage*, pour parer à toute éventualité. Et quand l'heure arriva de charger leurs effets dans le canot, il recommanda à Stella de ne pas bouger de la clairière.

Elle ne se fit pas prier, trop heureuse de profiter le plus longtemps possible de ce paradis où elle avait connu tant d'heures de bonheur. Quand il fallut enfin embarquer sur le canot, c'est les larmes aux yeux qu'elle vit s'éloigner le cadre paradisiaque de leur lune de miel. Toute à sa nostalgie, elle ne remarqua pas que l'esquif était plus chargé qu'à l'aller et que sacs et tapis formaient un tas bien haut. Pas plus qu'elle ne s'étonna de ce que Damon tienne à décharger lui-même les bagages qu'il porta directement à sa cabine.

Peu après, il la conduisait à leurs quartiers. Verrouillant la porte, il lui désigna d'un geste ample un coffre qui trônait au centre de la pièce.

— Prépare-toi au choc de ta vie, ma chérie. Tu vas recevoir un cadeau de mariage à rendre une reine jalouse !

La serrure étant déjà brisée, Damon souleva le couvercle, éclatant d'un rire ravi devant l'ébahissement qui se peignit sur le visage de son épouse, laquelle n'en croyait manifestement pas ses yeux. Ce devait être un rêve, un mirage, ce coffre débordant de pièces d'or et de pierres précieuses !

— Mon Dieu ! Quelle merveille ! s'extasia-t-elle, croisant les mains sur sa poitrine. Ces pierres sont-elles véritables ?

— Oui, mon amour. Ce que tu vois là n'est autre qu'une bonne partie du trésor secret de Barbe-Noire. C'est lui qui est venu sur l'île, ce matin, pour l'enterrer. Et maintenant, tout cela t'appartient.

Stella se laissa tomber à genoux et plongea les bras dans l'amoncellement de joyaux. Elle les retira ruisselants de colliers de perles, de pierreries, de bagues, de pièces d'or et d'argent — un véritable arc-en-ciel scintillant, et pour la première fois elle comprit ce qui pouvait inciter d'honnêtes gens à se transformer en bandits de grands chemins, en pirates, à escalader des montagnes, à se frayer un passage à coups de machette dans des jungles sauvages, à plonger dans les entrailles de la terre — l'espoir de rapporter ces fabuleuses richesses. Au départ dictée par la simple cupidité, cette démarche s'amplifiait jusqu'à la folie, prenant même parfois la dimension d'une quête mystique, éveillant une fièvre impitoyable que seule une prise mirifique avait des chances d'apaiser.

— Cette fortune nous appartient-elle vraiment, Damon ? Je n'arrive pas à le croire ! Il y a dans ce coffre plus de richesses réunies que dans tout le pays !

— Peut-être pas tant, mais presque... Impressionnant, pas vrai ? Ah, ce que j'aimerais voir la tête de Barbe-Noire quand il ne trouvera plus rien dans son trou ! Il en perdra la raison.

— Que va-t-on en faire ?

— Ce qui nous fera plaisir. Nous bâtir une, deux, trois somptueuses demeures où bon te semblera ; fonder notre propre compagnie maritime, pour rassurer Rogers. Et puis nous pourrions exaucer ton vœu de courir le monde. Tout nous est possible, à présent !

— Damon, quel bonheur ! La prudence conseillerait toutefois d'en garder une partie pour l'investir en prévision de l'avenir. Et j'espère bien que tu en feras profiter ceux de tes marins qui se sont fait gracier pour les aider à repartir dans la vie.

— Oui, Stella, j'y veillerai, qu'ils décident de

continuer à travailler pour moi ou non. Nous en avons vu de toutes les couleurs, eux et moi, et ça me fendrait le cœur de les voir me quitter les poches vides.

A son tour, il plongea les mains dans le trésor amoncelé et en retira un diadème dont il couronna sa jeune épouse. Lui tendant la main pour la relever, il l'étreignit en lui susurrant à l'oreille :

— Sais-tu que j'ai toujours eu envie de faire l'amour avec une reine ligotée ? Tu veux bien jouer le rôle, le temps d'un rêve ?

Stella joua les prisonnières à la perfection. Quand Damon l'eut dévêtue, elle livra son corps nu aux chaînes d'or et d'argent. Sa chair rosie de fièvre frissonna quand il la couvrit de colliers et de bracelets de saphirs, d'émeraudes, de rubis, de diamants. Et elle faillit éclater de rire quand il lui inséra une topaze éblouissante dans le nombril. Enfin, s'écartant pour admirer son odalisque ainsi parée, Damon se déshabilla.

Le regard fou de désir, il puisa dans le trésor un long sautoir de perles.

— Sais-tu que leur orient resplendit quand les perles se réchauffent à la chair d'une femme ? Vérifions cette théorie, ma chérie.

Lentement, pour mieux l'exciter, il fit rouler les perles autour de ses seins, le long de son ventre tressaillant, les glissa entre ses cuisses puis les remonta en un tendre va-et-vient. Cette caresse indécente, passant et repassant sur son antre secret, poussa la jeune femme au paroxysme du désir.

— Damon, je t'en supplie, aime-moi ! supplia-t-elle, égarée.

Avec une virile arrogance, il l'amena violemment à l'extase. Puis il s'unit à elle plus calmement, lui donnant à nouveau un fulgurant bonheur dont les palpitations décuplèrent le sien.

— Quelle fougue dans la passion, mon adorable Stella ! la complimenta-t-il, son front moite reposant au creux de l'épaule de son épouse. Tu es sans conteste la reine de mon cœur.

Certificats d'amnistie en poche, ils voguaient vers Charleston et l'univers familier de Stella. Fait étrange, pourtant, la jeune femme voyait désormais sa vie en Caroline comme un rêve lointain qu'une autre qu'elle aurait vécu, un siècle auparavant, tant le voyage avait été fertile en rebondissements. Au point que, s'il n'y avait pas eu sa mère, elle aurait peut-être fui cette existence trop sage, trop étriquée.

Elle ressentait désormais le même bonheur que Damon à se trouver en pleine mer, quand la brise jouait dans ses cheveux, que soleil et embruns lui caressaient le visage, l'éveillant à une incroyable sensation de liberté. A perte de vue on n'apercevait que les vagues, roulantes et écumantes. La nuit, les constellations au centre desquelles trônait une lune majestueuse semblaient à portée de main. Chaque matin et chaque soir le soleil offrait un spectacle à couper le souffle, irradiant de lumière dorée.

— Quel dommage que nous ne puissions rester ici, en plein océan, confia-t-elle à Damon un soir qu'il la tenait entre ses bras et contemplait avec elle l'ascension de la lune dans le ciel indigo. Naviguer sans fin, juste toi et moi... Crois-tu que ce serait possible ?

— On peut toujours rêver, ma chérie. Mais ça ne nous assurerait pas notre pain quotidien.

— Le trésor ne nous suffirait-il pas ?

— Si, mais il faut aussi savoir qu'une frégate de cette taille a besoin d'un équipage. Nous ne pourrions donc vivre en tête à tête. Il faudrait accoster pour pourvoir au ravitaillement et donner quartier libre aux matelots. Sans oublier que tu ne tarderais pas à te languir de ta mère, et me rebattrais les oreilles de tes lamentations.

— Des lamentations ! Ce n'est pas mon genre ! s'indigna-t-elle.

— Et si tu devais avoir un bébé, tu n'éprouverais pas le besoin de te retrouver auprès de ta mère ?

— Evidemment, un navire, ce n'est pas le cadre idéal pour élever un enfant, convint-elle. Surtout que je tiens à en avoir plusieurs. Et toi, Damon ?

— Oui, ma douce épouse. J'aimerais tant avoir une petite fille aux jambes interminables, aux yeux turquoise comme la mer et aux cheveux bruns, sans oublier les taches de rousseur et la bouche boudeuse de sa mère !

Stella lui donna un bon coup de coude dans les côtes et s'insurgea :

— Libre à toi, mais moi, c'est un garçonnet aux boucles d'or et aux yeux noirs, arrogant comme son père, que je veux !

— Que dirais-tu de hâter la fabrication ? Je ne tiens pas à ce qu'on raconte que je n'ai pas satisfait tous tes caprices.

Et, l'enlevant dans ses bras, il s'enfonça dans le ventre du navire pour retrouver la délicieuse intimité de leur cabine.

28

Un matin de très bonne heure, ils abordèrent à Charleston et trouvèrent le port et la ville aussi paisibles qu'ils les avaient quittés un mois auparavant.

L'atmosphère changea quand ils eurent franchi le seuil de la demeure de Mme Winters. Celle-ci, encore en chemise de nuit, dévala l'escalier pour venir à leur rencontre. A quelques marches du rez-de-chaussée, elle ralentit brusquement, tandis que sur son visage l'angoisse le disputait à l'espoir.

Il fallut le bon sourire de Nathaniel qui courut l'étreindre avec fougue pour la rassurer.

— On a obtenu la grâce du roi, Jane, ma mie ! s'écria-t-il. Décide vite de la date, et je cours prévenir le pasteur !

Les traits de Jane retrouvèrent à ces mots une insolite tristesse, tandis qu'elle s'écartait pour annoncer, les larmes aux yeux :

— Nathaniel, mon bon, quand tu apprendras la nouvelle, tu changeras peut-être d'avis... Mais j'espère de tout cœur que celle-ci ne te mettra pas dans tous tes états...

Les trois autres se rembrunirent, se préparant au pire. Jane hésita, se mordillant nerveusement la lèvre comme le faisait souvent Stella.

— Parle, Jane. A nous quatre, nous trouverons peut-être moyen de remédier à cette catastrophe.

Dans un sanglot, Jane lâcha :

— Eh bien... ce n'était absolument pas prévu... Nathaniel, nous attendons un enfant.

Les arrivants en restèrent pétrifiés. Jane attendit, pâle comme un linge, jusqu'à ce que, enfin, Nathaniel eût recouvré l'usage de la parole et s'exclamât d'une voix de fausset :

— Un... un enfant ? Je vais être papa ?

Jane acquiesça en se tordant les mains.

— Je sais que ça fait un choc. C'est comme ça que je l'ai ressenti. Ce n'est pas trop rude pour toi ?

Nathaniel secoua bien fort la tête, comme pour s'éclaircir les idées, puis un coassement lui échappa, suivi d'un sourire rayonnant qui illumina son visage buriné.

— Saperlipopette, Jane ! Moi papa ! C'est pas Dieu possible ! Tu m'aurais pas fait plus plaisir si tu m'avais annoncé qu'on voulait me couronner roi d'Angleterre. Comment ? Quand ?

Il la fit tournoyer dans ses bras, puis sema une pluie de baisers sur son visage, si bien que Jane, tout étourdie mais soulagée, éclata de rire à travers ses larmes.

— Tu sais très bien comment, petit polisson ! Quant à la naissance, d'après mes calculs, le bébé devrait arriver vers le mois d'avril. Ah, comme je suis contente que tu accueilles ta future paternité avec autant d'enthousiasme !

— Et comment ! Oh, Jane, ma douce, on va former une vraie famille, toi, moi, le bébé, Stella et Damon ! Parce que nous aussi, on a des nouvelles. Tu peux saluer ton gendre : Stella et Damon se sont mariés à Nouvelle-Providence.

Rayonnante de joie, Jane s'arracha aux bras de Nathaniel pour serrer sa fille sur son cœur.

— Je suis tellement heureuse pour vous deux,

Stella ! J'ai espéré, prié pour que les sentiments l'emportent entre vous, malgré les complications qui jalonnent votre route. Quant à vous, Damon, ai-je raison de supposer que, grâce à ses efforts acharnés, ma fille a réussi à vous convaincre de demander la grâce du roi ?

Damon serra la main gracile qu'elle lui tendait, confirmant :

— En effet, elle a recouru à toutes les ruses imaginables, et j'ai fini par m'incliner. Maintenant, je parie que nous ne tarderons plus à fonder une famille, nous aussi, puisque Nathaniel et vous nous montrez la voie ! Félicitations, madame !

— Appelez-moi Jane, s'il vous plaît. Pas de cérémonies, entre nous.

Se tournant vers Stella qui n'avait pas dit un mot, Mme Winters lui trouva le regard passablement égaré.

— Ma pauvre chérie, nous t'avons choquée à ce point ? soupira-t-elle, conduisant tendrement sa fille vers un fauteuil. Tu ne vas quand même pas avoir un malaise alors que c'est moi qui suis enceinte !

Stella se laissa conduire au salon par ses trois compagnons fort inquiets et, une fois installée confortablement, poussa un gros soupir et fit d'une voix plaintive :

— Qui aurait pu prévoir une chose pareille ? Maman, es-tu sûre que... Comment est-ce possible ? Je suis... Tu es...

— Si tu oses mentionner mon âge, je te promets une bonne fessée ! fit sa mère avec tendresse. Sache, ma fille, que j'ai quarante ans à peine, que je ne suis pas mûre pour la tombe ni trop âgée pour concevoir, comme la nature vient de me le prouver. Quoique imprévue, cette grossesse n'a rien d'un prodige.

— Est-ce vraiment prudent d'avoir un enfant maintenant, après ta longue maladie ?

— Aucune inquiétude à vous faire sur ce point : je me sens une santé de cheval, assura-t-elle à la ronde. Mon incapacité à marcher venait surtout de la tête. Je me réjouis d'avoir un enfant, moi qui ai toujours déploré de ne pas t'avoir donné de petit frère ou de petite sœur. Au lieu de grandir avec toi, ce petit-là grandira peut-être avec tes enfants.

— Je suis folle de joie pour toi, maman, sincèrement. Simplement cet événement prend tout le monde par surprise.

— Et moi donc ! Imagine un peu ma stupeur quand j'ai commencé à le soupçonner ! Vous partis, à qui me confier ? Le Tout-Charleston va crier au scandale, quand cela se saura ; surtout quand l'enfant naîtra avant terme... Quoique, après tout, l'excuse de l'âge pourra expliquer cette naissance un peu précoce.

Nathaniel ouvrit des yeux horrifiés et s'exclama :

— Bon sang, Jane, il faut mettre la main sur un pasteur, et tout de suite ! Pas question que mon fiston, il naisse illégitime, ni qu'on colporte des ragots sur son compte.

— Ah, c'est bien d'un homme, ça ! fit Jane en secouant la tête. On lui apprend qu'il va être père, et le voilà persuadé d'avoir un garçon !

— Damon, lui, veut une fille, fit Stella en croisant le regard de son mari avant de se relever pour embrasser sa mère. Après tant d'années, je n'arrive pas à croire que je vais avoir un petit frère... ou une petite sœur. C'est un vrai mi... racle, dit-elle d'une voix soudain affaiblie.

Elle se raccrocha à sa mère pour lutter contre le vertige qui l'assaillit. Prise d'éblouissements, elle se sentit soudain emportée dans un gouffre vertigineux.

— Damon ? appela-t-elle, tendant les mains vers son mari.

Sentant sa fille tituber, Jane la poussa vite dans les bras de Damon, ordonnant :

— Asseyez-la et faites-lui mettre la tête entre ses genoux.

Damon s'exécuta. Stella était livide.

— Respire à fond, ma chérie, dit-il. Là, c'est bien. Laisse-toi aller, ça va passer.

Le monde cessa graduellement de tourner mais quand elle reprit ses esprits, ce fut pour porter en hâte la main à sa bouche et essayer de se relever. Jane comprit. Elle empoigna le vase le plus proche, jeta les fleurs par terre pour en placer l'orifice sous le nez de sa fille.

— On dirait bien que toutes nos prières ont été exaucées d'un coup ! Deux femmes enceintes et deux futurs pères inexpérimentés sous le même toit, ça promet ! s'exclama-t-elle.

Malgré les restrictions que lui imposait son invisibilité, Damon fit son possible pour abattre le plus de besogne possible pour laisser Stella se reposer. Son épouse était d'ailleurs souvent souffrante, sujette comme sa mère à des vomissements et à des vertiges. Jane avait vu juste : sa fille attendait elle aussi un enfant, mais pour juin.

Vu les circonstances, Damon décida de ne se

lancer à la poursuite de Swift qu'après la naissance des bébés, car il ne voulait ni quitter sa femme ni manquer l'événement que constituerait la venue au monde de son premier-né. Et puis, d'ici là, il avait amplement de quoi s'occuper, à Charleston.

En échange des services que Damon lui rendait aux entrepôts, Nathaniel l'aida à trouver un bureau sur le port. Son ami comptait en effet, en collaboration avec lui, ouvrir une compagnie de transport maritime. Les deux navires et une bonne partie de leur ancien équipage constituaient déjà une bonne base de départ. En attendant d'acheter d'autres navires avec le trésor, Damon s'attaqua à la réparation de la *Dame Anise*, dont Swift n'avait pris aucun soin. Une fois remise à neuf, il réenregistrerait le bateau sous le nom de la *Sirène*, et avec le *Mirage*, tous deux commenceraient à transporter les marchandises stockées dans les entrepôts Winters-Hancock.

Ainsi naquit la société Kanecock. Une nouvelle vie commençait pour les pirates reconvertis.

Les Entrepôts Winters avaient déjà une solide clientèle. Les réparations effectuées sur la *Sirène* éblouirent d'autres armateurs, qui submergèrent Damon de commandes, ce qui provoqua l'hilarité de Stella :

— Pour un homme qui considérait la flibuste comme le moyen le plus facile de faire fortune, tu as vite fait de prouver le contraire ! Tu as maintenant trois professions fort rentables, au point que, si la croissance continue, tu ne tarderas pas à devenir propriétaire de la moitié de la ville.

Damon se rengorgea et confia à son épouse une autre de ses aspirations :

— Je suis en train de réfléchir à la construction d'une grande maison où on louerait des chambres aux marins qui travaillent pour nous. Pour le moment, ils sont éparpillés dans toute la ville, logent en meublé, parfois dans des conditions lamentables, étant donné la pénurie de logements. Ils ont besoin d'un endroit décent où habiter et d'une restauration convenable à des prix abordables, si l'on ne veut pas les voir retourner au brigandage, découragés par des conditions de vie aussi médiocres.

— Une entreprise de plus en perspective... Pourquoi ne pas monter ta propre affaire de maçonnerie ? De là, si tu trouves le bois de charpente trop cher, tu monteras une scierie, un commerce de détail du bois, et qui sait quand je te reverrai ? J'ai de la chance que tu m'aies fait un enfant, parce que tu vas être bientôt trop occupé et trop épuisé pour me faire l'amour ! A peine mariée, me voilà en voie d'être abandonnée par mon ambitieux époux ! plaisanta-t-elle.

Damon prit ses lamentations au pied de la lettre et, la couchant sur le lit, l'étouffa de baisers.

— Impertinente petite diablesse lubrique ! gronda-t-il, si jamais je manque au devoir conjugal, tu auras la permission de me rouer de coups. En attendant, oublie tes frustrations imaginaires et applique-toi à panser la blessure d'orgueil que m'a infligée ta langue acérée.

— Quelle blessure ? demanda-t-elle, se frottant à lui en pouffant de rire.

— Regarde combien elle est enflée, s'esclaffa-t-il en baissant le regard et, guidant la main de Stella vers son pantalon, il se laissa déshabiller avant de l'honorer avec passion.

A l'instar de bien des futurs pères, Damon et Nathaniel montraient quelques réticences au lit, craignant pour le bébé à naître. Jane dut puiser dans son expérience pour apaiser leurs craintes. Avec toute la délicatesse d'une dame bien élevée, elle leur fournit des explications précises, et trouva hilarant de voir ces deux costauds dont les noms semaient encore l'épouvante sur les mers bégayer, bredouiller et rougir comme deux gamins.

Pendant que leurs maris travaillaient à l'extérieur, les deux femmes sortaient leurs paniers à couture. Elles ne tarderaient pas à avoir besoin d'une garde-robe plus appropriée à leur taille ronde. Il fallait aussi un stock de langes, brassières, couvertures de bébé, bonnets et chaussons. On descendit du grenier le berceau qui avait servi à Stella et on en changea le matelas. Une fois épousseté, il servirait au bébé de Jane. Quant à celui de Stella, Damon lui fabriquerait un moïse.

Depuis le retour de Nouvelle-Providence et après le mariage précipité de Jane et Nathaniel, les deux couples logeaient sous le même toit, arrangement bien pratique puisque tous quatre s'entendaient comme larrons en foire. En revanche, quand ils se séparaient pour retrouver l'intimité de leurs chambres respectives et que Stella entendait grincer les lits, que ce fût dans sa chambre ou de l'autre côté du couloir, elle éprouvait une certaine gêne. Et puis, si les Kane continuaient à habiter là, comment cacher constamment à Dora que Damon était par moments invisible ?

Celui-ci décida donc d'acquérir une maison. La vétusté et l'insalubrité de celles qui se trouvaient sur le marché le contraignirent à se lancer plus tôt que prévu dans la construction.

Damon dessina lui-même le plan de leur future demeure, avant d'envoyer quérir les meilleurs matériaux : soit dans d'autres colonies, soit même dans la lointaine Angleterre. Ses exigences étaient précises. Il voulait des murs en pierre, assez solides pour résister aux cyclones, ouragans et incendies, et souhaitait munir le porche et la galerie qui courraient sur le pourtour de sa future résidence de garde-fous en fer forgé. Il avait également prévu un puits et une cave. Et une fois que les portes, les fenêtres, les cheminées et le parquet auraient été installés, il lui faudrait se procurer le mobilier nécessaire pour meubler la dizaine de pièces qu'il avait prévues.

Devant le travail de titan qui l'attendait, Damon s'étonna d'avoir pu penser un seul instant qu'à terre ne l'attendait que l'ennui.

29

Ils n'étaient pas rentrés de Nouvelle-Providence depuis un mois qu'un beau matin, des navires pirates se profilèrent à l'entrée du port de Charleston. Le souvenir de l'abominable carnage perpétré par Barbe-Noire était encore présent dans toutes les mémoires. Lassés d'être régulièrement à la merci de ces féroces hors-la-loi, les habitants de la ville étaient fermement décidés à se débarrasser une fois pour toutes de ce fléau.

Leur amnistie trop récente et la sympathie

qu'ils éprouvaient toujours vis-à-vis de leurs ex-collègues leur faisaient apprécier de pouvoir laisser d'autres qu'eux régler le problème. Ils avaient identifié le vaisseau de tête comme appartenant à Steed Bonnet, pirate avec lequel ils avaient, par le passé, eu l'occasion de s'associer pour quelques expéditions. Si ses pillages en mer l'avaient rendu célèbre, Bonnet n'avait rien de sanguinaire ni de vindicatif. Il s'attaquait essentiellement aux vaisseaux marchands, rarement aux simples voyageurs, si bien que Damon ne redoutait pas grand-chose de celui qu'on surnommait le « pirate gentilhomme ».

Les premières heures suivant leur débarquement furent des plus calmes. Les boucaniers ne semblaient désireux que de se réapprovisionner avant de repartir vaquer à leurs affaires.

Mais ces apparences étaient trompeuses. Profitant de leur position privilégiée à l'entrée du port, les pirates se mirent soudain à canonner les navires qui y entraient et en sortaient. Une pluie de boulets se déchaîna, nappant le port d'une fumée si dense que les bateaux se percutaient, faute de visibilité.

Plusieurs vaisseaux marchands furent pris d'assaut, leurs ponts transformés en champs de bataille sanglants. Il y eut des blessés dans les deux camps. Finalement, les brigands arraisonnèrent deux des plus beaux bâtiments, transbordèrent les hommes d'équipage dans des canots et les renvoyèrent à terre. Après avoir délesté de leur cargaison quelques navires, ils les sabordèrent afin de les empêcher de leur donner la chasse.

Depuis le dock, Nathaniel et Damon suivaient la bataille, sans songer un seul instant à participer à un combat qui ne les concernait pas et eût risqué en outre de faire annuler leur grâce.

C'est alors que les assaillants décidèrent de s'attaquer aux bâtiments ancrés à l'intérieur du port.

Lorsque la *Sirène* fut touchée, les deux amis, fous de rage, se trouvèrent entraînés contre leur gré dans la bagarre. Il ne serait pas dit qu'ils laisseraient saborder leurs vaisseaux sans réagir! Surtout par Steed Bonnet. La *Sirène* n'était peut-être pas un excellent navire, elle n'en constituait pas moins, avec le *Mirage*, l'amorce de leur flotte marchande. Ils ne regarderaient pas le fruit de leurs efforts partir en fumée les bras croisés!

— Par les feux de l'enfer! rugit Damon. Malgré toutes nos bonnes intentions, nous ne pouvons plus rester neutres! Fais appareiller le *Mirage*, mon vieux Nate! Nous allons courir sus à ces fripouilles.

— Cap'taine, à cette heure le *Mirage* vogue en direction de Boston pour livrer de la marchandise. Il ne sera pas de retour avant une quinzaine. On est coincés à terre comme des baleines échouées.

— Un bateau en course, l'autre la coque percée! Ah! le moment est bien choisi! pesta Damon en se passant les doigts dans les cheveux d'un air exaspéré. Je te jure qu'au retour de la frégate, on saute à bord et on se lance à la poursuite de cette crapule de Bonnet!

Il apparut bientôt que nombre de négociants et d'armateurs, assoiffés de vengeance, se rassemblaient sous le commandement du colonel William Rhett pour armer deux sloops et rassembler un équipage afin de pourchasser les pirates.

Le *Mirage* revint la veille du départ de cette expédition punitive. Damon et ses hommes passèrent la nuit à décharger la cargaison et à embarquer des vivres, avant de rallier la flotte du colonel, ravi de ce renfort :

— Votre aide nous sera d'un grand secours, dit-il à Damon, ajoutant, malgré la présence de Stella qui donnait le bras à son mari : A vrai dire, je ne croyais pas trop à votre conversion. Je suis heureux de voir qu'elle était sincère. La présence d'un homme de votre envergure à nos côtés n'a pas de prix.

Damon se garda d'avouer ce qui l'avait décidé à passer à l'action. Jouer les héros favoriserait son intégration et celle de ses hommes au sein de la population de Charleston.

Parfaitement consciente de ne pouvoir prendre part à cette équipée, Stella ne s'en sentait pas moins déçue. Et elle avait beau savoir Damon de taille à affronter l'ennemi, tant qu'il ne serait pas rentré sain et sauf, elle ne pourrait s'empêcher de se ronger les sangs. D'autant qu'il avait décidé d'affronter l'ennemi masqué, et sous son déguisement de redresseur de torts !

Avant son départ, Stella tint à offrir à son mari un souvenir de nature à lui donner envie de rentrer au plus vite. Quand il rentra à la maison, aux premières lueurs de l'aube, exténué, et se glissa en hâte entre les draps, Stella le fit rouler sur le ventre.

— Détends-toi, mon chéri. J'ai un remède pour guérir les courbatures, murmura-t-elle.

Il était presque assoupi quand elle commença à lui masser le dos avec de l'huile tiède. Nue elle aussi, elle passa les jambes autour de ses hanches et continua de faire pénétrer le liquide dans sa peau, réchauffant ses muscles endoloris, et accueillit avec joie son grognement de bien-être.

Quand elle lui pétrit avec le même amour les fesses et les cuisses, il eut un rire étouffé :

— Je suis épuisé, mais pas encore mort, chérie. Alors ne commence pas quelque chose que tu n'aurais pas l'intention de terminer.

— Rassure-toi : je n'en suis même pas à la moitié de ma tâche, lui garantit-elle.

Quelques minutes plus tard, elle le faisait rouler sur le dos et s'attaquait à son torse, à ses épaules et à ses reins.

— Stella, c'est divin ! soupira-t-il avec extase. Tu devrais faire ça plus souvent.

Un rire sensuel échappa à son épouse, dont les doigts descendirent un peu, transformant le massage en incitation au péché.

— J'ai un certain nombre de cordes à mon arc, mon chéri. En souhaites-tu la démonstration ?

— Oh, oui, s'il te plaît, fit-il, entrouvrant les paupières pour lui couler un regard sombre et ardent.

Sous l'ardeur de la volupté, leurs corps enlacés ne tardèrent pas à se couvrir de sueur. Enfin, Stella se glissa sur lui et, toute lassitude oubliée, ils s'aimèrent avec aisance, lenteur, avec toute la douceur presque éthérée d'un rêve érotique parfait. Ainsi unis, ils glissèrent ensemble du plaisir au sommeil.

Le *Mirage* et les deux sloops de Rhett quittèrent enfin le port, toutes voiles dehors. Steed Bonnet opérant essentiellement au large de la Caroline,

Damon espérait bien lui mettre rapidement la main dessus et lui régler son compte. Mettant cap au sud, ils passèrent au crible la moindre île, la moindre baie, le moindre bras de mer, récif ou estuaire, sans trouver trace de Bonnet et des deux navires dont il s'était emparé. Déçus mais nullement découragés, ils remirent cap au nord, s'arrêtant à Charleston, histoire de vérifier que le pirate n'avait pas eu le front d'y reparaître et continuèrent dans la même direction.

Pendant cinq jours ils fouillèrent minutieusement la côte. Au matin du sixième, leurs efforts furent récompensés : le vaisseau amiral de Bonnet mouillait à l'embouchure de la Cape Fear, flanqué des deux navires marchands arraisonnés. Selon toute apparence, le pirate avait l'intention de remettre en état sa flotte endommagée lors de l'attaque de Charleston.

Rhett engagea le sloop de tête dans l'estuaire du fleuve, tandis que le second restait un peu en arrière pour bloquer l'accès de la haute mer à Bonnet s'il tentait de ressortir.

Or, on était à marée basse, et Damon savait l'embouchure traîtresse par ses hauts-fonds et ses barres de sable. De la dunette du *Mirage*, il tenta d'avertir les deux sloops qu'ils risquaient de s'échouer s'ils persistaient à remonter la Cape Fear mais, dans la frénésie de l'action, nul ne prit garde à ses avertissements. Le sloop de Rhett parvint à se frayer un passage le long de la rive gauche, mais se trouva très vite ensablé, tandis que le capitaine du second navire vit son bateau dériver vers les hauts-fonds de la rive droite où il s'échoua. Seul *Le Mirage*, savamment guidé par Damon, parvint à esquiver les écueils.

Bonnet avait largement eu le temps de se rendre compte du danger. Il avait aussitôt levé l'ancre et tentait de se frayer un passage, non sans échanger quelques salves avec le *Mirage*. Mais son *Vengeur* finit lui aussi par s'échouer sur une barre de sable et il se trouva littéralement pris au piège entre le sloop de Rhett et le *Mirage* puisque les deux navires capturés à Charleston lui coupaient toute retraite.

Ces derniers, cependant, n'étaient pas immobilisés et se défendirent avec acharnement, tout en essayant de quitter la passe. Damon répondit à leurs tirs, faute de pouvoir pour l'instant prendre le *Vengeur* à l'abordage. Les bouches à feu tonnèrent, les mousquets crachèrent, les canons des tromblons chauffés à blanc vomirent des torrents de fumée épaisse. La bataille fit rage durant cinq heures interminables, dans une atmosphère saturée d'une âcre odeur de poudre.

Quand les hommes de Damon parvinrent enfin à forcer le barrage constitué par les deux navires prisonniers du pirate, la bataille se calma un peu, si bien que le capitaine put enfin décider de passer à l'abordage. Il divisa ses matelots en deux groupes qu'il envoya, sabre au clair, sur chacun des navires et, se lançant dans la mêlée, à l'épée, au corps à corps, il mena très vite ses hommes à la victoire.

Il constata alors que la marée montait rapidement dans l'estuaire. D'une minute à l'autre, les sloops de Rhett se désensableraient... ainsi que le *Vengeur* qui, seul à avoir la proue tournée vers l'océan, gagnerait le large dès qu'il se trouverait dégagé.

Il n'y avait pas un instant à perdre! Damon fit signe à Nathaniel d'arraisonner les deux navires repris au pirate, puis il ôta cagoule et vêtements. A la faveur de son invisibilité retrouvée, coutelas entre les dents, il plongea dans le fleuve et nagea jusqu'au *Vengeur* sur lequel il se hissa, à l'instant où le navire se remettait à voguer.

Bonnet, debout sur la dunette, hurlait des ordres à l'équipage, se réjouissant de sa bonne fortune. Damon y mit un bémol en lui collant son coutelas sur la gorge.

Le pirate riboula des yeux, cherchant vainement à distinguer son agresseur.

— Capitule, Steed. Rappelle tes hommes, rassemble-les au milieu du pont et ordonne-leur de se rendre dans le calme, si tu ne veux pas baigner bientôt dans ton sang.

Au même instant, le sloop de Rhett s'arrachait à son socle de sable et voguait droit sur le *Vengeur* dans l'intention de le prendre d'assaut. A sa vive surprise, le colonel eut la stupeur de voir un drapeau blanc monter au mât du navire pirate. Bonnet capitulait, il rendait les armes, se livrant avec une surprenante docilité. La bataille était gagnée.

Damon regagna son navire à la nage puis renfila son uniforme de pirate cagoulé et, une fois de plus, alla se présenter à son ancien collègue, que le colonel Rhett retenait prisonnier dans sa cabine :

— Tu as eu la sagesse de te rendre au moment opportun, Steed. Bravo ! fit-il, narquois.

Bonnet lui lança un regard soupçonneux avant de cracher :

— Cette voix, je la connais, mais pour mettre un nom dessus... Ote ton masque. Montre ta figure.

— Non, je ne peux pas encore te montrer mon visage, mais oui, tu me connais bien. On a vécu quelques belles aventures, toi et moi, et on a lampé plus d'une chopine ensemble. Tu n'as pas reconnu la *Reine des Mers*, malgré son nouveau nom et son nouveau pavillon ?

— Damon ? Damon Kane ?

— Lui-même.

— Sacrebleu ! Fallait le dire tout de suite ! Et pourquoi t'es du côté de ceux qui veulent me pendre, maintenant ? On est du même bord, Damon.

— On l'était, avant que tu ne troues la coque de ma frégate, dans le port de Charleston.

— Je te paierai la réparation si tu me laisses filer.

— Impossible, Steed. Le gouverneur Rogers me retirerait aussitôt la grâce royale que je viens d'obtenir.

Bonnet poussa un soupir.

— Ah, l'amnistie... J'y avais bien pensé... Maintenant, je regrette de ne pas m'être décidé à temps.

— Oui. Et sans Nathaniel et ma jeune épouse, je me trouverais dans d'aussi sales draps, moi aussi.

Quand on fouilla le navire de Bonnet, on découvrit une jeune femme enfermée dans sa cabine. La pauvre fille se trouvait dans un état pitoyable, à moitié folle de peur. Sa reconnaissance à l'égard de ses sauveteurs fut pathétique. Quelques semaines auparavant, Bonnet l'avait capturée pour la garder sur le *Vengeur* au service de ses plaisirs. Malade de honte, avilie, elle insista néanmoins pour qu'on la renvoie à sa famille, qui l'aimait et devait la croire morte.

Le récit des outrages subis par cette malheureuse balaya toute la pitié que Damon avait pu éprouver pour le pirate vaincu.

— Si tu n'avais pas réussi à empêcher Steed de reprendre la mer, cette pauvre petite n'aurait jamais vu la fin de son supplice, le félicita Nathaniel. Le colonel et ses hommes ont beau jeu de revendiquer sa libération. Sans toi, elle serait encore à la merci de ce monstre ! Je suis sacrément fier de toi, Damon ; et Stella ne manquera pas de l'être quand elle l'apprendra.

— Peuh ! je n'ai rien d'un héros, Nate, tu le sais bien...

— Oh, que si ! que cela te plaise ou pas. Dieu du ciel, Damon, si tu continues dans cette voie, tu seras bientôt bon pour la canonisation !

30

C'est sous les vivats de la population que le *Mirage* réintégra le port de Charleston à la suite de la flottille du colonel Rhett. En sa qualité de chef de l'expédition victorieuse, ce dernier recueillit évidemment la plus grosse part des éloges, ce que Stella trouva scandaleux. Quant à Damon, peu soucieux de gloriole, il se réjouissait de la reconnaissance ouverte que les habitants de la ville leur témoignaient, à lui et à ses hommes, et de se sentir désormais considéré comme un des leurs.

Les pirates attendraient en prison l'ouverture de leur procès, tandis que Bonnet et son chef de timonerie étaient consignés chez le chef de la maréchaussée.

Lorsque Damon interrogea Rhett sur cette

disposition pour le moins insolite, il s'entendit répondre :

— Certains des notables de la ville considèrent encore Bonnet comme un pirate gentilhomme, en dépit de ses récents méfaits. Jugement que je récuse. C'est que ce Bonnet est né dans une famille respectable ; c'est un homme cultivé, comparé à la racaille qui sillonne les mers, et, avant d'opter pour le métier de pirate, il possédait une plantation à la Barbade.

Damon ne put réprimer un rire sarcastique.

— Cette plantation, il l'a acquise par mariage, non par son travail. Et il a eu vite fait de laisser tomber l'une et l'autre pour se lancer dans la flibuste. Bien qu'il prétende avoir pris la mer pour fuir sa mégère d'épouse, je sais que sa seule motivation était de se remplir les poches rapidement et sans effort.

— Vous avez certainement raison et, entre nous, je n'ignore pas pourquoi ces gens-là plaident l'indulgence pour Bonnet. Ils ont par le passé fait affaire avec lui et ne veulent pas entendre leur nom sortir au procès. Je ne serais pas surpris que Bonnet réussisse à s'évader, par une nuit bien noire, avec l'aide de ceux dont l'image publique se trouverait compromise s'il donnait au juge sa version des faits.

L'étrange phénomène qui s'était amorcé après la libération des prisonniers de Barbe-Noire s'accentua : Damon restait visible de plus en plus longtemps, même lorsqu'il ne se trouvait plus en contact avec Stella. De quelques minutes, sa visibilité se prolongeait maintenant jusqu'à deux heures. Et quand il se sentait disparaître, il lui suffisait de se concentrer très fort pour contrer le phénomène ou d'effleurer la main ou la manche de son épouse pour le prolonger de deux bonnes heures.

Cette évolution fort encourageante augurait-elle une guérison totale ? Stella l'espérait de toutes ses forces car elle redoutait que l'enfant ne naisse affligé de la même invisibilité que son père. Malgré ses efforts, elle n'arrivait pas à se libérer de cette angoissante perspective.

— Mais, ma chérie, l'enfant naîtra parfaitement normal, pourvu de dix doigts et dix orteils, comme nous ! la rassurait Damon.

— D'accord, mais les verra-t-on, au moins ? Pis : si le pauvre petit se mettait à apparaître et à disparaître comme un courant d'air ?

— Ce serait mieux que de déployer une imagination aussi délirante que sa mère ! Enfin, voyons, ma pauvre Stella, tu vas finir par te rendre malade ! Je suis prêt à parier ma frégate que tu te mets dans tous tes états pour rien. Une future mère, c'est censé rester au calme, entretenir des pensées sereines, et non imaginer des monstruosités. Arrête donc tes sornettes…

— Ce sont plus que des sornettes ! Regarde-toi, Damon : tu es la preuve vivante que tout arrive, et notamment l'impossible.

— Moi je dis que tu t'obnubiles avec des bêtises. D'après ce que m'avait dit ta mère, c'était prévisible, car la grossesse accroît l'émotivité. Mais je croyais devoir m'attendre à des crises de larmes, non à de telles élucubrations.

Stella le fusilla du regard.

— Je te rappellerai tes paroles quand le bébé disparaîtra par à-coups ! Et nous verrons alors lequel de nous deux déraisonne !

Le temps filait. L'automne arriva presque à leur insu. La chaleur devint plus supportable, sans pour autant écarter la menace de cyclones tropicaux. Stella et Jane accueillirent ce changement avec soulagement. Stella se raccrochait avec espoir aux assurances de sa mère qui lui garantissait que vertiges et vomissements cesseraient au bout de quelques semaines. Malheureusement, sa taille fine ne serait alors plus qu'un souvenir.

Pour l'heure, elle s'émerveillait de voir sa poitrine s'épanouir et espérait conserver après l'accouchement cet atout qui semblait éblouir tout particulièrement Damon, dont la passion charnelle ne faisait que croître, rendant leurs étreintes plus passionnées de jour en jour.

Une troisième intrigue amoureuse se tramait dans la demeure des Winters, à laquelle Damon avait peine à croire : Zeus s'était pris d'une passion insensée pour le perroquet de Stella !

— Quelle aberration ! s'exclamait Damon. Zeus, amoureux de Bouteille de Rhum ?

Stella avait en effet baptisé ainsi son volatile, en raison d'un goût immodéré pour cet alcool qui le poussait à plonger souvent le bec dans les gobelets. Mais, plus étrange encore que sa prédilection pour le rhum et l'attirance que Zeus éprouvait à son endroit, le perroquet femelle était le seul, avec Damon, à distinguer le faucon invisible.

Cette situation amusait au plus haut point Stella. Damon, lui, doutait cependant que cet amour connût une conclusion heureuse.

— Bah, pourquoi pas? lui suggéra la jeune femme. Prends notre exemple: qui aurait pu prédire que nous formerions un couple aussi bien assorti?

— Il y a une différence, ma douce. Nous sommes de la même espèce; pas Zeus et Bouteille de Rhum. Ce qu'ils s'apprêtent à faire est contre nature.

— Monsieur mon mari, tu es bien mal placé pour porter un jugement aussi péremptoire! Serait-ce plus invraisemblable, après tout, que ta soudaine invisibilité? On te l'aurait prédite, tu aurais pensé cela impossible, mon cher.

— L'impossible, ce sont les femmes qui tiennent tête à leur mari, oui! conclut-il, ravi d'avoir le dernier mot.

Fin octobre, quelques jours avant l'ouverture du procès de Steed Bonnet, le pirate et son chef de timonerie parvinrent à s'évader au milieu de la nuit, conformément aux prédictions du colonel Rhett. Il ne faisait aucun doute que les gardes avaient été soudoyés pour fermer les yeux. Damon était également persuadé que, dès qu'ils auraient réuni l'équipage nécessaire, les deux hommes reviendraient récupérer le *Vengeur*.

Le gouverneur Philip, fou de rage, offrit immédiatement au colonel Rhett une forte récompense pour la capture, morts ou vifs, des fuyards. Hélas! les recherches se trouvèrent retardées par l'approche d'un violent grain.

Le temps se gâta graduellement, laissant augurer un ouragan. Aussi Nathaniel et Damon se hâtèrent-ils de rentrer les sièges du porche, de barricader portes et fenêtres et s'enfermer douillettement à l'intérieur, non sans avoir auparavant mis leurs bateaux le plus à l'abri possible.

Trois jours durant, le vent ulula, une pluie diluvienne battit la maison en violentes rafales qui secouaient les volets. Le tonnerre rugit comme un fauve enragé, au point que Dora redoutait de s'aventurer seule dans la cuisine, de peur d'être foudroyée, malgré les persiennes soigneusement calfeutrées. A l'aube du quatrième jour, quand l'ouragan finit par se calmer, tout le monde était sur les nerfs, à force d'insomnie et de réclusion forcée.

En milieu de matinée, on put enfin sortir faire le bilan des dégâts. Si la maison et l'étable demeuraient intactes, en revanche, le poulailler de Stella avait perdu son toit et bon nombre de canards et de poules s'étaient échappés ou avaient péri.

Quand les hommes descendirent aux docks pour se rendre compte de l'état des deux navires, ils trouvèrent le *Mirage*, ancré au milieu du port, intact. En revanche, la *Sirène*, restée dans le bassin, ne pourrait reprendre la mer qu'après de longues et laborieuses réparations, tant elle avait été violemment ballottée contre le quai.

— Ne vaudrait-il pas mieux la vendre au plus offrant et encaisser l'argent sans plus se tracasser, soupira Damon, découragé de voir tant de travail réduit à néant.

— Pour racheter un autre navire? Non, la *Sirène* est un bon petit bateau que nous aurons tôt fait de remettre en état, répliqua Nathaniel.

Ne t'en débarrasse pas, pour jeter ensuite ton argent en l'air en rachetant n'importe quel rafiot pourri.

La mer enfin calmée, on s'apprêtait à partir à la poursuite de Bonnet, quand deux nouveaux navires de pirates se profilèrent à l'entrée du port de Charleston. Les brigands s'apprêtaient-ils à mettre la ville à sac ? Steed Bonnet s'était-il joint à eux afin de récupérer son bateau abandonné dans le port et se venger ?

Pendant que les deux vaisseaux ennemis attendaient patiemment le téméraire navire marchand qui oserait leur passer sous le nez, les notables de Charleston mirent rapidement au point un plan d'attaque. Quatre bâtiments, dont le *Mirage*, furent rapidement armés de canons dissimulés sous des caisses et, ainsi clandestinement transformés en bâtiments de guerre, ils firent voile en formation serrée vers l'entrée du port.

Les pirates, totalement dupes de la ruse de leurs assaillants, n'hésitèrent pas à ouvrir le feu... et se heurtèrent immédiatement à un tir de barrage. Un de leurs bateaux, touché au-dessous de la ligne de flottaison, coula immédiatement. Son équipage, rapidement désarmé, fut arrêté sans difficulté.

Devant la tournure que prenaient les événements, le second bâtiment pirate s'enfuit vers le grand large, espérant parvenir à semer ses poursuivants. Tandis qu'il l'observait au bout de sa lorgnette, Damon reconnut à son bord l'abominable Swift.

Il donna aussitôt l'ordre de le pourchasser sans merci. Trois heures durant le *Mirage* fila le train au pirate, contraignant l'équipage à changer de cap à de nombreuses reprises jusqu'à ce que, enfin, les brigands soient contraints de virer de bord pour affronter leurs poursuivants. Une brève canonnade ne provoqua que peu de dégâts, tandis que les navires se plaçaient flanc contre flanc. De part et d'autre, on lança les grappins pour l'abordage. Damon porta aussitôt le combat à bord du navire de Swift, Nathaniel et ses matelots sur ses talons.

Swift l'attendait sur le gaillard d'arrière. A peine Damon — à l'abri de sa fameuse cagoule noire — et Nathaniel eurent-ils atterri devant lui qu'une demi-douzaine de ses hommes les encerclaient, pointant leur arme sur eux.

— Je t'avais bien dit qu'on se retrouverait ! ricana Swift.

— Que signifie ce déploiement de forces ? fit Damon en promenant autour de lui un regard dédaigneux. Ta blessure à l'épaule te tourmente-t-elle au point que tu as besoin que tes matelots me combattent à ta place ? Faut-il que tu me juges redoutable pour me faire cerner avant de m'achever !

Aboiement bref, sauvage, le rire de Swift s'éleva par-dessus le fracas du combat qui faisait rage autour d'eux.

— Pas la peine de porter aux nues tes talents de sabreur, mon gaillard ! Mais d'après ce que j'ai entendu dire, l'appellation de « fantôme » serait sans doute plus appropriée... Tu comprends pourquoi je prends tant de précautions, même si je ne crois qu'à moitié à ces rumeurs.

Damon, saisi de stupeur, venait tout juste de recouvrer l'usage de la parole, quand il vit Dudley Finster se joindre à la meute de pirates.

— Ha, ha! tout s'explique, railla-t-il, toisant avec dégoût le nouveau venu.

Rassuré par le cercle de pirates, Finster s'avança en bombant le torse, le soleil faisant scintiller les verres de ses lunettes neuves. Venant se planter devant Damon, il lui ricana sous le nez :

— Tu croyais ne plus jamais me revoir, pas vrai, Kane ? Ma bonne étoile m'a fait croiser la route du capitaine Swift, qui m'a racheté à ce vieux vicieux Grumble, auquel tu m'avais vendu.

— Tu penses bien que j'aurais jamais payé la rançon de cette espèce d'avorton miauleur s'il m'avait donné sur toi de si précieux renseignements, Damon. On lui a acheté des lunettes, et notre ami a gagné son gîte et son couvert en comptant mon trésor. J'ai pas fait une si mauvaise affaire, dans le fond !

— Jamais je ne le laisserais s'approcher de ma bourse, moi ! Il est malingre, mais doté d'une insatiable voracité.

— T'en fais pas, Damon, il les gardera pas longtemps dans mon or, ses doigts moites. Une fois qu'on t'aura réglé ton compte, il a la ferme intention de retourner à Charleston pour y faire la cour à ta poulette.

— Tu parles de mon épouse, rectifia Damon, toisant le comptable d'un air supérieur. Stella et moi, nous sommes mariés, de même que Jane et Nathaniel. Tu vois, Finster, tes manœuvres ont échoué.

— Pas du tout. Nathaniel et toi morts, vos veuves auront besoin de quelqu'un pour veiller sur elles et sur leurs affaires.

— Elles ne seront pas dupes deux fois de tes manigances, Finster ! l'avertit Nathaniel.

— Suffit, les chamailleries! tonna Swift, balayant l'air de son sabre. Dis à tes gars de jeter bas les armes et de se rendre, Kane!

— Non, répliqua Damon. Je ne sacrifierai pas leurs vies pour sauver ma peau. Ce sont eux qui décideront s'ils veulent combattre ou non.

— Tout jeune, t'étais déjà arrogant! Et d'une absurde noblesse d'esprit! Eh bien, soit. Mais avant qu'on vous envoie reposer au fond de l'océan, Nathaniel et toi, fais voir ce que t'as sous ta cagoule. Je me méfie un peu de ces histoires de spectre que nous serine Finster mais quand même, ça serait amusant qu'il ait raison! Et tant qu'on y est, vérifions si un fantôme, ça saigne comme le commun des mortels.

Tandis que ses hommes se tenaient prêts à faire feu, le coutelas de Swift remonta vers le visage de Damon. La pointe de la lame eut à peine le temps de griffer le tissu que le criaillement lancinant d'un volatile enragé fit se dresser les cheveux sur la tête de tous les pirates. Dans un violent déplacement d'air, un rapace fondit sur eux, dans un frénétique battement d'ailes éveillant des hurlements d'horreur. Des bras se levèrent, bouclier impuissant contre le vengeur ailé.

Tirant aussitôt parti de cette aide inespérée, Nathaniel et Damon assommèrent un certain nombre de leurs assaillants. Et, fait presque aussi surprenant que l'attaque de Zeus, deux des sbires de Swift se retournèrent contre la meute de leurs compagnons, avec hélas! plus de fougue que d'efficacité.

Quand Zeus en eut fini avec Swift, qu'il laissa les joues ensanglantées, il remonta vers le ciel d'où il avait si soudainement fondu. Mais le pirate reprit vite ses esprits et, profitant de ce que Damon ferraillait non loin de là, il balaya l'air de son sabre, et l'eût certainement décapité si Damon ne s'était au même instant tendu en avant pour porter le coup fatal à son adversaire. Cette flexion lui sauva la vie. Le sabre de Swift trancha le panache de son chapeau et poursuivit sa trajectoire circulaire pour faire sauter le sommet du crâne du petit Finster, qui, ayant perdu ses lunettes au cours de l'attaque, n'avait pu sortir de la mêlée. Sans qu'un cri ait fusé de ses lèvres exsangues, il tomba sur le pont, raide mort, son crâne décalotté laissant échapper des flots de sang.

Enfin, Damon se trouva libre de croiser le fer avec son ennemi juré. De longues minutes ils s'affrontèrent, leurs sabres s'entrechoquant sans relâche. D'emblée, Damon avait choisi l'offensive, repoussant pas à pas son adversaire qui finit par se retrouver acculé au bastingage.

— A toi de choisir, Swift. Si tu te rends, je te ramène à Charleston où tu seras pendu ; à moins que tu ne préfères mourir ici, percé par mon épée.

Dans un effort désespéré pour échapper à la mort, Swift tenta avec agilité de basculer en arrière par-dessus le bastingage. Il échoua, faute d'espace et d'élan suffisants. Inversant la manœuvre, il plongea en avant, droit sur Damon. Erreur fatale, car il ne réussit pas à dévier la pointe du sabre dont celui-ci le menaçait et s'y empala jusqu'à la garde. Avec un hurlement de bête, il s'effondra et roula jusqu'au pont inférieur, la nuque brisée, une tache de sang s'élargissant sur son torse.

Damon n'en retira pas la jubilation escomptée, juste un immense soulagement. C'est tout juste s'il accorda un dernier regard au gredin qui lui avait causé tant de tourments et failli lui gâcher la vie, puis il se détourna. Il avait des hommes à commander et un navire arraisonné à ramener au port.

Les deux pirates qui s'étaient ralliés à Damon avaient comme lui été enlevés et contraints à devenir boucaniers. L'un était forgeron, l'autre, tailleur. Ravis de cette occasion d'échapper à leur triste sort, ils espéraient bien qu'on leur permettrait d'exercer honorablement leur véritable profession.

C'est donc doublement satisfait que Damon regagna sa ville d'adoption.

31

Une fois les prisonniers ligotés et jetés à fond de cale, Damon transféra une partie de ses matelots sur le navire capturé et les chargea de le conduire à Charleston, continuant pour sa part, à la barre du *Mirage*, à pourchasser Bonnet.

La traque précédente les ayant entraînés très au sud, ils remirent cap au nord et, naviguant le long de la côte, explorèrent de fond en comble toutes les cachettes possibles. Soudain, aux abords d'un îlot, ils aperçurent le sloop du colonel Rhett, qui vira subitement et disparut en direction de l'extrémité opposée de l'île.

Curieux de savoir ce qu'avait trouvé le colonel, Damon lança la frégate à sa suite et rejoignit le sloop au moment précis où Rhett et ses hommes montaient dans leur canot. Les mains en porte-voix, il les héla :

— Ohé, colonel ! Du nouveau ?

Rhett lui désigna du doigt la côte rocheuse contre laquelle ballottait un esquif à la coque enfoncée par endroits et hurla :

— Bonnet !

Ce nom suffit. En un clin d'œil, Damon et Nathaniel sautèrent dans leur chaloupe et, se propulsant à longs coups de rame, atteignirent la grève peu après Rhett et son équipe. Par petits groupes, ils se déployèrent pour fouiller l'île. Damon et Nathaniel se frayèrent un passage à travers des sous-bois aussi touffus qu'humides, jouant du coutelas pour trancher lianes et feuillage. Craquements de branchages, froissement de la végétation, leur déplacement produisait un tel vacarme que même s'ils communiquaient par signes, Bonnet et son second ne pouvaient manquer de les entendre.

Ils avaient parcouru un quart de la largeur de l'îlot, quand Damon sentit un danger. Il pivota, tirant en même temps son pistolet de sa ceinture. Du coin de l'œil, il surprit alors un mouvement furtif dans les broussailles, tout près d'eux. Ecartant d'une rude bourrade Nathaniel qui n'avait encore rien remarqué, il visa et tira... à l'instant précis où l'ennemi déchargeait son arme sur eux. Il manqua Damon de peu. La balle lui arracha un morceau de tissu de la manche, lui griffant le bras, d'où se mit à ruisseler un mince filet de sang.

Un cri rauque de souffrance mêlée d'incrédulité jaillit des fourrés, suivi d'un fracas de branches écrasées : l'adversaire prenait la fuite. Arme au poing, cassés en deux pour rester à couvert, Damon et Nathaniel foncèrent. A l'endroit que Bonnet venait de quitter, ils trouvèrent son second étendu, tué net d'une balle dans la tête. Sans s'arrêter, les deux amis se lancèrent dans le sillage du bandit, nettement repérable aux branches brisées et à l'herbe écrasée. La traque se prolongea dix bonnes minutes.

Quand il se vit perdu, Bonnet laissa tomber son arme pour lever les mains en signe de reddition. Alors seulement il reconnut ses poursuivants. Son visage rougi par la course s'éclaira, et il implora, empli d'espoir :

— Laissez-moi partir, au nom du bon vieux temps. Cette fois, je me range, c'est juré, je retourne à ma plantation et à ma femme, si elle veut encore bien de moi. Et je demande l'amnistie. Vous avez la parole d'un camarade pirate !

— Nous n'appartenons plus à la même confrérie, fit Damon avec rudesse. Et je réprouve la brute que tu es devenue. Je n'oublie pas que tu retenais prisonnière cette jeune femme que tu violais sans merci. Ce comportement me répugne. Je n'éprouve aucune pitié pour toi.

— Si ça ne tenait qu'à moi, je t'abattrais sur place pour que les charognards se repaissent de tes boyaux. Mais faut pas frustrer les citoyens de Charleston d'une belle pendaison. Alors, si on se mettait en route, histoire de pas trop retarder le spectacle ? ajouta Nathaniel.

De retour à bord du *Mirage*, Damon constata qu'il avait perdu sa cagoule. Torse nu dans sa cabine, il observait son bras blessé quand, relevant la tête, il capta son reflet dans le miroir. Sur le coup, il ne réagit pas, habitué qu'il était à redevenir visible quelques heures d'affilée. Or, ce jour-là, il n'avait été en contact avec Stella que le matin de bonne heure, et le soleil était en train de se coucher !

Et depuis toutes ces heures qu'il avait égaré son masque, Nathaniel, Bonnet, Rhett et ses hommes l'avaient vu distinctement, sans quoi ils le lui auraient signalé. Etait-ce un signe ? Allait-il enfin redevenir normal, et ce pour toujours ? se demanda-t-il, la gorge nouée d'émotion. Cette merveilleuse guérison avait-elle un rapport avec la mort de Swift ?

Quand il annonça la bonne nouvelle à Stella, elle l'accueillit avec une joie délirante. Puis, son sens pratique reprenant le dessus, elle proposa aussitôt le seul test fiable :

— Pour en acquérir la certitude, il faut nous abstenir de tout contact pendant quelques jours.

— Mais enfin, Stella, tu te rends compte de ce que tu exiges de moi, alors que désormais ça m'est devenu une seconde nature de te toucher presque constamment ? Honnêtement, je ne sais pas si je pourrai m'en empêcher.

— Pour vérifier si tu es ou non guéri, il faudra te contraindre à cette discipline. Cela serait sans doute plus facile pour nous deux si tu t'installais quelques jours sur la frégate ou que tu dormais au bureau.

— J'ai tant prié pour obtenir cette guérison, et voilà qu'elle me fait plus souffrir que le mal !

Stella croqua un bout de radis noir, une envie de femme enceinte que Damon avait peine à supporter. Quand il reçut l'odeur âcre dans les narines, il pinça le nez et capitula :

— Tu as gagné, ma chère épouse. Séparons-nous trois jours et si, dans l'intervalle, je redeviens invisible, je rentrerai à la maison. Dans le cas contraire, tu auras amplement le temps de te bourrer de radis noir, de pleurer et d'empester tout ton soûl. D'ici là, espérons que tu t'en seras lassée.

Trois jours durant, donc, Damon évita la maison. Puisque la frégate était repartie pour une course, il dormait dans le bureau de sa société, s'examinant régulièrement dans un petit miroir. Mais, quoique consentie et parfaitement logique, la séparation le rendait terriblement irritable. Les voluptueuses rondeurs de sa tentatrice aux yeux turquoise lui étaient devenues une drogue dont l'abstinence le déchirait. Savoir que son corps douillet et chaud l'attendait avec impatience tout en lui restant interdit constituait une torture diabolique.

Stella partageait cette frustration. Dans la journée, elle compensait par une activité accrue, mais la nuit, leur lit lui semblait démesuré et froid. Sa souffrance lui permit de comprendre le vide terrible qu'avait dû ressentir sa mère à la mort de son mari. Stella pouvait au moins se réconforter en pensant que trois jours plus tard, elle serait dans les bras de Damon. Car, s'il n'était pas encore rentré, cela signifiait qu'il était redevenu tout à fait normal, et en acquérir la certitude valait bien quelques sacrifices.

Enfin le supplice s'acheva. A l'heure prévue pour le retour de son mari, Stella n'en pouvait plus. A peine eut-il poussé la porte qu'elle se jeta dans ses bras et bredouilla, nichée contre son cou :

— J'espère que tu es guéri, mon amour, parce que je ne veux plus jamais me séparer de toi. J'ai même pris la décision de te suivre en mer avec notre enfant, si jamais tu choisis de redevenir marin.

Eclatant de rire, Damon la serra contre son cœur :

— Alors c'est décidé ! Et moi, je n'ai pas mon mot à dire ?

— Non. Ma décision est irrévocable. Maintenant, dis-moi que tout va parfaitement bien.

— Oui, ma douce. Pour l'instant... et pour toujours, j'espère.

Quand enfin il ouvrit les bras, elle l'entraîna vers l'escalier, l'œil pétillant de malice.

— Viens. Il faut fêter cet événement !

— En haut ? demanda-t-il, feignant l'étonnement.

— Exactement. Dépêche-toi, veux-tu ?

— Eh bien, quelle frénésie ! Mes talents d'amoureux t'auraient-ils manqué à ce point ? la taquina-t-il, traînant la jambe.

— Tu ne t'imagines pas à quel point ! rétorqua-t-elle avec effronterie. Alors, si tu ne veux pas que je te déshabille sur-le-champ pour que je te le prouve ici même, tu as intérêt à te dépêcher !

— A vos ordres, madame Kane !

Main dans la main, ils grimpèrent au premier étage.

Damon avait envie d'un bon bain presque autant que de sa femme. Et Stella semblait prête à satisfaire ces deux désirs à la fois. Au centre de la pièce trônait la baignoire en cuivre à moitié remplie d'eau chaude.

— Maman aura une crise de nerfs si l'eau tache le plafond de sa salle à manger ! fit-elle en gloussant.

Dans sa hâte à lui passer la chemise par-dessus la tête, elle manqua étrangler Damon. Quand elle tenta de lui ôter son pantalon avant ses bottes et qu'il essaya de se dépêtrer tout en lui arrachant sa robe, il faillit se tordre les chevilles. Et c'est en oubliant de lui enlever ses bas qu'il la bascula dans la baignoire.

Quand leur passion dévorante fut enfin rassasiée, il y avait de l'eau partout.

— Dieu, ce que tu m'as manqué ! souffla Damon au creux de son oreille.

— Quel bonheur de t'avoir dans mes bras, murmura-t-elle en faisant mousser le savon sur son large torse. Un bonheur aussi grand que la souffrance que j'ai ressentie à t'attendre et que, j'espère, tu as partagée !

Il eut un petit rire de contentement et la serra plus fort.

— Ah, Stella, nous avons enfin surmonté toutes nos difficultés ! Après six mois, me voilà redevenu complètement normal ; les affaires prospèrent ; nous ne tarderons pas à avoir une nouvelle maison et un petit bébé. Et ni Swift ni Finster ne reviendront plus nous tourmenter.

Levant la tête pour lui sourire, elle en profita pour lécher une goutte d'eau qui perlait à son menton.

— Si *toi* tu veux me tourmenter comme tu viens de le faire, tu peux être assuré de ton impunité !

Les yeux noirs de Damon brillèrent d'une ardeur prometteuse et il assura :

— J'ai la ferme intention d'en profiter, ma chérie, ne t'inquiète pas pour ça !

Au sortir de leur nuit de retrouvailles, le réveil fut rude. Aux premières lueurs du jour une épouvantable cacophonie les tira du sommeil, provenant du salon où avaient été cantonnés Zeus et Bouteille de Rhum, attachés à leurs perchoirs respectifs. Damon attrapa son pantalon, Stella, sa chemise de nuit et, tanguant et bâillant, ils se précipitèrent au rez-de-chaussée.

Au spectacle qui s'offrait à elle, Stella ne put contenir un juron :

— Ventrebleu ! Je me doutais que Zeus était d'une taille imposante, mais jamais je ne lui aurais imaginé l'envergure d'un aigle !

— Tu le vois ?

— Bien sûr que je le vois ! fit-elle, vexée. Et il me paraît bien fier de lui, ce coureur ! Je crois comprendre pourquoi.

Elle tendit le doigt vers Bouteille de Rhum, qui allait et venait sur son perchoir, l'œil rond d'effarement, le plumage en bataille. Quelques plumes jonchaient le parquet.

— C'est à peine croyable ! souffla Damon. A force de se pavaner, cette petite prétentieuse a fini par arriver à ses fins !

Stella le punit d'un bon coup de coude dans les côtes.

— Dire que ce vulgaire tas de plumes est parvenu à déflorer mon perroquet — au propre comme au figuré !

— Dieu sait quels canards boiteux va produire une pareille union — s'il en naît...

— On pourrait se poser la même question à propos de ta descendance, lui rappela Stella d'un ton aigre.

Nullement découragé par l'humeur de sa compagne et très émoustillé par les succès amoureux de Zeus, Damon ramena Stella au lit pour poursuivre leurs ébats. Quand ils reprirent enfin haleine, Stella avait depuis longtemps oublié les scandaleuses fredaines de Zeus. Après tout, ces deux volatiles étaient faits l'un pour l'autre, pourquoi contrarier leurs amours ?

— Par quel prodige Zeus est-il redevenu visible ? se demanda Damon. Crois-tu que les effets du feu Saint-Elme se sont estompés graduellement ?

— C'est possible. Nathaniel pense que ce sont tes bonnes actions qui t'ont rendu figure humaine. Après chaque incident, tu redevenais visible un peu plus longtemps.

Elle énuméra les trois occasions en question :

— Cela a commencé quand tu as sauvé les malheureux citoyens de Charleston prisonniers de Barbe-Noire ; puis quand tu as arraché la jeune femme que Bonnet avait enfermée dans sa cabine, et enfin quand tu as aidé à libérer les deux hommes que Swift tenait en esclavage.

— Admettons. Mais comment expliquer le cas de Zeus ?

— Il a lui aussi joué les héros en fondant sur Swift et ses hommes toutes serres dehors, ce qui t'a permis de contre-attaquer et t'a sauvé la vie — exploit dont je lui serai toujours reconnaissante.

— Partages-tu l'opinion de Nathaniel quant aux causes de notre réapparition ?

— Je pense aussi que l'amour a joué un grand rôle, dans votre guérison à tous les deux. Quand vous avez laissé parler votre cœur et que vos sentiments se sont révélés partagés, cela a contribué à vous faire réintégrer le monde visible. Je pense que si j'étais la seule à te voir, c'est parce que je t'aimais ; tout comme Bouteille de Rhum et Zeus. Elle et moi étions destinées de toute éternité à vous aimer et à vous venir en aide. Certains parleront de magie ou de mystique. Pour moi, c'est la preuve de la toute-puissance de l'amour.

ÉPILOGUE

Installés sur la galerie qui courait autour de leur superbe résidence, Stella et Damon admiraient le port de Charleston sur lequel ils avaient une vue plongeante. Des éclats de rire d'enfants fusèrent. Ils se retournèrent, tout attendris par les deux bambins, l'un blond, l'autre brun, qui dévalaient la pelouse sur leurs petites jambes maladroites, à la poursuite d'un papillon. Ces deux petits polissons, pleins de santé et de joie de vivre, illuminaient la vie de leurs parents.

Nathan Rogers Hancock était né en avril, deux ans et demi auparavant; James Damon Kane, en mai. Stella avait pleuré des larmes de reconnaissance quand Damon avait insisté pour lui donner le prénom de feu M. Winters.

Ces enfants presque jumeaux que le destin avait fait naître oncle et neveu étaient inséparables. James possédait les boucles fauves de son père et les yeux turquoise de sa mère. Et surtout, il était parfaitement visible.

Tout comme Damon et Zeus, d'ailleurs, depuis trois ans — Zeus dont les amours avec son perroquet restaient stériles.

Stella se pencha pour attraper son fils qui grimpait à quatre pattes les marches du porche pour se jeter dans ses jupes. L'installant à califourchon sur sa hanche, elle plaisanta :

— Attention, petit homme, tu vas faire la culbute si tu cours trop vite sur tes petites jambes potelées !

— Mon fils a des jambes parfaites, intervint Damon.

— Puisque tu le dis... N'empêche qu'il ne tardera pas à être trop lourd pour moi.

— Il pousse si vite qu'il sera bientôt aussi grand et aussi fort que son père.

— J'espère que la deuxième sera aussi menue que ravissante, ajouta Stella, une lueur de malice dans le regard.

— La deuxième ? fit Damon, happant Nathan qui se ruait vers lui. Serais-tu en train de me dire que tu es à nouveau enceinte ?

— Oui. Ça m'étonne que tu ne l'aies pas remarqué. Il est vrai qu'obsédé par ton fils, tu fais à peine attention à moi, ces derniers temps.

— Dans ce cas, comment expliques-tu que tu sois enceinte ?

Elle haussa les épaules, jouant les coquettes.

— Ça a dû se produire par transmission de pensées.

— Non, ma chère et tendre, rit-il, pinçant le nez de Nathan puis celui de James. Tu sais aussi bien que moi comment c'est arrivé : le soir où tu m'as aguiché en faisant la danse du ventre, comme une courtisane de harem.

Ce souvenir érotique la fit sourire.

— Tu n'as pas eu l'air choqué, à l'époque. Eh oui, je crois bien que notre petite fille a été conçue cette nuit-là.

Il haussa un sourcil, aussitôt imité par son fils.

— Comment es-tu certaine que c'est une fille ?

— A cause des citrons.

— Quels citrons ?

— Ne me dis pas que mon envie de citrons t'a également échappé ! Tu pourrais remercier le ciel que ce ne soient plus les radis !

— Pour ça oui, je le remercie !

— Eh bien, la nouvelle te fait plaisir ?

Il l'attira à lui, au grand ravissement des deux bambins, éblouis par le spectacle de leurs embrassades.

— Plus que ravi, Stella, euphorique, fou de bonheur. J'ai hâte de bercer entre mes bras ma toute petite fille... que j'espère avoir fabriquée à l'image de ma femme bien-aimée.

4783

Composition Interligne B-Liège
Achevé d'imprimer en Europe (France)
par Brodard et Taupin à La Flèche (Sarthe)
le 26 février 1999. 6380V
Dépôt légal février 1999. ISBN 2-290-04783-X
1er dépôt légal dans la collection : février 1998
Éditions J'ai lu
84, rue de Grenelle, 75007 Paris
Diffusion France et étranger : Flammarion